SI JE TE SURVIS

JONATHAN ESCOFFERY

SI JE TE SURVIS

nouvelles

Traduction de l'américain
par Alexei du Périer

TERRES D'AMÉRIQUE

ALBIN MICHEL

«Terres d'Amérique»

Collection dirigée par Francis Geffard

Retrouvez toute l'actualité de Terres d'Amérique et de ses auteurs sur Facebook (Terres.Amerique) et Instagram (terres_amerique).

Édition originale américaine parue sous le titre :
IF I SURVIVE YOU
Publiée par Farrar, Straus and Giroux, New-York, États-Unis.

Pour maman, papa et Jason

Fluctuant

Ça commence cette fois où, alors âgé de neuf ans, si ce n'est moins, tu entends quelqu'un beugler devant chez toi : « T'es quoi, au juste ? » Cette question, on te la posera tout au long du collège et du lycée, puis, une fois jeté dans le monde, dans les clubs de strip-tease, les restaurants, au téléphone et dans les divers métiers ingrats que tu exerceras. Ceux qui t'interrogent sont impatients. Ils veulent une réponse immédiate. Leur insistance désarçonne quelque peu ton esprit préadolescent. Elle te trouble, car non seulement tu ne la comprends pas mais, même si c'était le cas, tu ne saurais pas quoi dire.

Ça commence peut-être avec : « Elle parle quelle langue, ta mère ? » C'est cette question qui serait la genèse de tout le reste, non pas parce qu'elle arrive d'abord, mais parce que cette fois, au moins, tu as un peu de contexte.

Dès le début, elle t'indigne.

– Pourquoi ta mère elle parle bizarrement ? insiste ton voisin.

Ta mère t'appelle depuis la véranda qui surplombe le jardin en pente, comme elle a l'habitude de le faire depuis qu'on t'a autorisé à jouer avec les autres gamins du quartier. Chaque fois, ça veut dire que la récré est finie, mais cette fois-ci, le rituel est entaché de honte.

Tu pensais peut-être que personne ne le remarquerait jamais. Tu ne l'avais peut-être même pas remarqué toi-même. Alors tu demandes, en protestant à demi-mot : «Comment ça, quelle langue?» Ou bien tu gardes ça pour toi. Tu finis par marmonner :

– Anglais. Elle parle anglais.

Puis tu rentres, gêné, tête baissée.

Pour la première fois de ta vie, tu as honte de ta mère, et tu as honte de toi-même pour ne pas l'avoir défendue. Ce qui fait honte, plus encore que de se montrer lâche ou déloyal, c'est la condition d'étranger. S'il y a une chose que tu as apprise durant ton bref séjour sur terre, c'est bien celle-là.

On est dans l'Amérique des années 80, et en classe, tu prêtes serment à un unique drapeau : la bannière étoilée. L'hymne matinal a pour titre «Le plus grand pays du monde». C'est le b.a.-ba, un mantra qu'on te gravera dans le crâne jour après jour comme s'il énonçait un fait aussi incontestable que deux et deux font quatre. Alors, à force de te le répéter, tu finis par entendre ce qu'il implique : que les autres pays, bien qu'ils soient rarement mentionnés à l'école, sont inférieurs.

Et tu y crois.

C'est facile à assimiler, sauf que ton frère, Delano, tes parents et presque tous les membres de ta famille sont jamaïcains. Lorsqu'une amie d'enfance déménage de Kingston à Miami, en plein dans ton quartier de Cutler Ridge, qu'elle arrive dans ta classe de primaire et refuse de prêter allégeance à ton drapeau, tu sais comment prendre tes distances. Et tu bénis discrètement le fait que vos noms de famille soient différents.

Si, lorsqu'on t'a demandé « T'es quoi ? », tu avais eu quelques éléments d'ordre contextuel, tu aurais peut-être répondu « américain ».

Tu es né aux États-Unis, comme le prouvent tes papiers. Tu es fier de ta nationalité et de son statut inaliénable. Chaque année, lors du 4-Juillet, tu t'époumones en chantant « God Bless the USA » de Lee Greenwood, et avec plus d'entrain encore après avoir visité la nation insulaire de tes parents – un séjour de deux semaines à l'été de tes neuf ans. Aucun aspect de la vie sur l'île ne te convient, jusqu'à l'absence globale de climatisation. Tu préfères les hamburgers et les hot-dogs au charqui et au curry.

À la maison, tes parents t'accusent de parler et même d'agir « comme un vrai Yankee ». Mais si par « Yankee » ils entendent « Américain », tu t'en flattes. « Je parle anglais », tu réponds.

Le patois que parlent tes parents et leur accent, incompréhensibles pour bon nombre de personnes, passent presque inaperçus à tes oreilles, sauf qu'ils sont de plus en plus associés aux punitions. Par exemple, quand ta mère dit :

– Vous dévidez tout sur par terre mais pouvez pas nettoyer ?

Et ton frère dit :

– Pas moi, manman.

Et toi tu dis :

– C'était pas moi, maman.

Elle dira :

– Alo' qui ça ? Un malentesprit sûrement.

Cet esprit maléfique devient le bouc émissaire de tout ce qui, à l'intérieur comme à l'extérieur de la maison, demeure inexplicable. C'est lui qui a cassé le vase de ta mère avant d'en recoller les morceaux. C'est lui qui a caché le bulletin scolaire de ton frère sous son matelas. C'est lui qui possédait ton père lorsque celui-ci traînait sa carcasse dans les bars après le travail pour ne revenir qu'au petit matin.

Comme un esprit, un fantôme, et aussi un homme adulte peuvent être difficiles à discipliner, c'est ton frère et toi qui êtes punis.

—

À l'école, quand tu dois choisir parmi une liste de pays pour un exposé de géographie, tu choisis la Mongolie. Il faut attendre qu'un autre élève choisisse la Jamaïque pour que tu considères cette île minuscule comme une option valable.

Une partie de l'exercice consiste à préparer un plat typique de la région. On est en primaire, donc ce sont les mères qui cuisinent. Le jour de la présentation, les yeux cernés après s'être battues avec des recettes étrangères jusqu'au milieu de la nuit, elles se saluent à peine, trop fatiguées pour les politesses. Au moment où ta camarade entame son exposé sur la Jamaïque, ta mère tchipe – un bruit de Velcro géant qu'on arrache – et plusieurs parents se tournent vers elle.

– J'aurais pu prendre des restes, chuchote-t-elle en se penchant vers toi, si seulement t'avais choisi chez nous.

Lors de la journée « découverte des métiers », ton père se présente à ta classe comme un maître d'œuvre. L'alphabet en caractères d'imprimerie accroché en haut du tableau forme une arche au-dessus de sa chevelure noire et ondulée. Il déroule un mètre du bout de son pouce, puis le relâche, laissant le ruban s'enrouler d'un coup. La violence subite de ce mouvement provoque un bruit sec qui suscite l'admiration unanime de tes camarades. Ton père répète ce geste plusieurs fois avant de daigner parler. Tes camarades retiennent leur souffle, impatients.

Lorsqu'il explique que « quand un homme il a besoin d'faire réparer sa salle de bains, c'est moi qui va chercher plâtre et PVC toussa, et je dis aux ouvriers de rendre tout joli », on entend quelques ricanements provenant du rang du fond.

La maîtresse les fait taire, mais à mesure que ton père continue son discours, son visage à elle se plisse et sa tête bat au rythme des expressions dialectales. Tu fixes ton attention sur le rose qui se met à poindre sur ses joues, et dont l'intensité t'aide à mesurer l'ampleur du désastre. Si elle rougit un peu – un rose léger, comme une ballerine ou un pétale de pivoine – tu sauras qu'il ne s'agit que d'une petite humiliation, que cet épisode sera vite oublié. Mais quand son teint se fait plus écarlate, passant du pêche au violet, la catastrophe devient palpable.

Tu te demandes pourquoi tu n'as pas poussé ta mère à venir à sa place. Elle sait mieux adapter son accent aux oreilles américaines, car elle doit le faire tous les jours au travail.

Plus tôt dans la semaine, tu lui as demandé des détails sur son métier de secrétaire. Assise au bord de ton lit, ta mère t'a expliqué qu'elle travaille dans une entreprise qui vend des moteurs d'avion partout dans le monde. L'ourlet de sa robe de nuit danse quand elle sautille à travers ta chambre pour saisir le globe terrestre posé sur l'étagère de livres.

– Tu vois. Ici. Et là. Et là aussi.

Elle s'agenouille près du lit, en indiquant l'Allemagne, puis le Brésil, puis Hawaï, tout en chantant «on fait le tour du monde». Ses doigts fins parcourent les océans et les continents pleins de verdure avant de venir te tapoter le nez.

– On ? tu lui demandes. Mais t'y vas pas, toi, dans tous ces endroits. Si ?

Ta mère cligne deux fois des yeux, puis remet le globe sur l'étagère.

– Un jour, dit-elle. Un jour peut-être, quand tu seras grand.

Puis elle ajoute :

– Vaut mieux tu demandes à ton père d'aller à l'école. Lui ils le trouveront intéressant.

À la fin du primaire, en histoire, tu en apprends plus sur la fondation des États-Unis. Tu découvres ce qu'on appelle simplement l'«esclavage». C'est un cours abrégé, aussi édulcoré que son intitulé. On y apprend que «des gens globalement bons ont fait une grosse bêtise», que «ça s'est passé il y a très, très longtemps», que «Abe l'Honnête et Harriet Tubman et Martin Luther King ont réglé cette vilaine affaire», et qu'«aujourd'hui on ne voit plus les races». Un inconfort général se fait sentir parmi les élèves. Tous sont d'accord pour dire que c'était un événement affreux. Tu es vaguement conscient du fait que certains de tes camarades descendent des responsables de ces atrocités, et que d'autres descendent des victimes. En revanche, tu n'es pas tellement conscient du fait qu'ils sont nombreux à descendre des deux. Et toi, devrais-tu te sentir offensé par ce pays que tu aimes tant?

Ce n'est pas la première fois que tu entends parler du commerce triangulaire, car ton père ne loupe jamais une occasion de critiquer ton pays de naissance. Quand il s'échauffe, il t'explique que «c'est pour ça que les Noirs d'ici ils agissent comme ça, tas de singes ignorants. Y sortent à peine de l'esclavage et faut qu'y soient civilisés maintenant? Moi je te dis, mon fils, les Blancs y sont méchants, tsé.» Au plus fort de son exposé, il ajoute que l'esclavage a été aboli en Jamaïque «plusieurs siècles» avant les États-Unis. Plus tard, tu apprendras que cette affirmation est fausse, de plusieurs siècles.

Il a un mot – un mot jamaïcain – pour les Noirs de toutes origines qu'il estime peu recommandables : boutou. Si jamais tu lui fais honte, il dira : «T'es un vrai boutou parfois.»

– Je suis quoi?

Ça fait plusieurs fois que tu poses cette question à ta mère. À force d'être interrogé à ce propos, tu te mets à chercher des explications.

Sa réponse semble préparée, mais pas aussi nette qu'attendu. Ta mère te dit que tu es le fruit de «plein d'origines différentes». Elle énumère des pays – plusieurs – et attribue chacun d'entre eux à «arrière-grand-untel» et «arrière-grand-untel-autre». Elle donne rarement des noms à ces ancêtres, alors tu les mélanges facilement.

– Notre nom de famille vient d'Italie, dit-elle, via l'Angleterre.

La plupart des pays qu'elle énumère sont européens, et bien qu'elle fasse attention à bien mentionner l'Afrique – comme si c'était un pays –, elle ne parle jamais de race.

Tu veux une réponse en un mot.

– Je suis noir? tu lui demandes.

Après tout, c'est ce que tu veux savoir. La race a fait irruption dans ton monde, de façon subite et désagréable, et ce dont tu as le plus peur, c'est que d'autres voient en toi quelque chose que tu n'as pas encore saisi.

Du temps où c'étaient des enfants qui te posaient la question, tu te disais que leur expérience limitée les rendait ignorants. Mais maintenant, ce sont des adultes. Certains professeurs te regardent bouche bée, tandis que d'autres te demandent comment ça se fait que «tu parles aussi bien».

Au début, tu leur réponds «je suis américain», certain qu'ils comparent ton accent à celui de tes parents. Cette réponse ne fait que les embrouiller davantage. Plus tard, surtout lorsqu'il s'agit de professeurs qui n'ont jamais rencontré tes parents, tu te rends compte que leur question signifie tout autre chose.

– Est-ce qu'on est noirs? tu demandes à ta mère.

Elle s'agite. Un frisson parcourt sa peau claire et tachetée, la faisant trembler alors qu'elle termine la généalogie en vitesse et se perd dans les détails.

– La mère du père de ton père était juive. La mère de ta grand-mère était irlandaise. Le père de ta grand-mère… était peut-être arabe, dit-elle en baissant la voix au moment de divulguer cette ultime information.

Tu la fixes d'un regard vide :

– T'as pas répondu à la question.

Son agitation se mue en colère.

– Tss. Jamais on m'a demandé des niaiseries pareilles avant d'arriver ici. Si quelqu'un te demande, dit-elle, dis-lui que t'es un mélange de ci et de ça.

La discussion est close. Encore une fois, elle évite de répondre simplement par oui ou non, à ton grand regret.

À l'école, tu rends perplexes les quelques enfants incontestablement noirs. Ce sont parmi les premiers à insister pour que tu proclames ton allégeance.

– Est-ce que t'es noir ? s'impatientent-ils.

Tu es plutôt marron clair, si tant est que la couleur de peau ait bien quelque chose à voir avec la race. Tes parents ont le même teint que toi. Et leurs parents aussi. Leurs parents à eux, tes arrière-grands-parents, figurent dans des albums familiaux sur des photos aux tons sépia ou noir et blanc qui masquent leur couleur de peau. Certains pourraient figurer dans un épisode des *Jeffersons*, tandis que d'autres seraient plus à leur place dans *All in the Family*. Tes meilleurs amis, José et Luis, sont ceux dont la couleur de peau est la plus proche de la tienne. Mais quand ils passent de l'anglais à l'espagnol, tu te sens exclu. Et quand ils secouent leur crinière d'avant en arrière comme des métalleux au son de tes morceaux de rock préférés, l'évidence est cruelle : tu n'as pas les cheveux suffisamment longs et lisses pour les imiter.

De plus, ta voisine Julie t'informe qu'après une amitié de cinq années, vous n'avez plus le droit de jouer ensemble.

– C'est parce que ta famille croit pas en Dieu.

Tu en sais assez pour répondre :

– Mais bien sûr qu'on croit en Dieu.

– Mon père il dit que les Jamaïcains y croient pas, affirme-t-elle en haussant les épaules.

——

Un jour, ta mère vous dit, à ton frère et toi :

– Vous avez pas intérêt à ramener des filles avec des cheveux crépus à la maison.

Pour sa défense, ou au contraire pour mieux la décrier, sa liste de filles à ne pas ramener à la maison s'allongera au point que tu te demanderas si elle veut vraiment que tu en ramènes une un jour.

– Pas de coolies à la maison, préviendra-t-elle au collège.

En apercevant la Panaméenne à la peau couleur café et aux cheveux longs qui doit t'accompagner au bal de promo, elle s'enfermera dans sa chambre, n'ayant strictement rien à lui dire. Et après ta remise de diplôme, elle dira :

– Si te plaît, tout sauf une Blanche. Tu me promets.

Mais on est toujours au primaire, et ce premier avertissement te laisse penaud. C'est quoi des cheveux « grainés », d'après ta mère ? Tu regardes les siens, aussi fins que des cordes de guitare, comme José et Luis, puis tu examines les boucles sur ta tête, en forme de barbe à papa. Tu te poses des questions sur la granosité de tes propres cheveux. Tu te demandes qui n'a pas le droit de te ramener, toi, à la maison.

Le malentesprit revient, plus espiègle que jamais. Il cache ton père dans un bar, dans une bacchanale, dans une dimension où ta mère ne peut l'atteindre. Avant qu'il ne refasse surface, couvert de peintures de carnaval, ta mère le signale comme disparu. Pendant qu'elle parle à la police au téléphone, ton frère et toi vous blottissez contre elle, si bien que vous entendez l'homme à l'autre bout du fil :

– Madame, je ne comprends rien de ce que vous me dites. Y a-t-il quelqu'un qui parle anglais dans la famille ?

Elle te passe le combiné avant d'éclater en sanglots. L'homme te demande de décrire ton père.

– Il fait un mètre quatre-vingt-cinq, tu lui dis. Il est maigre.

– Noir ou blanc ? demande l'homme.

Tu regardes ton frère.

– Pas blanc, tu dis.

– Noir alors.

– Marron, dit ton frère.

– Ton père, il disparaît souvent ?

– Ça veut dire quoi souvent ?

– Ça lui est déjà arrivé ?

– Ah, tu dis, trop souvent alors.

Lors de ton premier jour de collège, un ouragan appelé Andrew soulève le toit de votre maison comme le couvercle d'une boîte de conserve et verse une petite portion de l'océan Atlantique dans la chambre, le salon, partout, gorgeant la moquette, le placo et les panneaux en bois d'eau salée. Il arrache la fibre de verre rouge foncé des murs et du plafond, et répand les entrailles de votre foyer sur le gazon. La maison de ton voisin est réduite en poussière tandis qu'un remorqueur se retrouve garé au bout de la rue.

Le lendemain, ta famille fuit Miami-Dade pour rejoindre Broward County, où l'entreprise de ta mère s'est relocalisée temporairement. Dans ta nouvelle école, tu rejoins les garçons au teint marron.

Tu finis par apprendre que ces garçons sont portoricains. L'un d'entre eux, Osvaldo, te prend sous son aile. Tu t'assois avec eux à la cantine et de temps à autre, lorsqu'ils se mettent à parler espagnol, tu fixes les petits pois et les carottes coupées en dés dans les cases de ton plateau. Si tu restes immobile, personne ne te remarque – tu deviens invisible. Si personne ne te voit, personne ne peut se rendre compte que tú no entiendes, que tu n'as pas vraiment ta place. Osvaldo devine que tu ne parles pas leur langue, mais il te pardonne cette faute et fait rebasculer la conversation vers l'anglais.

C'est peut-être parce que tu as décidé de te raser la tête, afin d'enlever les boucles épaisses qui sinon t'auraient signalé comme différent ; ou alors parce que tu ressembles à ces garçons, même si tu as un peu plus de sang africain dans tes veines ; ou encore, ils supposent que tu as compris que dans cette école et à cet âge, les gens restent avec « les leurs ». Quoi qu'il en soit, tu comprends un poil trop tard que ces garçons te prennent pour un Portoricain.

Ils font des vannes sur les Blancs : « Les Blancs sentent le cocker anglais. Mais seulement quand ils sont mouillés. »

Ils font des vannes sur les Noirs : « Pourquoi est-ce que les Noirs sentent aussi mauvais ? Pour que les aveugles les détestent aussi. »

Enfin, un jour, l'un d'entre eux te demande, non sans un certain mépris, pourquoi tes parents n'ont jamais pris la peine de t'apprendre l'espagnol. Tu espères qu'Osvaldo intervienne, mais il attend ta réponse avec la même impatience que les autres.

– Parce qu'ils ne le parlent pas, tu dis.

Ils se regardent, perplexes.

– Tes grands-parents leur ont jamais appris l'espagnol ?

– Mes parents qui sont très jamaïcains ne parlent que l'anglais, tu précises.

– Attends, dit Osvaldo, t'es noir ?

Le problème, ce n'est pas que tu viens de te révéler au grand jour, mais qu'il y a un autre groupe avec lequel ce groupe-ci est en guerre. Les deux factions revendiquent un bout de pelouse autour de la cour de récréation, et il leur arrive de se bagarrer sous un pont non loin d'ici. En tant que nouveau, tu n'étais pas au courant du conflit, mais on t'explique que ces rivaux viennent d'une île à deux pas de Porto Rico : la Jamaïque. Osvaldo te fournit ces informations en guise de cadeau de départ. Tu n'es plus le bienvenu à sa table.

Ces Jamaïcains, dont certains vont aux mêmes cours que toi, ne ressemblent en rien à ta famille, ni aux amis qui viennent parfois vous rendre visite. Et vu leurs mines sceptiques, tu es sûr qu'ils n'auront jamais une once de bienveillance envers quelqu'un comme toi. Tu te demandes s'il n'y a pas deux Jamaïque.

La différence se perçoit dans les noms dont ils t'affublent, eux et leurs camarades américains : «visage pâle», «neg' rouge», «babtou». Parfois, ils t'appellent juste «l'Espagnol». Maintenant que tu t'es fait virer de l'enclave brune, ta vulnérabilité devient une amie fragile, éperdue et solitaire.

Ton frère Delano, avec ses quatre ans d'expérience supplémentaires, sent ton retranchement progressif vers cet espace liminaire, et finit par clarifier les choses.

– T'es noir, Trelawny. En Jamaïque on l'était pas, mais ici on l'est. C'est la règle de «l'unique goutte».

Puis il ajoute, avec un petit sourire suffisant :

– Désolé de te l'apprendre.

Tu essaies de devenir ami avec tes camarades jamaïcains. Ces tentatives te conduisent à des humiliations constantes, parmi lesquelles des quiz sur les villes de l'île que tu peux citer («Tout le monde connaît Kingston. Ça compte pas»), ton niveau de patois («Tu sais c'est quoi un tchi-tchi, tchi-tchi ?»), et quelles danses locales tu connais («Tu sais faire le bogle ? Fais voir !»). Tu finis par comprendre qu'ils ne t'accepteront jamais comme l'un des leurs, surtout maintenant que tu as passé du temps chez les marrons. Les membres des deux groupes se démènent pour te faire des croche-pieds dans les couloirs ou pour renverser ton plateau-repas.

À la pause déjeuner, tu te réfugies dans le rayon «Science-Fiction et Conspirations» de la bibliothèque. C'est le seul endroit où tu te sens en sécurité. Cette double exclusion ne fera que confirmer une chose pour toi : tu es le mouton noir.

—

Désormais, ton frère retourne chez ton père le weekend, passant sa sacoche à outils sur l'épaule comme une ceinture de champion de boxe. La nuit, ses biceps se durcissent et s'arrondissent, comme si on lui avait greffé des balles de tennis sous la peau à l'aide d'un chausse-pied. Des balles de softball poussent sur ses épaules. Sa peau brunit, prenant une teinte de terre cuite sous les poils qui ont poussé sur ses joues, et ses pommettes ont une couleur de cendre.

– On fait les toitures, explique-t-il. Le soleil y tape, tsé.

Il dit ça avec un grand sourire, en brossant ses poils de menton avec son pouce et en sculptant ses jointures éraflées.

Sous la direction de votre père, il rebâtit la maison, reconstruit une vie balayée par Andrew et noyée dans l'oubli. Il érige sa virilité.

Tous deux disparaissent le vendredi soir et refont surface le dimanche. Ils te disent qu'ils dorment dans une tente plantée parmi les débris du salon ou de la cuisine, selon la pièce qu'ils restaurent ce jour-là.

Tu supplies ton père de t'emmener, de te laisser reconstruire la maison avec eux.

– C'est pas du travail pour pitits, dit-il.

Sa décision est définitive, et il te le fait savoir sans même que tu demandes.

Le week-end, tu tues des vampires, des extraterrestres et ton temps sur ta console Sega.

Un dimanche soir, ton frère revient dans ta chambre. Il pue. Tu pourrais racler les croûtes de sueur qui lui couvrent les bras. Tu pourrais tapoter ses vêtements et disparaître dans un nuage de plâtre. Son haleine a une odeur de bière, chaude et comme mijotée. Il monte s'écrouler sur le lit du haut, et sa botte marron pendouille par-dessus le matelas. Tu te demandes s'il aura la force d'aller en classe le lendemain, mais tu ne dis rien.

– Encore combien de temps ?

Toujours la même histoire. Tu lui poses la question et à chaque fois sa réponse est aussi vague qu'apaisante :

– Bientôt vient.

C'est un peu ce que tu dis aux profs, sauf que tu traduis :

– Dans pas longtemps. Voici mes devoirs. Vous pouvez les noter si vous voulez, mais ne vous attendez pas à me voir lundi. Je serai déjà parti d'ici là.

Chaque lundi tu es de retour, et on te demande :

– Encore une semaine avec nous, Miami ?

Tu regardes le tableau, obligeant tes yeux à voir double, et tu t'efforces d'adopter une expression et un ton neutres.

– Y en a plus pour longtemps, tu affirmes d'un ton calme.

Cette fois, à ton « Encore combien de temps ? », ton frère répond en bâillant :

– C'est presque fini. Ça va être bien, frè. Mieux qu'avant. Plus costaud.

– J'espère. J'ai pas ma place ici.

– Le truc, dit Delano en couvrant un rot de son poing, c'est que tu vas pas y retourner. Pas là-bas.

– Comment ça, je vais pas y retourner ?

Il s'arrête. Peut-être qu'il dégrise un peu en se rendant compte qu'il a dit quelque chose qu'il n'aurait pas dû. Puis il se lance :

– Papa me l'a dit ce week-end. Maman et toi vous venez pas avec nous.

Le jour du déménagement, ton père te serre la main fermement en te disant :

– Bientôt, OK ?

Il a l'air de penser qu'un moment pareil exige davantage de paroles, mais il n'arrive pas à trouver les mots qui conviennent.

Ta mère arrive à peine à se décoller de Delano, et lorsqu'elle le relâche, elle se rue dans l'appartement sans même jeter un coup d'œil à ton père. Ton frère te fait un check : il replie ses doigts en un poing et cogne ses phalanges contre les tiennes.

– À plus, frè, dit-il en souriant pour ton bien.

Son sourire signifie « Ce n'est pas si grave », bien que vous ayez tous conscience que si, c'est très grave.

Une semaine avant ta rentrée en cinquième, ta mère déménage à Kendall, plus au sud, dans le comté de Miami-Dade, où personne n'est américain. Que tu sois un «gringo», ou un «Noir américain», la solidarité sous la bannière étoilée c'est fini pour toi.

Au collège, les filles noires te traitent de «pâlichon» quand tu marches dans les couloirs. Les garçons se moquent de ta manière de parler, qu'ils appellent «blanche». Toi, évidemment, tu nies tout lien avec les Blancs. Tu jures ton allégeance aux Noirs. Par la musique que tu écoutes et les vêtements larges que tu portes.

Les élèves les plus populaires (à dominante hispanique) sont noirs. Ils sont vus comme les plus charismatiques, les meilleurs en sport, les plus susceptibles d'en avoir rien à foutre. Tu veux ta part de cet attrait énigmatique. Tu les imites. Tu singes leur façon de marcher et de parler. Plus précisément, tu traînes les pieds et tu alternes boiter, sautiller, boiter, sautiller quand tu rentres du collège. Cette nouvelle démarche t'aide moins à t'intégrer qu'elle ne te donne l'air d'avoir besoin d'un suivi spécialisé, mais personne ne se fait une réputation en frappant un élève handicapé, donc tu continues à sautiller. Tu commences à parler en faisant traîner les mots et en éliminant les consonnes, voire en éliminant des syllabes entières, pask'y peuvent aller s'fai' fout' s'y t'empêchent d'intég'er la g'rande famille noi'.

Les avantages sont simples : personne te fera chier une fois que t'auras ta carte. Les gangs locaux, la plupart composés de Latinos de classe moyenne habitant en banlieue, se méfient des Noirs. Ils les surpassent en nombre, mais les Noirs ont des frères, des cousins et des oncles à Overtown, à Liberty City et en prison, et ceux-là sont connus pour avoir commis des meurtres. Tu te rends compte qu'être noir pourrait te sauver la vie.

Mais, d'une manière ou d'une autre, tu échoues à chaque fois.

Quand tu fais des conneries, c'est humiliant. Quand eux font des conneries, c'est contagieux.

Ils commencent par s'appeler « négro » et « frère ». Puis les Latinos disent « négro » et « mon frère ». Ensuite, ce sont les Blancs qui disent « mon frère négro », même si au départ ils le font discrètement en se regardant par-dessus l'épaule. Même s'ils le disent de façon ironique, pour toi aussi c'est contagieux.

Au début, tu dis « scuz' » et tu ris nerveusement. Bientôt, ça te paraît plus naturel que « désolé ». Des années plus tard, tu l'entendras dans *Friends* et aux infos.

Maintenant, lorsque les gens te demandent « T'es quoi ? », tu réponds simplement : « Noir. » Et assez rapidement, ils commencent à te croire.

En semaine, ta mère quitte le travail à dix-sept heures et arrive à la maison deux heures plus tard. La relocalisation de sa boîte à Fort Lauderdale, qui était d'abord présentée comme une mesure d'urgence après l'ouragan Andrew, a été pérennisée. Ses allers-retours quotidiens menacent de lui ravir son temps libre, donc elle le remplit en écoutant *L'Italien tout de suite !* Curieusement, c'est son accent américain qui devient plus prononcé. Le soir, elle s'effondre devant la télé, avec tout juste assez d'énergie pour demander :

– Et toi, ça va ?

– Moi ça va, tu réponds, que ce soit le cas ou non.

– Les notes, ça va ?

– Les notes, ça va.

– Et les amis ? Tu te fais des amis ?

– Les amis, ça va.

La maison que ta mère a achetée est plus grande que celle de ton enfance, et beaucoup plus vide. Elle passe ses week-ends à meubler les pièces de fauteuils, d'œuvres d'art et de tapis, mais lesdites pièces semblent toujours aussi peu garnies. Une troisième chambre, celle qu'elle garde pour ton frère – la raison pour laquelle vous êtes censés avoir regagné Miami-Dade –, reste largement inutilisée.

Bien que les revenus du foyer aient diminué de moitié depuis le départ de ton père, elle a les moyens d'acheter cette maison grâce à la magie des prêts à taux variable.

– C'est un investissement, te dit-elle. C'est le bon moment pour acheter.

– Je ne comprends pas, tu lui dis. C'est toi qui as acheté la maison, ou elle appartient à la banque ?

– Je l'ai achetée, répond-elle, et elle appartient à la banque.

Ton père vous rend visite de temps à autre et t'emmène une fois – pas plus – à la maison qu'il partage avec ton frère. Sur la route, il écoute un débat à la radio. C'est une véritable démonstration d'écoute active. L'émission en question s'intitule « Guerres raciales ».

L'animateur dit :

« Moi je mise sur les Hispaniques, vous voyez, parce que ces gens-là, mesdames et messieurs, ils vont là où ils veulent, et ils l'ont prouvé. Traverser des frontières, s'affranchir des interdits – ils vont là où ils veulent. Ils peuvent survivre sans eau pendant longtemps et ils acceptent les boulots que d'autres refusent. La plonge, le jardinage... »

Ton père se tape la cuisse en ricanant.

– Singe ignorant, dit-il avant de se pencher en avant pour augmenter le volume de quelques crans.

Il se lisse la moustache avec deux doigts, mais lorsqu'il s'aperçoit que tu le regardes, son sourire s'efface.

« Quant aux Noirs – oui, je sais que vous allez me dire que c'est raciste –, les Noirs, ils n'ont aucune chance. Et je vais vous expliquer pourquoi. Ils ne savent pas nager. C'est écrit, juste ici. Près de la moitié des morts par noyade chez les personnes de cinq à vingt-quatre ans sont noires, d'après cette étude de l'*American Journal of Public Opinion*. »

– Mais c'est quoi ces âneries, tss.

Ton père baisse le volume. Dix secondes plus tard, il émet un petit rire et se dit à lui-même :

– Après, il a pas tort, le type.

En entrant chez ton père, tu remarques que la moquette gris-bleu du salon a été remplacée par du carrelage blanc étincelant. Les taches de jus séché et les fibres durcies qui ont marqué ton enfance ont disparu. Ce qui te frappe plus encore, c'est l'absence de cloison entre la cuisine et ta chambre, qui a été convertie en une espèce de salle à manger : une table non vernie est flanquée d'une chaise de jardin blanc-vert et d'une chaise de bureau bordeaux. La maison est immaculée, sauf les tasses de café et les journaux qui jonchent la surface rugueuse de la table. Ton frère, qui a bientôt fini le lycée, s'allonge torse nu sur la chaise de jardin en vinyle et feuillette les petites annonces. Avec son physique sec et musclé, il ressemble de plus en plus au fils de ton père.

Tandis que tu examines l'intérieur, ton paternel passe en revue tes vêtements d'un air désapprobateur ; il dresse l'oreille en percevant les mots que tu utilises et ceux que tu n'utilises pas. Tu n'es pas sûr desquels, bien que tu en aies prononcé peu devant lui.

– Du coup tu traînes avec les gamins noirs ? te demande-t-il.

Tu regardes ton frère, qui hausse ses épaules robustes avant de les laisser retomber et de se remettre à surligner des offres d'emploi.

– Tu deviens de plus en plus un genre de boutou yankee, dit ton père.

– M'accuse pas juste parce que tu t'es servi de moi pour avoir une carte de séjour, tu lui réponds. C'est pas moi qui ai choisi de naître ici.

Tu comprends de mieux en mieux ta position dans le monde, même si tu vois mal ce que tu pourrais faire pour l'améliorer.

Au lycée, les professeurs ne te demandent plus comment « tu as appris à si bien parler ». Ils ne te demandent plus grand-chose de manière générale, jusqu'au jour où, sous prétexte que ton devoir serait « trop sophistiqué », on t'accuse de plagiat. Tu parles noir et tu t'habilles en

Noir, mais tu écris toujours en Blanc, et tu dois répondre de cette dichotomie.

Tu te rends compte que tu risques de te faire virer à cause de ton parler noir. Ton professeur de sciences, Mr Garcia, t'oblige à refaire ton devoir « pour qu'on n'ait plus l'impression que c'est quelqu'un comme toi qui l'a écrit ». Tu réécris la problématique : *Les mecs sont genre : pourquoi quand les balles volent les mecs meurent ? Newton il dit c'est parce que les objets en mouvement ils restent en mouvement. Il avait de la jugeote ce gars-là, crois-moi.*

Ta copie est corrigée avec emphase et récolte une note médiocre.

En février, lorsque les professeurs parlent des atrocités perpétrées contre les Noirs aux États-Unis, tu hoches la tête, puis tu te désolidarises, en disant : « Ce n'est pas mon histoire. Ma famille n'habitait même pas ici à l'époque. » En même temps, tu cultives un certain dédain pour l'Amérique, même si celle-ci y met du sien. Tu pressens plus ou moins que si ce dédain fonctionne, c'est parce qu'au fond tu penses être partie prenante de cette histoire.

Cependant, tu espères qu'en regardant ce qui se passe ailleurs tu pourras entrevoir une alternative plus plaisante à ce récit focalisé sur l'oppression de la diaspora africaine. Au mieux, tu découvres des failles dans l'appellation « Noir », des termes comme « demi-caste » et « mulâtre », des parachutes sémantiques qui pourraient offrir une échappatoire. Tu récuses ces termes et en inventes d'autres : « semi-Africain » et « négro-pâle ».

Quand tu rencontres des garçons de la même couleur que toi ou plus sombres, des garçons aux cheveux plus crépus, aux lèvres plus épaisses et aux nez plus larges, qui se raccrochent à leurs origines portoricaine, cubaine ou dominicaine de façon exclusive, en disant par exemple « Je suis pas noir, je suis dominicain », tu fais comme tes amis : tu les traites de vendus. Bande de sales bountys, de nègres qui se haïssent eux-mêmes. Ce que tu veux, après tout, c'est un peuple noir fort et uni.

Mais un jour, lorsqu'un énième acte raciste fait la une de tous les médias, une bande de jeunes Noirs américains passe dans la rue en criant « chico » et « oye ». Au début tu te demandes à qui ils s'en prennent et te dis *Quelqu'un va prendre cher*, avant de te rendre compte que c'est toi qui vas subir leur vengeance. Une dizaine de mains sombres te balancent contre un grillage et pressent ton corps dessus comme si on voulait filtrer la partie noire de ta chair pour que le blanc restant puisse être dûment rossé.

Mais avant qu'un coup de poing ne puisse t'atteindre, Shells, votre ami commun et incontestablement noir, passe par là et te donne sa bénédiction.

– Ça va, il est cool, dit Shells de manière nonchalante.

Et ces paroles suffisent.

Comment le fait d'être noir peut-il tenir à si peu de chose ?

Pourquoi parler espagnol te rendrait non noir ? Tu veux le savoir. Comment être originaire d'une île caribéenne peut te rendre non noir ?

Non, vraiment, tu voudras savoir, car certains Jamaïcains de ton entourage commencent ouvertement à faire de telles déclarations. « On est très différents d'un point de vue culturel», disent-ils. Tu as entendu ta famille dire la même chose. Ça devient si répandu que même tes amis noirs-américains te le répètent.

À l'entrepôt où tu travailles, un collègue blanc te demande de lui faire «une palette à la nègre».

– T'es sûr que tu devrais me dire ce genre de choses? lui demandes-tu.

– Qu'est-ce que ça te fait? T'es pas noir, t'es jamaïcain, répond-il. J'ai un ami jamaïcain qui m'a expliqué la différence.

Tu aimerais beaucoup que ce type vienne te l'expliquer aussi.

Tout à coup, les Américains noirs sont les seuls Noirs. Plus que les Africains. Noirs au (à mi-voix) «mauvais sens du terme».

À mesure que tu en apprends plus sur ce que ça signifie d'être noir aux États-Unis, tu finis par t'intéresser à ton héritage jamaïcain.

Tu commences par le plus simple.

Tout à coup, tu adores les currys et tout ce qui est charqué. Ton drapeau passe de bleu-blanc-rouge à vert, noir et doré. Tu remplis tes tiroirs de bandanas et de bracelets aux couleurs de la Jamaïque. Ta réponse en un mot devient «jamaïcain», ce qui te paraît plus inclusif et plus englobant.

En plus, quand «noir» n'était pas considéré comme satisfaisant et que tu ajoutais «américain», les inquisiteurs secouaient la tête et disaient : «Mais non, débile.

Tes parents, ils viennent d'où ? Tu vois très bien ce que je veux dire. »

« De Jamaïque », voilà la solution. On ne peut pas faire plus précis que « jamaïcain ».

Mais la moitié du temps, lorsque tu réponds à « T'es quoi ? » par « jamaïcain », on te dit : « Quand tu parles, ça fait pas jamaïcain. Si t'es vraiment jamaïcain, il est passé où ton accent ? »

T'y vas plus fort. Pas fort en mode commercial, genre « Mr Lover Lover » de Shaggy. Fort en mode « More Fire » de Capleton, en mode radio underground Mixx 96. En mode moi je peux pas aimer le rap sauf si tu dis que Kool Herc, l'un des nôtres, a inventé le hip-hop. Ou que la mère de Biggie est jamaïcaine. Parce que lui, c'est le meilleur rappeur de tous les temps.

Tu deviens pas rasta, mais tu parles en mode « moi et mes frères ». T'encenses pas Sélassié, mais t'approuves Marcus Garvey. Tu chantes « Fire 'pon Bush » mais t'aimes quand même Colin Powell.

Fort en mode corned-beef. En mode tu te fais des soupes au mirliton le samedi. En mode tu bouffes des Marie Patties et du Sango comme si vous habitiez à Colonial Drive, en mode l'aki et le poisson séché, c'est ta vie. En mode festival du poisson. En mode Johnny cake avec des beignets.

En mode tu peux parler Seaga contre Manley, Parti travailliste contre Parti national du peuple, Red Stripe contre Heineken. En mode Bayside Hut, je danse sur le rythme de « Bookshelf ».

Fort en mode *Pourquoi les Wayans nous ont imités comme ça ?* Fort en mode t'es pour Screwface dans *Désigné pour mourir.*

À Miami, disons au Dolphin Mall, si la caissière te parle en espagnol, et que tu réponds « Désolé, je ne parle pas espagnol », et qu'ensuite tu réponds au sondage obligatoire sur pourquoi ce n'est pas le cas, tu seras vexé lorsque la caissière te dira :

– Mais t'as pas l'air jamaïcain.

– Ça ressemble à quoi un Jamaïcain ?

Elle se frottera le poignet comme pour enlever une tache, et dira : « Ils sont noirs. »

Elle t'assure que tu dois être dominicain.

Une fois arrivé à l'université, ce qui te surprend le plus, c'est que personne dans le Midwest ne part du principe que tu es portoricain ou dominicain. Ici, tu es simplement, incontestablement noir. Personne ne te demande « T'es quoi ? ».

À la place, tes camarades te demandent ce que ça fait d'avoir survécu à Katrina. Tu expliques que treize ans plus tôt tu as survécu à l'ouragan Andrew – le Katrina de Miami. Ils clignent des yeux en t'écoutant, puis se désintéressent de toi.

Durant les séminaires, les gens veulent connaître le point de vue des Noirs. Leur déception est palpable lorsque tu rétorques «Je ne suis peut-être pas la personne la mieux placée pour répondre.» Tu supposes que c'est la chose à dire, peu importe qui est interrogé. Tu te demandes si le fait de ne pas se reconnaître dans l'archétype de l'«expérience noire» n'est pas propre à ladite expérience noire.

Tu te demandes ce qui serait arrivé si un vrai Noir avait été admis. Tu imagines tes camarades prendre leurs jambes à leur cou. Jeter leurs corps pâles et nus à ses pieds. Tu te demandes si un autre Noir sera un jour admis. Tu regardes les années passer, et ça n'arrive jamais.

Dans le Midwest, tu es noir, c'est incontestable ; tout de même, tu t'étonneras de voir la blancheur de ta peau en hiver. Tu regarderas tes cheveux dans le miroir pendant des heures : les boucles sont lâches, tout juste libérées du poids de l'humidité de Miami. À certains endroits, elles se dressent en mèches distinctes, tandis qu'à d'autres, des touffes se collent les unes aux autres. Ailleurs, ils forment de petites spirales. Même tes cheveux n'arrivent pas à s'accorder sur ce qu'ils devraient être.

Dans les couloirs du département de littérature, ton ami coréen te soupçonne de te faire une permanente. Tes camarades blancs te tirent les cheveux pendant les cours avant de s'excuser, puis ils recommencent de plus belle dans les bars, sauf que là ils ne s'excusent plus. Tu pensais que c'était un cliché, rien de plus, que le mythe était une exagération grotesque. Tu as honte pour l'humanité.

Un soir, ivre, tu t'extirpes d'un bar miteux pour entrer dans un taxi. Tu dis au chauffeur somalien : «Emmène-moi chez des Noirs. » Il hoche la tête et t'emmène dans une boîte de hip-hop située dans le centre-ville. Une fois à l'intérieur, tu pleures presque de joie en sentant les rythmes lancinants des basses vibrer dans ton corps. Mais lorsque tu scrutes la foule, tu es surpris de voir tous ces motifs bicolores – ces hommes très sombres qui se frottent contre des femmes très pâles.

—

Dans le Midwest, la question n'est pas de savoir si tu es noir mais si ceux qui t'entourent sont vraiment blancs. Caitlyn, ton amie sino-américaine, te confie qu'elle se sent blanche.

– Ça fait quoi ? tu lui demandes. J'imagine que c'est comme marcher pieds nus sur une moquette bien épaisse.

– Ah, j'avais zappé, dit Caitlyn. Tu dois détester les Blancs.

– Pourquoi je détesterais les Blancs ? Je suis allé jusque dans le Midwest pour en rencontrer.

– C'est juste que les gens s'attendent à ce que mon point de vue soit représentatif de ma minorité. Comme si j'étais censée être l'ambassadrice de la chinosité. Mes parents sont les seuls Chinois que je connais. Et en plus on est super riches. Je pense que je me sens trop privilégiée pour ne pas être blanche.

– Ça doit être difficile.

– Je sais comment ça sonne, surtout à tes oreilles, mais ça change pas comment je me sens. Tu peux pas comprendre.

– On dirait que tu préférerais que les gens te voient moins comme une abstraction et plus comme un être humain. Comme les Blancs voient les autres Blancs.

Elle se mord la lèvre avec prudence, puis répond :

– C'est ça.

– Et c'est à cause de ton apparence physique que c'est pas possible.

– Oui ! s'exclame-t-elle.

– Je sais ce que tu ressens, tu lui dis. Et je ne pense pas que ce soit ça, être blanche.

Tu te rends à ce que les étudiants de ton université appellent une soirée. Tu es déjà allé à des fêtes, évidemment, mais ici, il y a une différence entre « soirées » et « soirées dansantes ». Aux soirées dansantes, les gens ont le droit de danser. Aux soirées tout court, les gens ont le droit de se tenir immobiles, l'air gêné, et de parler de leurs études tout en se protégeant le ventre ou la poitrine au moyen de gobelets en plastique rouge, ou alors ils gigotent autour de ces mêmes gobelets en s'y cramponnant comme si leur vie en dépendait.

À Miami, pour autant que tu le saches, toutes les soirées sont dansantes. Tu es complètement à la traîne lorsqu'il s'agit d'échanger des banalités.

Tu erres à travers le salon bondé de ton hôte et te diriges vers un cercle de femmes que tu as déjà vues en cours. Très animées, elles parlent chacune à leur tour de tel ou tel sujet. Tu espères que tu auras ton mot à dire. Après tout, elles aussi étudient la littérature et ont émigré dans le Midwest – vous devriez avoir des intérêts et des expériences en commun.

Elles te font de la place pour que tu rejoignes le cercle mais continuent à parler rapidement, ne se regardant qu'entre elles. L'une dit :

– C'est comme pour moi, les gens ici découvrent que je viens du Mexique et ils pensent aux Mayas. Ma lignée remonte jusqu'en Espagne. Je suis pas une «Indio». Enfin, y aurait pas de mal à ça, mais c'est clairement pas la même chose.

– Je sais, dit l'autre femme brune du groupe. Moi, je viens d'Argentine. On ressemble plus aux Européens qu'aux autres Sud-Américains.

– Tellement vrai, dit la troisième, aux cheveux châtains. Vu que ma mère est juive, du coup on me traite comme si j'étais pas blanche.

– Toi, t'es blanche, dit la Mexicaine en posant une main amicale sur son épaule. T'en fais pas.

– Oh, toi aussi t'es blanche, répond-elle en lui tapotant l'épaule à son tour.

– Moi, je suis blanche, dit l'Argentine avec émotion, les larmes aux yeux.

– Oh, mais bien sûr que tu l'es ! disent les deux autres. On est toutes blanches.

– Nous, on est blanches.

– On est des Blanches.

– On est blanches, répètent-elles.

———

Tu commences à sortir avec deux Américaines blanches, simultanément et sans que ce soit très sérieux. Il se trouve qu'elles s'appellent toutes les deux Katie. Presque toutes les femmes du Midwest s'appellent Katie. Ou Caitlin. Ou Kathryn. Ou Kathleen. Mais elles, elles s'appellent Katie. Elles ont la trentaine et semblent traverser la même crise qui les a poussées à sortir avec toi au départ.

Elles s'inquiètent à haute voix du temps qui leur reste pour avoir des enfants et qui diminue de jour en jour. Elles parlent négligemment du fait qu'elles viennent de familles plus nanties que toi (bien qu'elles ne te posent jamais la question). Tu vois ça comme une insulte, vu ce que tu dépenses en vêtements, que ce soit avec l'argent de ta bourse ou celui de ton prêt étudiant, et vu le temps que tu consacres à peaufiner ton apparence, mais tu finis par comprendre qu'elles ont raison. Bien qu'elles ne l'aient pas dit explicitement, les deux Katie se croient plus intelligentes que toi, mais aussi moins belles que toi, et elles sont prêtes à échanger leur richesse et leur intelligence contre ton charme juvénile.

Ce que tu ne leur dis pas, ce que tu caches soigneusement, c'est que tu as pas mal glandouillé après le lycée, enchaînant les petits boulots pendant des années avant de te décider enfin à t'inscrire à la fac. Ainsi, tu es un peu plus âgé que ce qu'elles pensent. Comme les mecs basanés n'ont pas de rides sur le front, on ne te demande jamais ce que tu fiches en licence. En plus, les Katie ont ta vie déjà toute tracée dans leur tête, alors pourquoi les décevoir ?

Et ce que tu aimes chez elles, c'est qu'elles sont complètement dingues de ton… ton quoi, en fait ?

Au début, elles font en sorte de se tenir tranquilles. Mais très vite elles laissent échapper des comparaisons entre toi et leurs copains précédents, qu'ils soient réels ou fantasmés. Ces comparaisons sont censées être flatteuses.

– Ta peau est tellement plus lisse que celle des autres hommes que j'ai connus, dit Katie. Je pensais pas que ça pouvait être aussi lisse. T'as de la chance de pas avoir la peau qui blanchit.

– Qui aurait cru que tes lèvres seraient aussi douces ? dit Katie. Comme des petits oreillers roses et douillets. Heureusement qu'elles ne sont pas toutes gercées ou brunies.

Katie ajoute même :

– Il y a du rose sur tes tétons ! Un rose un peu marron, mais c'est bien du rose. Je pensais pas que c'était possible.

Tôt ou tard elles se font insistantes, encore et encore :

– Mais t'as l'air métis.

– Je suis métis, tu réponds.

– Non, je veux dire biracial.

– Ben, quand tu additionnes le tout…

– Non, rétorquent-elles, je veux dire comme si l'un de tes parents était blanc.

Tu entres dans un snack à une heure du matin. Une femme essaie de te vendre le Coran, tu refuses et elle t'insulte pour avoir trahi ton héritage arabe. Tu lui assures que tu n'as pas d'héritage arabe et que tu n'es pas musulman. Alors elle passe sa main sur ton visage et dit :

– Bien sûr que si. Regarde-toi.

Tes deux seuls amis noirs du Midwest te demandent sans cesse ce que tu as fait à tes cheveux pour qu'ils ressemblent à ça. Ils les pointent même du doigt en disant :

– Tu te réveilles pas comme ça, on est d'accord ?

– Pas possible, renchérit l'autre.

– Je les lave de temps en temps, c'est tout, tu réponds.

Ils te reprochent de ne sortir qu'avec des Blanches, puis qu'avec des Asiatiques. Ils te reprochent de sortir avec leur amie haïtienne, puis d'avoir rompu avec elle.

– Comme si on en avait quelque chose à foutre d'où tu mets ta p'tite bite fripée, dit Sheila lorsque tu te confies à elle.

Puis elle ajoute :

– J'ai dit à Gabriella de ne pas fricoter avec toi. T'essaies de te taper toutes les couleurs de l'arc-en-ciel, on dirait.

– Vas-y, continue à piétiner le Black Love, dit Neya en secouant la tête avec emphase.

Tu te demandes si ta relation avec Gabriella pourrait être qualifiée de « Black Love ». Ton teint est plus proche de celui des deux Katie que du sien. Tu prends garde à ne pas poser la question.

Lorsque Sheila et Neya remarquent la photo de famille qui repose sur ton étagère, celle avec ton père, elles pètent un câble.

– Il a des bons cheveux, disent-elles. Pas étonnant. Je pensais que ton père était noir. Je pensais que t'avais juste la peau claire.

Tu es tenté de relever leur usage de l'expression « bons cheveux », si insultante, et de leur demander d'où vient cette tribu de gens ayant « juste la peau claire ». Tu veux savoir si ton père est noir ou non, et si ses cheveux le disqualifient. Au lieu de quoi, tu lâches :

– Ceux de ma mère sont plus lisses. Pourquoi ceux de mon père seraient aussi « bons » ?

Elles se penchent en avant pour scruter la photo de plus près, puis elles reculent en riant.

– Ta mère elle a pas les cheveux lisses, dit Sheila, qui glousse entre chaque mot.

Tu regardes ta mère sur la photo – sa frange, les cheveux qui lui tombent sur les épaules – puis tu regardes Neya, dont les rires se sont mués en un sourire suffisant.

– Ses cheveux sont pas lisses en vrai, dit-elle en rejoignant Sheila. C'est juste une permanente.

Dans le Midwest, lors des soirées officielles, tu ne cesses de t'étonner du fait que les seuls autres Noirs sont là pour faire le service. Curieusement, tu es surpris chaque fois que les employés t'arrêtent pour te dire : « Tu ressembles vachement à quelqu'un qui bosse ici. »

Les barmen refusent de te servir tant que tu n'as pas admis ce fait. Ils se précipitent pour servir tes amis et collègues, mais quand c'est toi qui commandes, ils restent les bras croisés avec un sourire en coin, comme si tu venais de faire une blague, ou qu'ils venaient de se rappeler quelque chose de drôle alors que tu ne leur as rien dit du tout. Parfois, ils sortent un chiffon humide et astiquent le comptoir avant de croiser ton regard. Ou bien ils vont remuer leur pelle à glace dans le congélateur, ou encore empiler des serviettes en papier dans le distributeur, et peu importe si le tout menace de s'effondrer.

Enfin, lorsqu'ils prennent acte de ta présence, ils te dévisagent avec ostentation – et plus encore si tu es accompagné.

– Tu ressembles vachement à quelqu'un qui bosse ici, disent-ils.

Et si tu leur redemandes « On pourrait avoir deux whiskys-gingembre, s'il vous plaît ? », ils montrent leurs dents, te regardent dans le blanc des yeux et disent aussi lentement que possible :

– Tu ressembles vachement à quelqu'un qui bosse ici.

Et toi, tu hoches la tête. Par crainte d'avoir soif.

– C'était chelou, dira peut-être celle qui t'accompagne pendant que vous retournez à votre table.

Elle ira peut-être même jusqu'à t'expliquer ce qu'est une micro-agression.

Vous vous asseyez, passez outre à cette humiliation, jusqu'à ce que la serveuse vienne à votre table et dispose les assiettes sur la nappe en lin blanc, devant chacun des autres convives. Respectant ce qui semble être un protocole, elle te sert en dernier. Si tu ne fais pas attention à elle ou si tu es en train de discuter, elle te tapote l'épaule, t'interrompt et dit :

– Tu ressembles vachement à quelqu'un qui bosse ici.

Tu comprends ce qu'elle veut dire : « Tu ressembles à quelqu'un qui *devrait* bosser ici », évidemment. En plus, depuis que tu as quitté Miami, tu es rongé par l'idée que personne dans l'Iowa ne te ressemble, de près ou de loin.

Tu voudrais que des Dominicains viennent s'installer en ville.

Cela dit, dans les bus et sur les trottoirs, des hommes noirs ivres t'arrêtent et te pointent du doigt en disant :

– On est frères. L'oublie pas.

—

En Jamaïque, tu es marron. Là-bas, les gens te ressemblent fortement, un mélange bigarré d'Africain et d'Européen, avec une touche d'Indien ou de Chinois. Ils ressemblent aux membres de ta famille et parlent comme eux, alors tu te sens chez toi, même avec des inconnus. Là-bas, les gens savent que les traits métissés sont courants au sein de la classe moyenne, et pour une fois, lorsque tu obtiens une bourse pour un séjour dans le pays de tes parents, les yeux qui se posent sur toi ne sont ni interrogateurs ni accusateurs, mais accueillants.

Jusqu'à ce que tu ouvres la bouche.

– Eh, mais c'est du Yankee, ça, disent-ils dès qu'ils t'entendent. Mais tes parents, c'est des Yardies, sûr. On le devine rien qu'à ta tête.

Certains t'assurent que, peu importe où tu es né, tu as « du sang jamaïcain ». D'autres, les plus jeunes surtout, trouvent ça grotesque que tu oses même prononcer les mots « jamaïcain » ou « jamaïcain-américain » pour définir ton appartenance ethnique ou pour t'identifier de quelque manière que ce soit.

– Mais t'y connais quoi, toi, à la Jamaïque ? demandent-ils.

Un petit groupe d'hommes et de femmes dans la vingtaine t'ont pris sous leur aile. Ils sont particulièrement sceptiques, peut-être parce qu'ils sont tristes que tu aies été privé d'une authentique éducation jamaïcaine, ou bien au contraire parce qu'ils sont partis étudier la médecine ou le droit à l'étranger ; et après avoir vécu un temps loin de la Jamaïque, ils ont besoin d'un étranger pour leur rappeler que leur foyer, c'est ici.

Quoi qu'il en soit, ils réussissent à te convaincre que tes parents ont gâché ta vie dès qu'ils ont quitté l'île. Tes nouveaux compagnons t'emmènent au festival du Poisson d'Hellshire Beach, où des corps couleur onyx et camel miroitent dans l'eau turquoise. Ils t'emmènent au National Stadium pour voir les hommes et les femmes les plus rapides du monde se qualifier pour les Jeux olympiques. Ils demandent à leurs aides de te faire du porc charqué, de la soupe de haricots rouges et de la popote rôtie. Enfin, ils t'emmènent sur des bateaux et dans des boîtes de nuit baptisées Fiction ou Jalousie. Tu considères tout ça comme faisant partie de ton travail de recherche, et tu reportes à plus tard la visite que tu avais prévu de faire à la bibliothèque de l'université des Indes occidentales.

Les parents de tes camarades insistent pour que tu rencontres les filles de leurs amis ou de leurs proches. C'est la première fois qu'une mère – plusieurs, même – te considère comme un gendre acceptable, et tu ne demandes que ça. Tu veux toutes les demander en mariage, afin d'augmenter sans tarder la population beige caramel. Voici les filles que ta mère voulait que tu ramènes à la maison : des mosaïques multiculturelles ambulantes, des épouses pleines d'ambiguïté raciale.

À part ici, où est-ce qu'on fabrique des gens comme moi ? te demandes-tu. *Et comment je fais pour revenir ici ?*

Au cours de tes nuits d'ivresse, tu fais de ton mieux pour imiter l'accent jamaïcain. Ça pourrait marcher au milieu des basses vrombissantes, ou quand tes interlocuteurs sont bourrés, mais comme tu as passé ces dernières années séquestré dans le Midwest, loin de la musique, de la nourriture et des gens si faciles à trouver à Miami, tu as déjà oublié une bonne part de la langue de tes parents. Devant tes tentatives, tes compagnons sourient puis regardent ailleurs en faisant semblant de ne pas avoir honte pour toi.

Tu finiras par t'avouer que tu es fatigué. Fatigué d'essayer de devoir convaincre les gens – à commencer par toi-même – de tout et n'importe quoi.

Lorsqu'on te conduit à la maison où habitaient tes grands-parents avant de mourir, celle que tu as visitée enfant, elle est beaucoup plus petite que dans tes souvenirs. Tu te rends compte que tout est relatif.

Un après-midi, allongé sur une chaise longue sous la véranda de ton hôte, tu écartes la bouteille de Wray & Nephew le temps de poser à deux de tes compagnons la question qui t'a poussé à venir en Jamaïque, celle sur laquelle portent tes recherches.

– Parmi vos amis, est-ce que les gens ont tendance à penser à leurs racines ou à en parler ? De leurs racines pré-jamaïcaines, j'entends.

Tu ne cesses de penser à la liste des grands Européens dressée par ta mère, au fait que tes parents vouent un culte au système scolaire britannique, dont ils ont profité avant l'Indépendance, et tu penses aussi aux rastafaris qui célèbrent l'Éthiopie et la Mère Afrique. Mais tu veux surtout en savoir plus sur les jeunes de vingt ans et quelques de la classe moyenne d'aujourd'hui. Tu veux savoir ce que tu ressentirais si ta famille n'était jamais partie.

– Est-ce qu'il y a des gens ici qui voient l'Angleterre ou l'Afrique de l'Ouest comme, vous savez, leur mère patrie ?

– C'est quoi ces questions d'ababa ? répond Zoë.

Tu es vite tombé amoureux d'elle, avec son teint basané et ses yeux clairs. Si vite que c'en est inquiétant. Tu as passé ces dernières nuits à fantasmer sur l'idée d'écrire une lettre à ton père le suppliant de t'envoyer une forme de dot, un soutien financier qui te permettrait de rester à Kingston et de courtiser Zoë. Si tu parvenais à l'épouser et à prolonger ta lignée sur l'île, peut-être que d'ici dix ou vingt ans l'Amérique ne serait plus qu'une parenthèse dans ton histoire familiale, un bref cauchemar à oublier. À Miami, Delano et sa nouvelle femme ont déjà commencé à faire des bébés jamaïcains pure souche qui, en grandissant, accepteront ou non leur héritage.

Pour sa part, Zoë répond à tes avances mais pouffe devant la lenteur de ton débit, cette manière agaçante que tu as de tordre tes voyelles et de souligner les consonnes.

– L'A-feu-rrique, c'est ta mère patrie ? dit-elle en prenant une voix censée imiter la tienne. Y a que les Yankees pour se prendre la tête avec ça : ils ont pas de culture. Ils sont perdus.

– Donc, en général, tu lui dis, les Jamaïcains se sentent juste… jamaïcains ?

Steven, le cousin de Zoë, se tourne vers elle.

– Il plane, le gars. Les Blancs ont déteint sur lui, et maintenant il plane tout là-haut.

Puis il te dit :

– Détends-toi, mec. Le rhum y va bousiller ce que t'as là-dedans.

Steven, c'est le fils d'une amie d'une amie de ta mère qui était censé te faire visiter Kingston mais qui t'a tout de suite confié à Zöe et ses amies. Tu aurais pu l'embrasser en guise de remerciement.

– Tu crois que les Français y se sentent pas français ? demande Zoë. Que les Irlandais y se sentent pas irlandais ?

– C'est pas pareil. Vous êtes pas les premiers habitants de cette île.

– Et alors ? Faut remonter jusqu'à quand ? Tu crois que y a jamais eu de vagues d'immigration en Europe ?

– Je parle de colonisation, d'esclavage de masse.

– Tss. Vous, les Yankees, vous vous accrochez toujours à ça, dit-elle. C'est ça, la différence entre vous et nous.

Tu réfléchis au rapport entre penser de façon anhistorique et être satisfait de son sort.

Tu es surpris de voir à quel point tu pardonnes à Zoë ses opinions politiques. Elle n'a peut-être pas tort. Ou alors c'est l'amour, ça rend aveugle. Quand tu lui as dit que tu aimerais monter jusqu'à Accompong pour rendre hommage aux nègres marrons qui ont réussi à repousser les esclavagistes britanniques, elle a répondu :

– Tu parles des pitits gens qui vivent dans des cases ?

– Mais les pauvres qu'on croise dans la rue, ceux qui vivent dans des taudis et qui prennent des bus sur plusieurs kilomètres pour faire le ménage chez vous, y a aucune chance qu'ils vous regardent, avec vos belles maisons, vos voitures et vos beaux vêtements, et qu'ils se disent : il n'y a qu'une seule Jamaïque. Eux, ils souffrent encore des conséquences de la colonisation, tu ne crois pas ?

– Tsé, y a des gens, ils veulent pas travailler dur, dit Zoë. Je sais, c'est pas cool à dire, mais…

– Donc tu veux les Marrons dans des maisons et les Noirs dans des taudis.

– C'est des problèmes de classe, frè, dit Steven. Y a pas de racisme ici. On est tous noirs, mec.

Tu préfères ne pas insister, de peur d'offenser tes hôtes. Mais plus tard, alors que tu t'enquiers des forces de sécurité privées dont les pancartes jonchent le ciel de Kingston – celles qui sont censées arriver pendant un cambriolage et tirer sur les cambrioleurs à vue – et que tu demandes comment elles font pour distinguer le voleur du propriétaire, Steven te fait remarquer :

– Y tireraient pas sur des gens comme nous. Y te tirent dessus seulement si t'es noir-noir.

Ton retour dans le Midwest se révèle bien plus étrange et déroutant que le jour où tu as quitté Miami pour t'y installer. Tu commences à souffrir de solitude, de mal-être. Tu te rends compte – d'abord avec perplexité, puis avec un désespoir qui te coupe le souffle et te glace jusqu'au plus profond de tes entrailles – que tous les aspects de cette petite ville du Midwest t'agacent : les tombolas de viande, les alertes aux orages, les gratins de patates frites, les comportements passifs-agressifs et l'absence de climatisation.

La Jamaïque et ses habitants te manquent. Tu écris à Zoë pendant plusieurs semaines, mais vos échanges s'amenuisent au début du semestre d'automne.

Un soir, tu parles à Neya et Sheila de ta sensation d'isolement.

– Ça a quel goût, les larmes de visage pâle ? demande Sheila. Elles sont hydratantes ?

– Peut-être que s'il sortait avec des Noires américaines…, dit Neya.

– Quelles Noires ? tu réponds en examinant le lieu avec ostentation. Y en a pas d'autres dans ce bar. Y en a dans aucun de mes cours.

– Bah voilà, c'est ça ton problème, dit Sheila. Pourquoi un Noir voudrait faire des études de lettres ? Nous on peut pas se permettre de choisir une voie artistique. Faut qu'on crée de la richesse dans nos communautés.

– Parce que le monde a vraiment besoin d'une énième diplômée d'école de commerce, tu commentes, en référence aux ambitions de Sheila.

Puis tu te tournes vers Neya pour ajouter :

– Ou, pire encore, d'une énième avocate.

Tu en es déjà à trois shots de tequila et votre table est jonchée de chopes à bière, toutes vides. Tu regardes à gauche, vers le comptoir, dans l'espoir d'apercevoir le serveur pour commander une nouvelle tournée.

Mais au lieu de ça, tu découvres ce qui ressemble, l'espace d'un instant, à ton image renversée : un homme à la peau marron clair assis sur un tabouret. Au moment où tu te tournes dans sa direction, lui-même se tourne vers toi. Ses cheveux sont plus courts que les tiens, en revanche, et ses yeux plus clairs. Il a les lèvres roses et le visage doré.

En général, tu détournes le regard dans ce genre de situation, mais en cet instant tu le fixes des yeux. Ton vif intérêt pour l'étude des traits métissés, afin d'analyser ce qui les rend semblables aux tiens, n'a fait que s'intensifier depuis que tu as déménagé dans une ville où pratiquement personne ne te ressemble. C'est comme appartenir à un club où tu n'as pas le droit de prendre la parole.

L'homme assis au comptoir sourit et se joint à vous. Il s'appelle Justin et semble seul. Peut-être qu'il souffre d'une affliction similaire.

– Assieds-toi, Justin, tu fais. On parlait du rôle des Noirs au vingt-et-unième siècle.

Justin regarde tes compagnes comme pour dire : *Il est sérieux ?* Tu te demandes s'il va prendre part au débat, ou même s'il s'identifie comme noir.

– Ce qu'on se demandait, dit Sheila, c'est si on a besoin d'un énième artiste au sein de notre communauté. En quoi ça nous avancera ?

– Eh bien, les artistes sont des hérauts, répond Justin.

Il y a quelque chose de réfléchi dans la façon dont il parle, à moins que ce soit l'effet de la pause qu'il a marquée juste avant.

– Ils sont nos miroirs, notre lumière, poursuit-il. Ils reflètent notre réalité, notre passé, notre présent et notre avenir. Sans eux, on ne pourrait pas mesurer les progrès qu'on a faits ou non. On serait comme des enfants qui cherchent leur chemin dans l'obscurité.

Neya rit.

– Super, dit Sheila.

– Un vrai poète, tu dis.

– Non, enfin pas vraiment, répond Justin. J'étudie la comédie musicale.

– Dis-moi alors, Monsieur Comédie Musicale, demande Sheila, que révèle l'art de la scène qu'un recensement ou une étude du Pew Research Center ne pourrait pas révéler ?

– Eh bien, fait à nouveau Justin.

Il plisse les yeux, et sa mâchoire paraît se tendre un instant. Il expire lentement, comme s'il soufflait de la fumée de cigarette. Sa mâchoire se relâche. Ses grains de beauté dansent sur son visage lorsqu'il parle.

– Un recensement nous indique ce qui est, mais n'explique pas les causes. Et même si on les connaissait – mettons, que les écarts de richesse sont liés aux pratiques discriminatoires en matière de logement –, il manquerait toujours cette humanité sans laquelle on ne peut transmettre de véritable message, car il y a des vies humaines en jeu.

– En plus, il faut prendre en compte la représentation au sens large, ajoutes-tu. Si je ne crée pas des personnages qui me ressemblent, qui le fera ? La visibilité, c'est important. Sinon, c'est comme si on n'existait pas.

– Exact, dit Justin.

– Vous faites la paire, dites donc, s'amuse Neya.

– Tu es écrivain ? me demande Justin. Je voulais savoir si ça te dérangerait de jeter un coup d'œil sur quelque chose que j'ai écrit. Un regard extérieur serait utile.

Tu as rendez-vous avec Justin dans un café, pour qu'il te donne un exemplaire de la nouvelle, de la pièce ou du scénario qu'il a écrit – tu n'es pas très au clair là-dessus. Il l'a dans les mains quand il vient te saluer.

– C'est ça que tu voulais que je regarde ?

Il répond oui mais laisse ses bras croisés sur le manuscrit.

– Merci d'avoir accepté, dit-il en passant le lieu en revue. Je ne suis jamais venu ici. C'est sympa.

Il triture le bord du manuscrit avec ses doigts et l'écorne.

– Désolé, je suis un peu nerveux, je pense.

– Pourquoi ?

Il hausse les épaules et regarde ses mains.

– À vrai dire, c'est la première fois que je fais ça.

– Écoute, sois pas nerveux, tu lui dis. Au début, ça peut faire bizarre de se dévoiler. De faire autant confiance à quelqu'un d'autre. De s'exposer. On s'inquiète tous de ce que pensent les autres, c'est normal. Mais après, ça devient plus facile. Tu vas t'y habituer, et très vite tu vas adorer.

– J'espère, dit-il en tortillant une bague en argent autour de son petit doigt.

– Je peux te poser une question ? Je veux pas être intrusif, mais je suis curieux.

– Vas-y, tant qu'à faire, fait Justin en souriant.

– Tu viens d'où ?

Il se redresse.

– Tu veux dire, de quel lycée ?

– Je veux dire : tes parents, ils viennent d'où ?

– C'est bizarre comme question, répond Justin. Ils viennent d'ici. Comme leurs parents à eux.

– Oui, mais je veux dire racialement parlant.

Il te fixe en silence, regarde autour de lui, puis se tourne à nouveau vers toi.

– T'es une sorte de fétichiste ou quoi ?

– Un fétichiste ?

– Ça me dérange pas que tu aies une préférence pour un type en particulier, mais…

– Un type ?

– L'exotisation, tout ça, c'est pas mon truc.

– Un type ? On parle de quoi là, au juste ?

Vous vous fixez l'un l'autre. Chacun attend que l'autre mette les choses au clair.

– Je suis juste venu pour lire ton histoire, mec.

– Et m'aider à m'exposer ?

– Je voulais dire artistiquement.

– Bon, allez, je me casse.

– Attends.

Il hésite un instant, les mains posées sur la table, prêt à se lever.

– On peut être amis ? tu demandes.

– J'ai déjà des amis, répond-il en riant. Et puis je crois que t'as des problèmes à régler avec toi-même.

Durant ta dernière année de licence, à l'automne, tu t'obliges à contempler le rouge des feuilles, à respirer la brise fraîche et revigorante qui vient pénétrer ta peau, afin de te rappeler : *C'est magique. Ça n'arrive jamais chez moi – je suis parti tellement loin.*

Lors des nuits glaciales qui te font peler, cependant, tu n'as qu'une envie : retourner à Miami pour te saturer de sa moiteur torride et te noyer dans sa chaleur collante. Mais tu n'es pas à Miami. Alors tu souffles ton haleine chaude sur ton écharpe pour te désengourdir le visage. Tu rentres la tête et remontes tes bottes, puis tu avances silencieusement dans la neige.

Lors de la première tempête de neige de ton semestre final – avant que les lumières de ta cuisine ne clignotent, puis s'éteignent, et que tu n'aies plus de réseau – tu prends une décision. Tu appelles ta mère.

– J'ai des nouvelles, tu lui dis tandis que le vent lacère la fenêtre de ton salon, celle qui est dépourvue de double vitrage.

Tu colles ta paume sur la cavité de ton oreille et tu hurles dans le téléphone :

– Je rentre à la maison cet été. Juste après ta remise de diplôme.

– J'ai des nouvelles, répond ta mère d'une voix si douce que c'en est agaçant. Je rentre à la maison cet été, juste après ta remise de diplôme.

Le cadre de la fenêtre tremble. Tu frémis et chasses l'idée que ta mère répète ce que tu dis, que tu es parti suffisamment longtemps pour qu'elle soit devenue sénile.

– Sauf que toi, tu es déjà à la maison.

– Non, je suis à Kingston. J'ai eu une offre d'emploi.

– Ça fait presque trente ans que t'y habites plus.

– Il est temps. C'est trop dur là-bas pour une femme noire.

– Quelle femme noire ?

– Celle qui te parle. T'es sûr que ça va ?

Tu raccroches et appelles ton frère.

– Maman dit qu'elle est noire et qu'elle part s'installer en Jamaïque. C'est peut-être un début de démence.

Ton frère rigole doucement, confirmant par là qu'il n'a jamais été très sensible au sort d'autrui.

– Parfois, on doit être ce qu'on doit être.

Tu veux lui dire où il peut se la carrer, sa phrase toute faite – lui dire *J'hallucine pas. Tout ça n'est pas dans ma tête.* Tu es à deux doigts de lui dire *Ça doit être sympa de se sentir chez soi dans le pays où on est né, d'avoir une mère-patrie où s'échapper.* Finalement, tu lui dis :

– Le réseau est foireux. Je te rappelle.

Tu téléphones à ton père :

– Je rentre à la maison.

Il fait une longue pause, tellement longue que tu regardes l'écran du téléphone pour vérifier qu'il est toujours là.

– Trelawny… t'es sûr c'est une bonne idée ?

– Pas toi ?

– Ben, tu vas faire quoi ici ? Y a pas de boulot.

Il énumère une série de mots tendance, comme extraits des nouvelles du soir : « crise hypothécaire », « saisies », « récession », « croissance en baisse ».

– Mieux vaut tu restes là-bas, dit-il.

– J'aurai mon diplôme. Ça devrait m'aider à trouver un truc.

– Diplôme de quoi ? D'anglais ? Y parlent pas anglais ici. Comment ça va te trouver du boulot ?

– Je pourrais peut-être travailler avec toi.

– Y a pas de travail, dit-il. Les gens arrivent pas à garder leurs propres maisons, alors en construire de nouvelles, tu peux oublier. Même la maison de ta mère y l'ont hypothéquée.

– Ah bon ?

Tu penses à son prêt à taux variable, et à la banque qui s'occupe desdites variations.

– Tu habiteras où si tu reviens ? demande ton père.

Tu peines à trouver tes mots.

– Je me débrouillerai.

Puis tu ajoutes « Écoute, faut que je te quitte » avant de te résigner au fait que son invitation à venir habiter chez lui, celle qui a plus de dix ans de retard, n'arrivera jamais.

—

Quelques mois avant ta remise de diplôme, avant que tu charges ton Dodge Raider et parcoures les trois mille kilomètres qui te séparent de Miami afin de te mettre les idées au clair, tu décides de faire un test génétique. Tu craches dans un tube, tu l'envoies par la poste, et tu attends les résultats. Six semaines plus tard, un e-mail t'indique qu'ils sont disponibles. Tu te connectes à ton compte et un encadré t'informe que tu es à trente-huit pour cent ouest-africain. C'est la région du monde (si large et variée soit-elle) où tu as le pourcentage le plus élevé. Et ça te paraît juste, ou en tout cas pas complètement à côté de la plaque, vu ton héritage jamaïcain et l'histoire de l'île et de sa population.

Mais lorsque tu cliques pour afficher l'analyse complète de ton héritage, le haut de la page indique 59,9 % d'ascendance européenne (en majorité britannique, même si l'ensemble du continent est concerné). Le bas de la page indique 1 % d'ascendance moyen-orientale. Le reste est peu concluant.

– Bordel de merde, dit Katie à côté de toi sur le canapé avant de s'éloigner pour te regarder de nouveau. Je sors avec un babtou.

Toi, le nègre, tu es principalement européen.

– Enfin, tu restes noir, ajoute Katie, de nouveau sérieuse.

C'est la première fois que tu disposes de données chiffrées sur ta race, ou plutôt sur la composition ethnique de tes ancêtres. La race, comme tu le sais, est une construction sociale. Elle ne peut être mesurée, car elle n'existe pas – au sens biologique. Même si les résultats indiquaient 99 % européen et 1 % africain, tu resterais noir, et uniquement noir, selon les normes américaines, tant que tu as les cheveux crépus et la peau ne serait-ce que légèrement brune.

Tu penses aux fois où on t'a demandé de cocher une case – pour un recensement, un formulaire de prise en charge chez le médecin, ou une fiche d'évaluation pour un enseignant. Ce sont là quelques exemples de situations où une entité incapable de corriger ou contester ta réponse, du moins à ce moment-là, te demande de t'auto-identifier. Tu peux alors griffonner «Un mélange de ci et de ça» à côté de la case «Autre», mais ces nouvelles informations ne signifient pas pour autant que tu doives cocher «Noir» et «Blanc». Tout d'abord, le principe même de la blancheur c'est «à l'exclusion de *et*». Ensuite, tu n'es pas la progéniture d'une personne noire et d'une personne blanche. Tu es né de deux Autres.

Le mot « Noir » est suffisamment large et inclusif pour contenir toute ton ascendance européenne, pour englober l'ensemble du continent : ta part française, italienne, irlandaise, anglaise et noire, ta qualité de Noir, le fait que tu es Noir, alors pourquoi tu dois toujours te justifier ?

Tu avais espéré que l'obtention de preuves scientifiques te permettrait de revendiquer une identité ou d'accepter la diversité de ton héritage. Qu'elle te donnerait assez de légitimité pour dire : « Peu importe comment vous me voyez, je suis ceci. » Pour dire : « Je suis ceci, peu importe la ville, le pays où j'habite, l'entreprise où je travaille. » Mais rien n'a changé. Même un test génétique ne peut t'aider à répondre, en un mot irréfutable, à la question : « T'es quoi ? »

À l'ombre de l'aki

Si t'es le fils unique de parents aisés de Kingston, alors t'auras des opportunités. Tu pourras prendre la Datsun de papa ou la nouvelle VW 68 de manman, tracer devant les gamins qui vendent de l'aki et du jus aux feux rouges, puis descendre Hope Road pour aller chercher Reyha ou Sanya ou Cherie.

Si tu choisis Reyha, tu l'emmènes au drive-in. Pendant que vous regardez James Bond sur le grand écran, tu lui caresses les cheveux. T'aimes bien les renifler aussi parce qu'ils sentent le pain coco ou le pain aux épices. Sa famille tient la boulangerie sur Barbican Road où elle travaille presque tous les après-midi.

Cherie c'est pour la voir remuer son derrière toute la nuit à New Kingston, à l'Epiphany ou au Dizzy. Elle t'aguiche, tsé ? Elle te pousse dans un coin et se frotte contre ton entrejambe, puis elle rigole et se fait la malle.

Avec Sanya t'aimes mal parler, alors elle t'emmène à la plage d'Hellshire pour manger du ceviche de vivaneau et vous racontez des conneries jusqu'à ce qu'on vous dise, Le soleil l'est couché alors bougez vos fesses d'ici.

Si tu fais pas attention tu te la coules douce, mais ton

papa lui vient te voir : Prends-toi en main fils, finis les pitits jeux. Maintenant tu cherches un travail et tu deviens un homme.

Alors tu lui diras que tu veux aller en école d'art à l'étranger pour étudier la mode et le design. Lui a pas vu comment ton cahier l'est plein d'idées et que t'as du talent ?

Mais lui répondra, La mode ? Mon fils lui va s'asseoir et coudre des robes et des culottes ? C'est quoi ces rêves de fifille ?

Mais papa, les hommes européens ont toujours étudié la mode, tu lui diras.

Je sais, il répondra. Les makoumés.

Tu lui demanderas, Pourquoi t'es si fermé d'esprit ? Et tu bomberas le torse et tu feras le tour de la véranda à chercher des trucs à balancer sur lui, parce qu'il peut plus te battre comme quand t'étais pitit.

Lui sait qu'il peut pas te commander comme avant, alors il dit tout calme : T'as rien à faire en école d'art pour couillons. Si t'arrives pas à te prendre en main, tu travailles pour moi. Sinon, tu pars de la maison.

T'as plus l'impression d'avoir tant d'opportunités que ça.

Alors tu commences à superviser ses chantiers, même si t'y connais rien au bâtiment. La plupart du temps, faut juste vérifier que les gars arrivent à l'heure et repartent pas trop tôt. En général faut juste aller au bar chercher l'ouvrier qui est parti déjeuner pour pas revenir. Quand tu l'engueules, le bonhomme il t'insulte, il t'appelle gosse de riche même si le business de ton père est pas assez important pour quoi que ce soit.

T'aimes pas ce boulot, mais ton père te dit, Depuis quand un homme doit aimer son métier ?

Mais il te paie et te laisse utiliser la voiture de la boîte et bientôt tu peux louer un appartement à Mandeville, et là tu te sens grand-grand.

Si tu continues comme ça avec Reyha et Sanya et Cherie, c'est Sanya qui va venir enfoncer ta porte et t'insulter pendant que Cherie sortira discrètement par-derrière. Tu feras des promesses et supplieras qu'elle te donne sa main. C'est Sanya que tu aimes, comme le pain perdu et le ragoût, c'est-à-dire plus que t'as jamais aimé. Tu aimes quand elle marche avec sa main cuivrée dans la tienne, et que tu vois pas où se termine la sienne et où commence la tienne. Ou quand tu vois une solution pratique aux problèmes dans le monde, et que Sanya elle voit comment les choses devraient être ; ou encore quand tu vois un garçon qui fait la manche à Coronation Market, et que Sanya y voit un potentiel infini.

Plus que tout c'est son sourire qui te fait chavirer. Ses dents et ses fossettes sont parfaites alors t'espères elle les transmettra à tes pitits, et toi tu leur transmettras les yeux clairs que ton père t'a donnés.

Sanya l'est grande. Toi t'es grand sa race.

Elle a la langue tranchante, et t'as eu ton bac avec mention. Alors vos enfants seront intelligents.

Tu espères juste qu'ils auront ses dents à elle.

Si tu l'épouses elle, vous aurez un mariage en extérieur, et tu dessineras ton costume et tu paieras le tailleur pour le coudre bien-bien. T'enverras les invitations, et on aura l'impression que tout Kingston est venu fêter votre union et voir comment Sanya et toi vous allez bien ensemble.

Les neuf sœurs Panton comme demoiselles d'honneur, toutes en rang, et le mieux, c'est que t'as gardé plein d'amis d'enfance pour équilibrer les choses. Madame Panton fait don de Sanya car son père est mort et enterré. Plus tard, à Mandeville, tu l'engrosseras, et elle te fera un fils, et c'est comme si tous tes désirs devenaient réalité. Tu remercieras Sanya pour le garçon, même si tu sais que c'est l'homme qui donne le chromosome Y – t'es pas comme ces crétins du ghetto. Mais tu lui dis quand même merci. Et si c'est trop tôt pour savoir si le bébé héritera de ses dents, il aura tes yeux, d'un bleu si profond que ça tire vers le violet, et tu seras reconnaissant qu'elle ait pas interféré là-dessus. Le garçon aura pour deuxième prénom le tien, Christopher, même si la plupart des gens t'appellent Topper. Pour son premier prénom tu choisiras Delano.

Tu monteras et descendras la montagne en voiture avec le bébé qui pleure et qui arrive pas à s'endormir. Et t'iras pas vite-vite comme quand c'est seulement ta vie que menacent les nids-de-poule jamaïcains. Non, tu rouleras lentement. Sanya chantera des hymnes irlandais à Delano, ceux que lui chantait sa grand-mère quand elle était pitite. Et le jour où ni elle ni toi ne pourrez garder les yeux ouverts, tu demanderas à Jodie, votre aide, de lui faire faire un tour en poussette pour qu'il s'endorme enfin.

Quand les bruits de la nuit passeront du croassement de gecko au tac-tac-tac de mitraillette, tu demanderas à Jodie de pas se promener avec le bébé.

Ton père mettra tout ce qui va pas sur le compte de l'Indépendance, mais tu diras, Non, c'est le Premier ministre et tous ces enfoirés de socialistes qui foutent le bordel.

T'as pas voté pour Manley, toi ? Il te posera la question comme si t'étais le seul à avoir voté pour lui.

Je peux me faire couillonner une fois, tu lui avoueras. Mais jamais je voterai pour lui en 76.

La rumeur court que Manley est ami-ami avec Castro : il croyait quoi, que les Yankees allaient laisser une autre île devenir communiste dans leur pré carré ? La rumeur court que la CIA a inondé les garnisons de cocaïne et donné des mitraillettes aux méchants du Jamaica Labour Party pour combattre les vilains du People's National Party, alors qu'hier encore ils avaient que des pierres et des lames rouillées.

S'ils faisaient que s'entretuer, ces idiots, tout le monde s'en foutrait de leur putain de guerre. Mais bientôt les tirs se rapprochent, et une femme de la ville meurt après avoir reçu une balle perdue et la police dit qu'ils peuvent pas pourchasser le gars dans le ghetto parce que là-bas les jeunes du ghetto ont plus de fusils que les policiers. Alors il faut faire venir l'armée.

Ton père t'appelle, et tu comprends au son de sa voix tremblante que la guerre est arrivée devant chez lui. Des hommes de main ont enfoncé sa porte, ligoté ta manman et ton papa, et puis ils sont partis avec l'argent et les bijoux et le reste. Papa l'ont frappé avec la crosse et ta manman… Dieu sait ce qu'ils l'ont fait, alors même qu'elle est trop vieille pour être frappée. Mais lui dit que ça aurait pu être pire.

Comment ça, pire ? tu lui demandes. Mais moins d'un mois plus tard ils violent ta voisine et abattent son mari devant elle. L'enculé c'est tous un seul homme à tes yeux.

Non, deux : Seaga et Manley. Mais l'Oncle Sam aussi essaie de faire basculer les élections jamaïcaines à son avantage.

Alors tu vas chercher un visa américain et tu demandes au frère de ton père de vous sponsoriser, vu qu'il est aux États-Unis depuis un moment. Ça va vite : une fois que t'as reçu ton visa, tu demandes à ta manman et ton papa si tu dois vraiment y aller, et eux y disent, T'es malade ou quoi ? Tu vois pas que l'île s'est transformée en champ de bataille ? Et puis : C'est pour ça qu'on a eu notre indépendance ? Et enfin : Mieux vaut vous vous sauvez.

Jodie demande si tu peux l'emmener avec toi, mais t'as pas assez d'argent. Tu lui dis que ta manman et ton papa pourront la prendre avec eux, vu que leur aide est vieille et qu'elle aura besoin d'aide, justement.

Tu penses t'installer à New York, mais finalement tu poses tes valises à Miami parce qu'une fois t'as rendu visite à ton oncle Michael à Brooklyn en novembre, et vu comment l'automne t'a épluché les fesses de sa langue froide, t'oses même pas imaginer à quoi ressemble l'hiver. En plus la sœur la plus proche de Sanya, Daphne, s'est maquée avec un type à Miami et elle passe la moitié de son temps là-bas.

À Miami tu fais un deuxième enfant. À l'hôpital, on te donne l'acte de naissance à signer, et tu vois qu'en dessous de l'année, 1980, dans une section appelée « Race du père », ils ont mis « Négroïde ». Tu dis à l'infirmière, « Nègre », je connais, mais ça veut dire quoi *oïde* ? Elle prend même pas la peine de répondre.

Tu appelles ton fils Trelawny pour te rappeler le pays. Un peu après ton arrivée, la Jamaïque te manque bien mal. Ça te manque de marcher dans la rue et de cueillir des mangues sur le trottoir. La fois où t'essaies d'en cueillir une à Miami, une dame sort de chez elle avec un pistolet à billes et te tire dessus en visant le ventre et les fesses. Derrière ta maison à Cutler Ridge t'essaies de faire pousser un manguier et un aki avec les graines que tu trouves mais rien ne les fait germer, ni l'eau ni l'engrais.

Malgré son nom, Trelawny grandit bizarre. Un étranger. T'en veux aux dames de la crèche où Sanya et toi le laissez le matin quand vous allez travailler, et où vous l'amenez depuis qu'il a six mois. T'en veux à toi-même parce que tu gagnes pas assez d'argent pour que Sanya puisse rester à la maison comme après la naissance de Delano. N'empêche que quand Trelawny commence à parler t'es sur le cul : c'est une voix de Yankee qui sort de lui. T'as beau lui raconter des trucs et lui lire des histoires autant que possible, le garçon veut pas entendre ce que tu dis, pas comme son frère.

Dans ses premiers mots y a pas manman, mais maman. Il a les yeux sombres de Sanya mais pas ses dents et ses fossettes. Il grandit, et bientôt ça te fait mal aux oreilles de l'entendre traîner ses voyelles et parler du nez.

Tu peux passer ta journée à lui parler. Tu travailles douze heures par jour au garage, parfois tu vends une voiture, parfois rien, jusqu'au jour où t'emmènes un gars pour un tour d'essai et qu'il pointe un pistolet sur ton ventre, et une fois que vous avez quitté les Everglades il te dit, Allez, casse-toi, et si tu te retournes t'es mort. Tu prends pas la peine de retourner au travail. Travailler pour quoi ? Pour qu'ils te tirent dessus ? Si tu voulais te prendre une balle dans le dos fallait rester à Kingston.

À présent, quand la maison est vide, tu te mets à dessiner des paysages de ton pays natal en puisant dans tes souvenirs : les chutes de la Dunn, Cockpit Country, Fern Gully. Au début t'as la main qui tremble mais après ça va mieux. T'emportes avec toi une dizaine de dessins pour les exposer au marché aux puces en bas de la rue et tu restes debout toute la matinée mais personne n'en veut parce qu'y a pas de couleurs. Les gens ils veulent des aquarelles rose bonbon comme ce que vend la dame à la table d'à côté. Mais t'as pas les moyens de t'acheter de la peinture ou de la toile.

Au bout de quatre semaines, Sanya te demande comment tu trouves le temps de dessiner tout ça, et pourquoi tes ventes de voitures sont passées de pas grand-chose à rien du tout, et alors t'as pas le choix : faut dire la vérité.

Sanya te regarde pleine de colère et lâche, Moi aussi je préférerais rester à la maison et faire des gribouillages.

Tu sais qu'elle a raison, mais elle aurait pu le dire autrement.

T'appelles ton papa et lui dis que tu voudrais étendre son business aux States. Mais lui répond, Mon business il marche à peine depuis que Manley l'a mis le FMI à cran et fait flamber les prix. Tu dis, Mais, papa, c'est pas Seaga le Premier ministre ? Et lui, tout ce qu'il a à répondre c'est, Tss. Il accepte quand même de te prêter de l'argent et te fait un petit virement.

Tu commences par la base. Tu vas sonner aux portes et rassembles toute une bande de repris de justice jamaïcains pour voir ce qu'ils sont capables de faire. Réparer toit ? Connaître plomberie et tuyaux ? Réparer clim ? T'utilises le prêt de ton père pour mettre une annonce et bientôt tu commences à brocanter : t'envoies un homme vendre des trucs et prends un petit pourcentage dessus. Au début ça marche pas, et Sanya gagne plus que toi avec son boulot de secrétaire. Elle est intelligente, alors bientôt on la nomme responsable, même si aucun homme voudrait avoir une femme comme responsable. Sauf que même en additionnant vos deux revenus ça fait moins que ce que tu gagnais à toi tout seul en Jamaïque et on dirait tu vas jamais rattraper ton niveau d'avant. Mais si tu mets la chance de ton côté et que vous serrez la ceinture, vous pouvez vous en sortir.

—

Avec le temps, Delano deviendra sportif et c'est lui que les garçons du voisinage voudront comme quarterback lorsqu'ils feront une partie de football américain dans la rue, et c'est lui qui devra jouer pour les deux équipes parce que sinon les autres vont fondre en larmes en disant c'est pas juste. Il sourit avec la bouche de sa mère et tu vois déjà comment les jeunes filles tombent d'amour pour lui. Il sait tout faire, on dirait. Il veut suivre des cours de guitare et apprend vite-vite. Il chante dans sa chambre « Where Did You Sleep Last Night ? » et « Purple Rain » et il joue en même temps qu'il chante. Et vient ensuite « Pass the Dutchie », et ça, tu le sais, pas possible que ce soit son prof qui lui ait appris.

Trelawny il s'en fout du sport et de la musique. Lui lit des livres et tu le trouves caché dans le placard avec une lampe. Quand tu lui poses une question sa bouche se tord et il te fixe avec ses grands yeux noirs perdus dans le vide. Si tu lui dis, Réponds-moi pitit, il regarde son frère, et si Delano répète ta question alors Trelawny finit par répondre, comme s'il avait besoin de son frère pour traduire.

À chaque jour suffit sa peine. Le gamin se met à dessiner sur le mur de sa chambre, et t'as beau le menacer avec ta ceinture il veut pas s'arrêter. Il a toujours les meilleures notes à l'école mais l'arrive pas à faire ses lacets, alors il lui faut des baskets à scratchs. Tu dis à Sanya, Y a un truc qui va pas, mais elle te répond, Sois patient. À la journée portes ouvertes, la prof de Trelawny dit qu'elle veut le mettre avec les surdoués. Tu lui demandes, C'est quoi ça, éduc spé ? Elle t'explique que c'est un programme destiné aux enfants précoces pour pas qu'ils s'ennuient, mais toi tu dis, Apprenez-lui déjà à faire ses lacets et ensuite on en reparle.

Puis il chie dans son froc alors que ça fait longtemps qu'il en a fini avec le pot.

Tu l'emmènes chez le médecin, et après l'examen le pédiatre dit que Trelawny est angoissé. Angoissé de quoi ? Il a pas de factures à payer. Le médecin dit, Donnez-lui du temps.

C'est alors que l'ouragan Gilbert vient bousiller toute la Jamaïque, et toi, tout ce à quoi tu penses, c'est aux gens dévastés. T'arrives pas à joindre tes parents et aux nouvelles ils parlent de centaines de morts dans toutes les Caraïbes. Tu appelles leurs amis et les sœurs de Sanya et tous ceux qui te viennent à l'idée pour leur demander s'ils peuvent passer voir ta manman et ton papa, mais aucun téléphone ne marche. T'as l'impression que tout le monde a clamsé. Et que t'aurais jamais dû partir.

Le lendemain matin au petit-déjeuner, tu assois Delano et Trelawny et t'essaies de leur apprendre leur culture pour qu'elle survive. Au marché tropical de Colonial Drive, on trouve désormais de l'aki en boîte, des bananes farine et de la morue salée, alors tu leur cuisines le plat national jamaïcain et tu leur expliques en même temps, Ça, c'est de l'aki, ça pousse dans une cosse et faut que ça s'ouvre tout seul sinon c'est du poison. Tu montres l'image sur la boîte de conserve pour qu'ils voient comment ça pousse, et ça te fait penser que t'as jamais mangé de l'aki en boîte avant ça. Tu leur dis que les esclaves l'utilisaient pour tuer leurs négriers avant de s'enfuir dans la montagne. Mais tu sais pas si ces histoires sont vraies.

Delano dit, Je me souviens quand Jodie nous cuisinait ça. Trelawny dit, Ça ressemble à des œufs brouillés.

Ça fait deux heures que je cuisine et c'est tout ce que tu trouves à me dire ?

C'est mieux que les œufs, dit Delano, mais quand Trelawny goûte, il recrache et fait, Beurk. Comment lui peut dire beurk ?

Puis ton père t'appelle et dit tout va bien. C'est surtout les sans-abris et ceux qui vivent dans des baraques en tôle qui sont morts. Eux et leurs enfants. Il dit que ça vaut mieux, vu que les gens dans les bidonvilles sont tellement ignorants qu'ils font pas de soins prénataux, et après ils se demandent pourquoi leur bébé l'est mal nourri ou difforme. Papa, c'est quand la dernière fois que t'es allé dans les cités pour voir les pauvres et comment ils vivent ? Et lui te tchipe comme si y avait rien à répondre.

Il dit, Envoie ce que tu peux, alors tu pars acheter des conserves et du lait infantile et tu demandes aux garçons de t'aider à rassembler les vieux vêtements. Tu peux pas t'empêcher d'espérer que la tempête n'ait tué que des gens méchants – ceux qui ont détruit le pays à force de violence –, et comme ça la Jamaïque pourra revenir à comment elle était dans ta jeunesse. Mais tu sais bien que ça se passe jamais comme ça. C'est toujours les innocents que le hasard choisit de tuer.

Le business reprend, vu que maintenant tu sembles connaître tous ceux qu'ont fui ton île natale. Quand c'est pas les hommes de main, c'est Gilbert qui les envoie. South Dade commence à se remplir de Jamaïcains, et si tu traînes là où ils traînent, tu chopes un boulot, parce qu'ils veulent pas travailler avec les Espagnols qu'ils comprennent pas ou les Blancs qui les comprennent pas eux, même s'ils parlent tous anglais.

Mais Sanya elle veut pas te voir traîner. Elle veut te voir à la maison. Elle commence à t'en vouloir et dit, Si c'est au travail que tu vas, pourquoi est-ce que tu sens le rhum ? Pourquoi est-ce que tu rentres à deux heures du matin ? Elle comprend pas que c'est en sociabilisant que tu trouves du boulot. Chaque fois que tu passes la porte, elle est là au téléphone avec Daphne à raconter des trucs sur toi. Et y a pas pire oreille que cette Daphne parce que son homme l'a laissée seule avec son pitit sans jamais revenir. Tu veux lui dire, Raconte-lui. J'ai rien à cacher. Mais quand c'est Sanya qui raconte, la vérité te donne l'air vilain. Vous êtes comme coincés dans une dispute sans fin.

Puis un jour c'est Jodie qui appelle et tu dis, Jodie, si tu m'appelles de là-bas c'est que quelqu'un est mort. Mais t'aurais jamais cru que ce serait les deux d'un coup. Tu sais que c'est les hommes de main qu'ont fini par tuer ta manman et ton papa, et t'aurais jamais dû les laisser là, mais Jodie dit que c'est un accident de voiture.

T'appelles l'oncle Michael à New York et tu lui dis qu'il est temps de rentrer. Vous prenez l'avion vite-vite pour organiser l'enterrement, et quand tu viens chercher les corps, le policier de service a étendu celui de ton père sur le gravier où il cuit dans la chaleur infernale.

Ton oncle dit au flic, Comment osez-vous le laisser par terre comme un chien ? Et il ajoute, S'il vous plaît, traitez-le dignement. Tout son corps tremble de rage, de son ventre à sa poitrine.

Le flic dit, La morgue l'est pleine. Aucun endroit je peux mettre ça.

L'oncle Michael beugle, Ça ? Ça ? Et il se met à pleurer. Alors tu comprends que New York l'a ramolli.

Tu dis au flic, Écoute-moi bien. Tu vas sortir un des corps et mettre mon père à la place en attendant l'arrivée du croque-mort. Tu pourrais l'insulter, lui dire de niquer sa manman et que le malentesprit va le hanter pour avoir manqué de respect aux morts, mais tu sais que c'est les vingt dollars qui lui font faire ce que tu demandes.

Lui et son collègue soulèvent ton père pour le mettre à l'intérieur de la morgue, puis ils balancent un autre corps sur le trottoir avec les autres.

Y a qu'à Kingston que ça arrive ce genre de chose, tu dis à ton oncle. Tu dis, T'as oublié comment ça marche ici ? Tu dis, C'est pas notre papa, tu sais ? Papa l'est parti.

Mais lui fait que pleurer.

Le jour avant l'enterrement, tu vas chercher Sanya et les garçons chez Norman Manley et tu les emmènes chez ta manman et ton papa, où l'oncle Michael et Jodie et toi vous logez. Pendant le trajet ta femme et tes gamins sont tristes comme t'as jamais vu. Mais l'après-midi, après l'averse, Delano et Trelawny sortent dans le jardin, ramassent des bâtons et jouent à la bagarre à grand renfort de rires et de cris, comme si leurs corps étaient trop petits pour contenir tant de chagrin.

Pendant l'enterrement, des gens viennent d'aussi loin que Negril, ce qui prend plus de temps que de venir de Miami, voire New York. Madame Panton est là, avec une canne à présent, et puis huit des sœurs de Sanya, toutes sauf Daphne. Chacune dit, Je suis désolée, Topper, et chacune ressemble tellement à Sayna, ça te fait penser qu'elle te regarde plus avec bienveillance depuis longtemps. Même Reyha vient au repas et, à un moment où elle croit que Sayna regarde pas, elle te prend la main et tu résistes à l'envie de renifler ses cheveux pour voir si elle sent toujours le pain aux épices car Sanya est toujours là à regarder.

Ce n'est qu'après l'enterrement – après que Sanya ramène les garçons à Miami et l'oncle Michael rentre à New York et après des semaines à régler les affaires de tes parents et après qu'un écolier se pointe à la porte de ton papa et te donne son carnet de notes et dit ton père l'a promis de payer ses frais de scolarité s'il avait des bonnes notes, et toi tu lui réponds que ton père est mort, et le garçon se met à pleurer, comme si c'est lui que le destin a frappé le plus dur, alors tu rédiges un chèque pour l'académie, et un soir, après que tu tombes sous le coup de la mélancolie et du rhum blanc, tu laisses Jodie monter sur tes genoux et chevaucher ton kok pendant que vous pleurez la mort de ta manman et de ton papa, et après ton retour à la maison, Sanya t'annonce, Il faut que les choses changent.

Tu demandes, Comment tu peux dire ça alors que mes parents sont morts il y a trois semaines ?

Elle répond, Je veux pas mourir alors que t'es pas là.

Mais t'es pas prêt à entendre ça. Tu préfères dormir sur le canapé. Tu préférerais que tout redevienne comme à Mandeville, quand tu pouvais bien t'occuper d'elle et Delano, et elle s'inquiétait pas d'où était son homme. Tu aimerais pouvoir rentrer, mais si tu étais resté à Kingston, tes parents seraient morts quand même. Si tu étais resté à Kingston, tu serais peut-être mort depuis longtemps.

Et tu veux pas t'avouer que tu t'habitues au confort américain, trop pour vouloir rentrer vraiment. Mais tu sais que Sanya a raison, quelque chose doit changer.

Et puis vient l'ouragan Andrew et alors tout change.

Le toit de la maison se fait arracher et vous êtes entassés dans un appartement à Fort Lauderdale. Au bout d'un mois et quelque, on dirait Sanya et toi vous vous rabibochez. Comme toutes les maisons sont détruites et que le gouvernement a distribué des aides, y a plus de travail qu'avant. Tu recrutes un homme de Miramar, où il doit y avoir plus de Yardies que dans tout South Dade. Et t'es sur la route du matin au soir pour faire bosser tes gars. Sanya arrête de se plaindre car elle sait que les gens ont besoin de faire réparer leurs maisons. Et elle sait que c'est comme une mine d'or tous ces boulots qui arrivent. Et elle aussi a obtenu une promotion, donc malgré le désastre la chance vous sourit.

Ça prend presque un an pour réparer votre maison parce que t'es tellement occupé à gagner de l'argent que tu manques de temps. Un jour t'es de retour à Miami, il est tard et tu décides de t'arrêter au Fence, où tous les Jamaïcains se réunissent, même si la maison voisine a une bâche bleue au lieu d'un toit. Tu sirotes ton rhum blanc puis quelqu'un te tire par-derrière, tu te retournes et tu vois Cherie : elle a pas changé, comme si elle avait voyagé dans le temps. Elle te câline et dit qu'elle est désolée pour ta manman et ton papa. Elle raconte qu'elle est venue ici quand sa maison a été détruite par Gilbert. Tu fais, On dirait la tempête nous a remis dans les bras l'un de l'autre. Mais tu ne sous-entends rien de particulier.

Elle entend une chanson. C'est ma préférée, qu'elle dit avant de te prendre la main et de t'emmener sur la piste. Elle se frotte contre ton entrejambe et tu te sens redevenir un jeune homme. Mais après trois ou quatre morceaux tu as mal aux jambes et tu sais qu'il faut mettre fin aux retrouvailles. Tu sais que la jeunesse elle revient pas. T'embrasses Cherie sur la joue et, au moment où tu crois qu'elle va te supplier de rester, elle te fait au revoir d'un geste de la main et commence à danser avec un autre mec.

Le trajet du retour est long, et quand t'arrives, Sanya est encore réveillée et attend sur le canapé, à croire qu'elle a un sixième sens. Tu faisais quoi ? elle commence à crier. Tu faisais quoi ? Et elle a un téléphone sur les genoux. Juste danser, tu commences à lui répondre quand tu comprends qu'elle a dû entendre des commérages, mais elle dit, Jodie a appelé. Elle dit, Elle a appelé et le garçon l'a tes yeux.

Sanya te balance le téléphone et tu bouges même pas. Le combiné te frappe au front et te blesse, et tu garderas une cicatrice parce que t'as pas fait recoudre la plaie. Tu mérites la cicatrice et bien plus encore. Surtout quand le lendemain apparaît une mèche blanche dans les cheveux de Sanya à cause de l'humiliation.

Tu couchais avec elle pendant tout ce temps ? Sanya veut savoir. Et tu savais qu'elle penserait ça si elle découvrait le pot aux roses, alors même que t'avais jamais posé les yeux sur Jodie avant l'enterrement. Et tu vois dans le regard de Sanya que les soupçons noient tous ses souvenirs. Maintenant tout l'est devenu amer jusqu'à la racine.

Et tu la supplies. Tu dis que Jodie a profité de toi dans un moment de faiblesse. Et bien sûr tu l'as jamais touchée quand Sanya était enceinte de Delano, même quand vous faisiez plus l'amour.

Sanya sourit en disant, Je crois... Et tu avances pour la prendre dans tes bras et elle te frappe le visage, malgré le sang qui coule de ton front jusque dans tes yeux. Je crois que tu vas le regretter toute ta vie, elle ajoute. Et tu sais qu'elle dit la vérité avec son sourire de démente. Et tu te hais pour avoir enlevé une partie d'elle-même et l'avoir remplacée par quelque chose de difforme. Et plus que tout ça, tu hais le fait qu'elle a raison.

Tu vas voir le bébé à la fin de l'été. La famille de Jodie a pas arrêté d'appeler pour dire tu dois venir voir ton pitit, mais ils te laissent jamais parler à Jodie alors t'hésites à leur demander si y a vraiment un bébé ou si c'est un projet d'enlèvement. Mais tu veux pas non plus leur mettre l'idée dans la tête.

Tu décides quand même d'aller à Kingston – seul, car ta honte te laisse emmener aucun témoin. Tu loues une voiture et vas dans un bidonville enterré dans les montagnes, à mi-distance de Spanish Town. La dernière fois son cousin a appelé pour dire le bébé l'est malade, et c'est lui qui t'a donné les indications car là où elle habite y a pas de téléphone, et quand tu quittes l'autoroute pour descendre par le chemin de terre et que tu vois des cabanes faites d'appentis en tôle, tu te doutes bien que personne ici n'a de téléphone. Le bidonville est emmuré comme une cité, et tu te demandes si elle a un nom comme Tel-Aviv ou Jungle ou quelque chose qui montre qu'un type comme toi n'a rien à y faire. Un homme qu'est peut-être là pour surveiller l'entrée te dit, Mieux vaut tu te gares ici et tu entres à pied.

Tu as pris soin de laisser tes objets de valeur à la maison, car tu entends des histoires comme quoi en Jamaïque tout va tellement mal que tu peux te retrouver avec la main tranchée juste parce qu'un type veut te voler ta montre et qu'il prend pas la peine de demander. L'argent que t'as ramené, tu le caches dans ta chaussette.

Tu t'approches du gardien et lui te dit, Homme blanc, qu'est-ce que tu fais ici ?

Tu ris presque mais demandes, Tu penses que je suis blanc ? Et lui répond, T'es l'homme le plus blanc que j'aie jamais vu, et il a pas l'air de charader.

Tu dis que t'es là pour voir Jodie, alors il te fait une accolade et montre ses grandes dents et s'exclame, Cousin ! Tu sais que c'est pas le même qui t'a parlé au téléphone, parce que celui-ci parle tout un tas de mots, et t'en comprends pas la moitié, parce que t'as jamais entendu du patois de paysan comme ça. Tu te demandes si tout le monde dans ce bidonville est un cousin de Jodie.

Lui commence à te mener à l'intérieur et dit comme le 'ti bébé que t'as fait l'est beau, mais toi tu penses à une chose : heureusement ta manman et ton papa sont morts avant de pouvoir voir ça. Plus encore, tu penses à comment t'as brisé le cœur de Sanya. Et à comment elle t'a fait choisir entre Delano et Trelawny pour savoir lequel ramener à la maison que t'as fini par reconstruire, et à comment elle mettrait plus jamais les pieds dans cette maison. Tu lui dis tu veux pas lui prendre un fils et elle répond, Tu crois que je vais te laisser fuir tes responsabilités ? Comme si c'était ce que tu recherchais. Elle dit, Tu prendras Delano, parce que moi je te fais pas confiance avec Trelawny. Et faut l'avouer, tu te sens soulagé.

Le cousin de Jodie te fait passer devant une bande d'enfants pieds nus qui jouent au foot avec une bouteille de soda et des femmes qui portent des seaux d'eau sur la tête, et quand tu regardes dans les fentes des appentis tu vois une pièce sans eau ni salle de bains, tu veux crier, Mais comment les gens peuvent vivre comme ça ? Tu sais alors que tu dois prendre Jodie et le bébé avec toi, car aucun pitit à toi peut grandir dans un lieu pareil – si le bébé l'est vraiment à toi.

L'homme qui dit être un cousin de Jodie t'emmène dans une case rouillée et dedans tu la trouves assise par terre sur une couverture avec un bébé dans les bras, et quand elle te voit elle lève les yeux et sourit. Mais le sourire l'est dément, comme le sourire de Sanya le soir où elle a tout découvert, et tu te rends compte pour la première fois que c'est la deuxième femme que tu mutiles.

Tu t'agenouilles près d'elle, et quand elle te donne le bébé, tu remarques deux choses : il a tes yeux, oui, donc ça doit être le tien. Et puis : ça fait un moment qu'il est mort. Le cousin de Jodie l'est debout dans l'entrée et te menace de ses grandes dents et dit, Tu viens de le rater. Tu rends le bébé à Jodie, sors le tas de billets caché dans ta chaussette et le poses sur ses genoux. Puis tu retournes à la voiture et tu vas tousuite à l'aéroport, sûr qu'ils arriveront plus jamais à te faire revenir dans cette île de l'enfer.

Si t'as complètement merdé avec un de tes enfants, tu peux soit t'allonger pour le rejoindre dans la mort, soit te démener plus pour ceux qui sont encore en vie. Si tu choisis la deuxième option, il faut commencer par appeler ta femme et la supplier de te reprendre. Tu peux laisser un message sur son répondeur et expliquer qu'il n'y a plus de raison d'être séparés, et si elle se sent humiliée, personne n'a besoin de le savoir. Enfin, personne n'a à en parler.

Mais si tu fais ça, un homme va débarquer chez toi un matin aux aurores, et quand tu lui réponds, Oui, c'est moi Topper, il sourira et te tendra une enveloppe en papier kraft en disant, Vous êtes assigné en justice.

C'est pour Trelawny que tu te fais du souci, car même si Delano n'a pas de très bonnes notes, lui peut se débrouiller tout seul. Le jour de son bac, Delano lance son propre business de paysagiste avec l'argent que tu lui prêtes et l'a un homme de ton âge qui travaille pour lui. Mais quand tu vas chercher Trelawny à la nouvelle maison de Sanya à West Miami, il regarde pas les gens dans les yeux quand il parle. Et il parle à peine, comme s'il avait peur de sa propre voix. Il s'habille en vêtements larges et sweat à capuche, comme s'il se cachait, même l'été.

T'arrêtes de le faire venir chez toi, parce que la première fois tu te rends compte ça lui fait mal de voir son frère et toi habiter là où il avait une vraie famille. Il est envahi par la perte, mais tu te demandes si c'est pas aussi la jalousie pour son frère. À la place tu vas au restaurant avec Trelawny de temps en temps.

Et à chaque fois il a l'air de changer la personne qu'il essaie d'être. D'abord c'est que du rap de chimè qui sort de son casque. Puis c'est du dancehall de jokma. Quand tu lui demandes pourquoi il écoute uniquement des musiques du ghetto, il répond qu'il veut se rapprocher de son peuple. Tu dis, ces chanteurs boutous c'est pas ton peuple. Tu crois que ton grand-père laisserait un homme comme ça mettre un pied sur sa véranda ?

Mais Trelawny dit qu'il se souvient pas trop de son grand-père.

Si t'achètes un hectare de terre à Palmetto Bay et que tu fais construire une nouvelle maison, t'essaieras de l'impliquer. Tu dessines les plans, et ça te fait du bien de sentir ta main glisser sur le papier après tout ce temps. T'essaies de montrer ton croquis à Trelawny et là où il aurait sa chambre, mais il s'en fout et regarde par la fenêtre du restaurant. Tu sais qu'il t'en veut pour le divorce et tu te demandes ce que sa mère lui a mis dans la tête. Tu dis presque c'est Sanya qui a divisé votre famille et t'a fait choisir Delano à sa place, mais tu veux pas avoir à expliquer pourquoi.

Quand Daphne est atteinte d'un cancer, Sanya s'en fout que tu pries pour elle.

Quand les travaux de la maison commencent, tu demandes à Trelawny s'il veut t'aider, comme Delano a aidé à reconstruire la maison à Cutler Ridge, mais lui fait, Ça rapporte combien ?

Tu lui dis que t'essaies de lui apprendre quelque chose, mais lui répond, J'ai déjà appris que Lincoln a libéré les esclaves. Il ajoute, Peut-être que Delano aurait dû être plus attentif à l'école.

Le garçon y se croit intelligent, tsé ?

À la maison, tu demandes à Delano pourquoi son frère est aussi grincheux.

Delano répond, On doit tous être ce qu'on doit être.

Tu demandes, Qui t'a dit ça ? Et le voyant hausser les épaules, tu ajoutes, Va falloir s'y faire : si vous voulez avancer dans le monde, faudra être mieux que ça.

Un jour où vous êtes partis déjeuner, Trelawny et toi, Delano t'envoie un message disant qu'il a une surprise pour toi, et que tu dois venir le voir sur le chantier de Palmetto Bay. Quand vous arrivez là-bas, tu vois un grand aki que Delano et ses hommes ont transplanté dans le jardin de derrière. Lui dit qu'un homme à Coconut Grove l'a payé pour le couper, mais lui l'a sauvé et apporté ici. Ils ont eu besoin d'un tracteur avec remorque et d'un permis pour transporter l'arbre, et avec un peu de chance, l'arbre devrait survivre et porter des fruits dans un an et quelque. Tes yeux se mouillent et tu vois que tout n'est pas perdu ;

tu vois que ton héritage peut s'accroître, même en terre étrangère.

Tu remercies Delano et lui serres la main, et du coin de l'œil tu vois Trelawny l'air ahuri, comme s'il a pas compris, comme s'il comprend pas pourquoi son frère s'est donné autant de mal.

Quand il part enfin à l'université, tu espères que Trelawny va rencontrer des gens comme lui, des gens qui s'épanouissent dans les livres. Des gens sensibles. Lui se considère comme un dur à cuire vu qu'il a décalé l'université pour travailler dans un entrepôt où il a conduit un transpalette et fait des trucs manuels. Mais quand tu lui suggères de jeter ses vêtements et de s'en acheter des comme il faut pour quand il arrive dans le Nord, qu'il est trop grand pour continuer de s'habiller comme un clown, on dirait il va se mettre à pleurer. Comment il peut se vexer si facilement ? Miami c'est rude, ça ressemble trop au pays pour lui. Tu vois pas comment il peut survivre dans un endroit pareil où les gens ils arrêtent pas de te mettre à l'épreuve et de t'arnaquer. Alors t'es content quand il part là où il pourra se trouver lui-même.

Mais une fois son diplôme en poche, Trelawny revient.

Tu lui demandes, Maintenant tu vas faire quoi ? Mais lui hausse les épaules et dit qu'il va réfléchir. Mais lui réfléchit rien du tout. Il fait que se cacher dans la chambre que tu lui as donnée dans ta nouvelle maison. Il fait que rester assis devant son ordinateur à faire Dieu sait quoi. On dirait l'université l'a rendu moins apte au travail.

C'est comme ça qu'on fait maintenant, te dit Trelawny. Tu postules sur Internet. Personne veut me voir débarquer dans le hall, suintant le désespoir, dit-il. Personne va m'embaucher si on soupçonne que j'ai besoin de boulot.

Mais c'est quoi cette logique de couillon ? Tu dis à Trelawny d'aller voir son frère pour qu'il lui trouve du travail, mais lui dit, Tu crois que j'ai fait des études pour tondre des pelouses ?

C'est tant mieux parce que l'entreprise de jardinage et d'élagage de Delano galère à cause de la crise économique. Et maintenant Delano a une femme et des pitits à lui, alors il peut pas subvenir aux besoins de son frère. Et tes affaires à toi vont au ralenti, alors c'est mieux si tu prends ta retraite dès maintenant.

Et puis, tu peux jamais rien dire à Trelawny. Lui pense qu'on lui a tout appris dans le Nord et que Miami est dans l'ignorance totale. Quand il revient vers toi, tu lui dis qu'avec le chômage de masse il ferait mieux d'éviter certains quartiers, et lui répond, Les mauvais quartiers n'existent pas, c'est le racisme systémique et la délinquance en col blanc qui sont à l'origine du crime – comme si en connaissant la source du problème il pouvait y remédier ; comme s'il allait s'asseoir avec un voleur et lui expliquer la crise des subprimes et le pipeline école-prison.

Même si les temps sont durs, tu décides d'organiser une fête pour célébrer ton départ à la retraite, car les amis qui ont le même âge que toi commencent à mourir, et tu veux montrer la maison aux gens tant qu'y a encore des gens à qui la montrer. En plus tu sens que t'as pas trop d'opportunités, seulement de sombres certitudes.

Ta maison est enfin finie comme tu veux, avec une piscine creusée et un bar, et encore des arbres fruitiers à côté de l'aki, le long du jardin. C'est la maison que t'as toujours rêvé de construire et une partie de toi-même regrette que Sanya pourra jamais la voir, elle qui te déteste toujours autant après toutes ces années.

Elle t'avait appelé avant que Trelawny obtienne son diplôme et t'avait dit qu'elle retournait vivre à Kingston. T'avais dit, T'es folle ou quoi ?

Mais elle a dit, Occupe-toi de ton fils.

À peine Trelawny est là depuis deux semaines qu'il dit qu'il va faire venir son amie de la Jamaïque – une fille qu'il a rencontrée lors de son séjour à Kingston.

Tu te dis, Attention qu'elle veut pas juste une green card, mais c'est pas gentil de dire ça. À la place tu demandes à Trelawny où c'est qu'il a postulé aujourd'hui, et lui avoue qu'il a postulé à rien du tout. À la place, lui dit qu'il travaille sur une candidature pour une bourse qui lui permettrait d'aller faire des recherches en Jamaïque pendant un an.

Pour chercher quoi ? tu lui demandes. Comment te faire sauter la cervelle ?

Lui dit qu'il va faire les démarches pour obtenir un passeport jamaïcain.

Tu dis, Vous êtes suicidaires toi et ta mère, c'est ca ?

Mais lui retourne juste à son ordinateur comme si t'étais pas là.

Le soir de la fête, tu demandes à Trelawny de s'occuper de la pelouse et de t'aider à monter la torche tropicale à côté de la piscine, et tu paies un traiteur pour qu'ils installent un buffet dans le jardin et qu'ils servent du charqui et trois services de currys. Tu sors la vieille table pour pas qu'ils abîment celle que t'as dans la salle à manger avec leurs dominos. T'accroches des guirlandes lumineuses sur le toit de la terrasse et t'allumes les spots de la piscine, pour que tout s'illumine, même si tu sais bien qu'aucun de tes amis va se baigner de nuit.

L'aki a des fruits maintenant, certaines des cosses ont commencé à s'ouvrir, alors tu achètes de la morue salée pour les manger ensemble demain au petit-déjeuner. La liste des invités est longue, y a même l'oncle Michael qui vient de New York en avion et t'arrives pas à croire comment il est devenu tout sec et lui te dit il arrive pas à croire comment t'es devenu tout vieux.

Delano vient avec Shelly-Anne et leurs deux fils, et quand Shelly te demande si tu veux prendre le bébé, tu dis non, car ses deux fils ont les yeux de ton père et tu penses au bébé de Jodie et ça te rend malade.

Delano installe son groupe sur le patio et ils se mettent à jouer du roots reggae. Tous les jeunes se ramènent, puis tous les anciens du Fence. Même Cherie finit par venir, mais elle veut pas avoir affaire à toi sauf pour être amis.

Zoë, la copine de Trelawny, est également présente et t'arrives pas à croire comment elle est belle, comme une fille avec qui tu serais sorti dans ta jeunesse. Et Trelawny se tient haut et droit comme tu l'as jamais vu. Et il porte enfin des vêtements à sa taille. Mais bon, même si tu veux pas l'avouer, tu te demandes ce qu'elle peut bien lui trouver. Mais peut-être qu'elle voit quelque chose que toi tu vois pas.

La fête se prolonge tard et les gens ouvrent le rhum blanc et peut-être que t'en prends trop, parce que Trelawny te regarde de travers. Mais il te regarde toujours de travers alors t'en sais rien. Dans la cuisine tu commences à parler avec Zoë de l'actualité politique en Jamaïque, mais Trelawny l'arrête pas de t'interrompre. Il dit que Manley avait raison de vouloir partager les richesses avec les plus pauvres.

Tu réponds, Fils, c'est Manley qu'a ruiné le pays. À parts égales, lui et votre CIA.

Alors on aurait dû rester pour le défendre, il dit. Comme s'il avait connu cette époque.

Si on était restés tu serais pas vivant. Je peux le garantir.

Alors comment t'expliques que Zoë soit là ? il demande. Et il éclate de rire. Sa famille est restée. Ils s'en sont bien sortis. Plus que bien.

Zoë hoche la tête mais tu vois qu'elle est gênée.

Tu veux pas en parler mais tu lui demandes, Y a combien de barreaux à vos fenêtres ? Combien de chiens de garde devant la maison ? Quand tu marches dans la rue, est-ce que tu te sens en sécurité ?

Elle répond, Pas besoin de marcher, j'ai une voiture, et elle rigole elle aussi.

Tu dis à Trelawny, Les pitits qui ont grandi dans l'enfer connaissent pas la différence.

Zoë commence à dire, Y a des problèmes mais…

Trelawny l'interrompt et fait, Je reviens tout juste de là-bas et c'est mieux que tout ça.

Tout ça quoi ? tu veux savoir.

Cette… citoyenneté de seconde zone, il répond. Et tu sais même pas c'est quoi les conneries qu'il raconte.

Ils t'apprennent quoi à l'école ? tu demandes. À part t'apitoyer.

Lui dit, Maman et toi vous n'auriez jamais dû partir.

Et ça, ça te vexe comme pas possible, alors tu dis, Écoute-moi bien. T'as pas vécu ce que moi j'ai vécu, donc te mêle pas de mes affaires. Tu peux parler des Yankees autant que tu veux. Mais me parle pas de la Jamaïque. Je m'en fous de ce qu'ils t'ont montré en vacances. T'as passé trois semaines là-bas et tu crois ça fait de toi autre chose qu'un touriste ?

Il hausse les épaules et regarde autour de lui, les yeux baissés, comme s'il était gêné, mais tu continues : Un mou comme toi aurait jamais pu survivre. Un garçon qui refuse de salir ses mains. Ton frère peut-être, toi tu survivrais pas plus d'une journée. Un mou comme toi tu serais mort depuis longtemps. Alors remercie-nous d'être partis. Même si ça t'a fait devenir aussi… Et tu sais bien que tu dois t'arrêter de parler mais tu prononces le mot qui te trotte dans la tête depuis qu'il est revenu à Miami, et longtemps avant qu'il parte… défectueux.

Et tu vois sur tous les visages que t'es allé trop loin. Trelawny hoche la tête lentement sans même te regarder. L'oncle Michael te dévisage, l'air déçu, et Shelly commence à emmener ses pitits ailleurs. Tu penses qu'il a peut-être besoin d'air, alors tu dis, Trelawny, rends-moi un petit service, va cueillir des akis pour moi, c'est pour mon petit-déjeuner de demain. Et lui hoche encore la tête et tu sais même pas s'il a entendu, mais alors il se lève et part dans le jardin. Attention, seulement les akis ouverts, tu lui dis de loin, parce que tu sais pas s'il se rappelle ce que tu lui as appris quand il était enfant. Tu essaies de sourire à Zoë, mais elle regarde la porte d'entrée comme si elle se demandait comment rentrer au pays. Tu commences à te lever et l'oncle Michael dit, Faut pas être aussi dur avec lui, tu sais. Mais le vieux lui l'est déjà tout ramolli, alors tu te fiches de ce qu'il te dit.

Tu sors sur la terrasse et te demandes pourquoi tout le monde a sa chaise tournée vers l'obscurité, mais alors tu l'entends : un grognement fort et un bruit sourd. Et tu vois la silhouette de Trelawny sous l'aki. Et il se parle à lui-même. Et il donne des coups de hache.

Et tu veux courir vers lui, mais Delano te prend le poignet et te retient en secouant la tête. Et alors tu comprends que c'est sérieux. Et tu te dis que Sanya avait raison, tu regrettes tout ce qui s'est passé. Et tu te demandes si c'est pas toi le défectueux puisque tu ravages tout le monde.

Et tu comprends que le garçon l'est ravagé, parce qu'il répète les mêmes mots comme un 45 tours rayé :

Je vais le couper ton arbre.

Je vais le couper ton arbre.

Je vais le couper ton arbre de merde.

Petits boulots

Le vendeur d'animaux exotiques me forçait à m'agenouiller sur une queue de caïman. Le producteur de clips de reggaeton me payait en medianoches – des sandwichs cubains. Le traiteur m'obligeait à faire le service sur la terrasse de la piscine en speedo et paillettes.

Mais le boulot qui m'a sauvé, après que mon père m'a viré de chez lui, c'était celui de Chastity. Son annonce sur Craigslist disait :

JE N'AI JAMAIS EU D'ŒIL
AU BEURRE NOIR. . .

. . . et j'en veux un. j'ai besoin d'hématomes pour un projet photo mais j'ai aussi envie de sentir ce que ça fait. pas besoin d'un mec hyper-baraque ou qu'on m'assomme juste une bonne beigne dans la gueule. merci.

paiement : ché pas 35-40 dollars ? je pensais pas payer beaucoup mais on peut discuter.

pas d'ebola ni de scrupules à frapper une fille.

pas de noirs désolé.

Mais j'ai quand même répondu à l'annonce. J'étais arrivé à un degré de misère où ni les questions d'éthique ni les caractéristiques phénotypiques n'allaient me dissuader.

Elle voulait qu'on se donne rendez-vous dans un café, mais je lui ai répondu : *Comment je fais pour te donner un coup de poing dans un Starbucks ?* La rémunération n'était pas colossale, mais après quelques échanges par mail, j'ai découvert que parmi toutes les banlieues tentaculaires du Grand Miami, elle habitait à Saga Bay, à cinq minutes de l'endroit où j'avais garé mon SUV il y a quelques jours.

J'étais impatient de quitter le centre commercial, car l'un des agents de sécurité s'était mis à faire des rondes dans sa voiturette. Malheureusement, avec mon Dodge Raider 87 rouge écarlate, je ne trompais personne. Je m'étais garé devant un magasin de bagels, me collant exprès au trottoir pour pouvoir capter la Wi-Fi sur mon portable. Lorsque le vigile est venu tapoter la vitre teintée de ses doigts charnus, je me suis extirpé de mon lit pour m'asseoir sur le siège conducteur, puis j'ai allumé le contact et entrouvert la fenêtre.

– Hé mec. Tu vis dans ta voiture, mec ?

Il a baissé la tête et examiné le contenu du véhicule à travers l'ouverture. Il y avait des indices plus que flagrants : des ustensiles de cuisine et la couette que j'avais à la fac. Dans le coffre, des tas de vêtements faisaient office de matelas. J'avais laissé la plupart de mes livres et albums photo dans le garage de mon père, ainsi que mon diplôme, toujours dans l'enveloppe cartonnée dans lequel il m'avait été envoyé.

– Ma copine est allée faire une petite course, j'ai dit à l'agent en orientant ma tête de façon à bloquer son champ de vision. Elle va bientôt sortir.

Il a fait la grimace qu'on me faisait de plus en plus ces derniers temps. Celle qui veut dire *Je m'en fous que tu mentes, mais me contamine pas avec ta pauvreté.* Celle qui veut dire *Si ta famille t'a laissé comme ça, alors c'est que tu l'as probablement mérité.* Celle qui veut dire *T'approche pas de mes enfants*, que ma belle-sœur, Shelly-Anne, m'avait adressée la semaine précédente lorsque mon frère m'avait invité à dîner mais pas à rester dormir.

– Attends, a poursuivi le vigile en laissant échapper un petit rire. Trelawny, c'est toi ?

À travers le pare-brise battu par la poussière, des voitures filaient sur Old Cutler Road. Je pourrais la prendre en direction du nord, rejoindre l'US 1, puis remonter jusqu'à Hollywood Beach ou Fort Lauderdale, où pratiquement personne ne connaissait mon nom. Je pourrais ensuite partir vers le sud, rejoindre Florida City et enfin l'archipel des Keys. Si seulement j'avais assez d'argent pour l'essence.

– On était dans le même bahut, mec.

– Ouais, je me souviens.

Mais il savait que je mentais. Un air de défaite l'a rembruni : qu'on ne se souvienne pas de lui, ça lui gâchait son mardi.

– Ton nom de famille, c'est bien Johnson ?

– St. Pierre.

La cicatrice qui transperçait un de ses sourcils me disait quelque chose et me donnait à penser qu'on se connaissait, qu'on avait même peut-être été amis, mais je me rappelais le lycée comme je me rappelais mes rêves : par vagues, avec peu de souvenirs des visages ou de ce qu'ils étaient censés signifier pour moi. On se regardait à travers l'entrebâillement de la fenêtre, sans que l'un ne demande à l'autre comment il en était arrivé là.

– Écoute, a-t-il dit. Je te laisse encore une heure, mais ensuite faut que tu dégages. Mon chef c'est un con, et je peux pas perdre mon boulot à cause de toi.

Les soixante minutes de sursis accordées par St. Pierre, c'était plus de charité que tout ce que j'avais reçu depuis les deux mois et demi que je vivais dans le Raider. J'ai jeté un coup d'œil sur la jauge d'essence, qui me menaçait de sa lumière orange, et j'ai fait le calcul. Je devais pouvoir encore rouler quelques kilomètres. Une fois que j'aurais abandonné la bagnole, les flics lui colleraient une prune, puis l'enverraient à la fourrière quelques jours plus tard, et alors je ne la retrouverais plus jamais.

St. Pierre s'attardait devant la porte – sans doute pour me demander :

– Mais t'étais pas allé dans une école de bourges ? Marquette ou Notre-Dame ou ché plus ? Il s'est passé quoi ?

– J'ai eu mon diplôme.

Il a ri et étendu ses bras sur le toit du Raider avant de les retirer à cause de la chaleur. Il a balayé le haut de la vitre avec son nez, les yeux grands ouverts juste au-dessus.

– Les diplômes, ça aide pas beaucoup les gens comme nous, hein ? Quoi qu'on fasse, on nous force à rester au même niveau. Pour ça que je m'en foutais des études.

– Pas con, je lui ai répondu en me demandant ce qu'il pouvait bien vouloir dire par « les gens comme nous ».

Moi, je ne m'en *foutais* pas, justement. J'avais suivi doctement les règles de l'ascension sociale, tout ça pour finir comme un énorme raté. Et cet enfoiré voulait qu'on soit pareils. J'avais connu une camaraderie tout aussi artificielle à l'université, avec d'autres immigrés de deuxième génération qui se croyaient transgressifs en choisissant de s'inscrire en littérature quand leurs parents auraient voulu qu'ils fassent médecine.

– J'aurais dû être médecin, disaient-ils pleins d'aisance.

C'était comme s'ils avaient déjà obtenu leur prestige et leur richesse à venir, comme s'ils pouvaient les puiser dans la dévotion et la détermination de leurs parents – imagine si tu avais eu autant de confiance en toi ! Lorsqu'on m'invitait à partager ce que mes parents jamaïcains attendaient de moi, je me souvenais du dernier conseil de mon père et j'expliquais :

– J'aurais dû travailler dans un magasin de bricolage.

St. Pierre continuait :

– Tu vas rôtir avec les fenêtres fermées comme ça.

Comme si je ne m'étais pas rendu compte que ça faisait huit heures que je mijotais là.

– Y a une dame qu'a fait une fricassée de son gamin la semaine dernière. Je l'ai vu à la télé.

Une douleur dans sa voix m'a fait comprendre qu'il était papa.

– Tu me prends pour ton fils ? je lui ai demandé.

– Quoi ?

De la sueur menaçait d'irriguer le contour inférieur de ses yeux.

– Est-ce que j'ai l'air d'un bébé, putain de pipelette de mon kok ?

Il paraissait plus vexé que je ne l'avais voulu, et comme je n'arrivais pas à supporter son expression, qui signifiait *J'ai un lit et des tupperwares de bouffe au frigo*, j'ai allumé le contact et déguerpi.

À mi-chemin de chez Chastity, il m'est venu à l'esprit que j'aurais pu demander à St. Pierre si son con de chef recrutait. Après que mon père m'avait viré en mai dernier, j'avais téléphoné à l'entrepôt où j'étais passé de transpaletteur à conducteur certifié de chariots élévateurs ; mais en voyant mon diplôme, mon chef m'a considéré comme trop qualifié. Il n'arrivait pas à croire que je serais comblé par un boulot consistant à charger et décharger des cartons remplis de bananes sous plastique. Pour les RH, je ne valais pas le coût.

Quelles autres possibilités s'offraient à la promo 2009 ? Les premiers jobs à quarante mille dollars par an qu'on m'avait promis tout au long de ma vie avaient disparu avec la crise, et même les postes les moins qualifiés demandaient cinq ans d'expérience minimum. J'avais eu mon diplôme avec les félicitations du jury et je n'arrivais pas à décrocher un entretien pour un stage non rémunéré.

Heureusement, Chastity n'avait pas manifesté d'intérêt pour mon CV. Elle habitait en ville, dans une maison à deux étages avec un plafond voûté et un jardin clôturé. Elle a paru surprise en ouvrant la porte, et j'ai cru m'être trompé de maison avant de me rappeler que je n'étais pas censé être noir. Mais il y avait plein de gens à Miami qui n'arrivaient pas à déterminer ce que j'étais, alors j'avais appris à ne pas me cataloguer avant qu'ils le fassent eux-mêmes. Si elle me demandait « Est-ce que tu es… ? », je répondrais « Non » en l'invitant à prouver le contraire.

Mais elle n'a pas posé la question. À la place, elle a ouvert les bras pour bloquer l'embrasure et m'empêcher d'entrer.

Avec sa robe blanche, sa ceinture dorée et ses cheveux qui tombaient en pagaille devant et derrière, on aurait dit qu'elle venait de s'échapper d'un vase grec. Cela dit, ma propension à faire des associations foireuses s'était renforcée sous le soleil estival.

Il n'y avait pas de voitures dans l'allée, aucun signe de vie à l'intérieur de la maison.

– T'es seule ? je lui ai demandé.

– Pourquoi ? Tu comptes me violer ?

Derrière elle, il n'y avait ni bâche bleue ni plastique noir ni quoi que ce soit qui aurait pu indiquer que je ne devais pas ressortir vivant. Mais elle aurait pu tout aussi bien profiter de l'occasion pour arriver à ses fins, expliquant plus tard que je l'avais mise mal à l'aise, ou que j'avais abaissé la valeur de son terrain, ou n'importe quel autre prétexte dont on se sert aujourd'hui pour massacrer ceux qui me ressemblent.

Chastity n'avait pas l'air particulièrement gênée, alors je lui ai demandé :

– C'est vraiment pour un projet photo ?

– Ça ne te regarde pas.

Elle a lâché le montant de la porte et collé son épaule dessus.

– J'ai imprimé nos mails, et je les ai envoyés à mon frère. Au cas où.

Ce mensonge aurait pu être vrai. Mais ça n'aurait pas fait plaisir à Delano d'avoir de mes nouvelles, pas après le dîner de la semaine dernière, encore moins si sa femme lui avait dit ce que je lui avais confié. En plus, je n'avais pas besoin qu'il sache à quel point je touchais le fond.

Chastity, qui avait son coude posé sur sa main, s'est pincé le nez, indécise. Tout à l'heure, en voyant mon reflet dans les vitres teintées du Raider, je m'étais dit que j'avais l'air pour le moins malmené. Aucune chance qu'elle me laisse passer la porte.

– J'aurais préféré quelqu'un de plus petit, a-t-elle reconnu. À mon avis, c'est mieux si c'est de face. Je veux pas que tu me frappes de bas en haut. Enlève tes chaussures d'abord.

– T'as beaucoup réfléchi à la question, ai-je dit en entrant.

Une fois dans le vestibule, j'ai retiré mes tongs avec mes pieds et l'ai suivie. On a traversé une salle à manger fortement climatisée. Ça faisait peut-être plusieurs semaines que ma peau humide n'avait pas ressenti une température de vingt degrés, et l'air frais m'a fait frissonner. Je me demandais quelle était la probabilité qu'elle me laisse utiliser sa douche après.

C'est important de construire une relation avec ses patrons, alors je lui ai demandé ce qu'elle avait fait de sa journée.

– À part ça ? Bouffer de la merde.

Dans l'argot local, ça voulait dire pas grand-chose. Dans le salon, un gigantesque écran plat faisait face à un canapé bleu sarcelle. Au-dessus de la télé, il y avait des photos de sa quinceañera : elle porte des bagues et a l'air plus jeune, mais pas beaucoup plus.

– C'est chez tes parents ici ?

Un sac à dos violet était affalé par terre, sa bouche dézippée grimaçant d'un air stupide. J'ai plongé mon bras à l'intérieur et sorti *La Politique du mâle* de Kate Millett. Sur la page de garde, un tampon indiquait que le livre appartenait à la bibliothèque de l'université internationale de Floride.

– T'es à la fac, du coup. Quelle promo ?

– Bon, finie la parlote, a-t-elle dit. Là devant le canapé c'est très bien. T'es prêt ?

J'étais tétanisé. Le réel venait se fixer à l'instant présent, se matérialisant à travers les photos de famille présentes sur les murs et les tables d'appoint : la petite Chastity et son frère cadet à l'Epcot Center, puis elle à la plage, encore plus jeunes, avec une pelle et un petit seau en plastique jaune. Ou peut-être que le réel, c'était ce que j'avais vécu ce mois-ci dans la rue, et que tout ce que je voyais là était son exact opposé : une illusion bourgeoise, avec les codes de conduite afférents. J'ai relâché le livre et me suis tourné vers l'entrée.

– Je me suis trompé.

– Attends, a-t-elle dit en m'attrapant le poignet.

Elle clignait des yeux, comme si elle essayait de me communiquer quelque chose de profond.

– Tu te rends compte de toutes les réponses de tarés que j'ai dû passer au crible avant de te faire venir ici ? Les photos de bites ? Les messages qui ne voulaient rien dire ? Je ne peux pas tout reprendre de zéro.

– Je suis désolé pour toi, je lui ai répondu en mettant mon autre main sur la sienne pour libérer mon poignet. Tu n'as qu'à revenir sur ta présélection.

– Je ne vois pas où est le problème, elle a dit en plissant les yeux. Je te paie pour le faire.

– Même. Je te conseille d'aller consulter.

– Tes conneries paternalistes, tu peux te les foutre au cul !

Mais son cri n'a fait qu'accélérer mon pas.

– J'aimerais beaucoup pouvoir t'aider, je lui ai dit pardessus mon épaule. En théorie.

L'effet n'a pas été aussi apaisant que je l'avais espéré.

– Espèce de lâche, a-t-elle hurlé.

J'ai enfilé une sandale, terrifié à l'idée de ce qui pourrait se passer si je tournais la poignée. Il ne manquait plus qu'un voisin me surprenne en train de déguerpir de chez cette Blanche et qu'il décide de jouer au héros en l'entendant glapir.

Chastity a dû prendre mon hésitation pour une technique de négociation, car elle a dit :

– OK, je te file quatre-vingts. Et t'auras même pas besoin de fermer les poings. Juste me donner quelques claques.

Cela faisait trois mois que j'étais de retour à Miami, et les quarante qu'elle m'avait proposés au départ, c'était le maximum que j'avais réussi à me faire en une journée. Quatre-vingts dollars, c'était une mine d'or.

– Tes parents, ils rentrent quand exactement ?

– On a une bonne quarantaine de minutes, m'a-t-elle assuré.

Poussé par la promesse de quatre billets de vingt, j'ai assis Chastity sur le bord du canapé, puis j'ai glissé mon index sous son menton afin de le relever. Elle a regardé mon visage de ses énormes yeux marron, ceux qu'on associe à l'innocence – sans doute à cause d'une évolution de notre espèce. Je n'y arriverais pas. Je me suis baissé et je lui ai expliqué la situation.

– Tu sais pourquoi t'y arrives pas ?

Je fixais la courbe de ses lèvres, impatient de savoir si elle saurait nommer le fond de vertu qui prévalait sur mon instinct de survie.

– C'est parce que t'es misogyne. Comme t'as un petit machin entre les jambes tu crois savoir ce que je devrais faire et pas faire. Pauvre type.

Elle n'avait pas tort, mais je n'aimais pas me faire insulter. C'est ce qui m'avait mis dans la merde. Mon père, dans un élan de franchise, avait révélé ce qu'il pensait vraiment de moi devant notre famille et la femme que j'avais presque convaincue que j'étais digne d'amour. Il avait tourné autour du pot toute la semaine, me disant que mes études de lettres m'avaient rendu paresseux, et que j'avais été idiot de m'endetter de plusieurs dizaines de milliers de dollars pour ensuite me retrouver incapable de travailler. Plutôt que d'énumérer toutes les offres d'emploi auxquelles j'avais postulé durant mes deux semaines passées à la maison, je lui ai demandé pourquoi il avait donné à mon frère de quoi lancer son entreprise d'élagage mais n'avait jamais déboursé un sou dans mes frais de scolarité. « Delano c'est un bon investissement », avait-il répondu en se retenant de dire que moi non.

Ce soir-là, en revanche, alors qu'il célébrait son départ en retraite, poussé par la boisson et peut-être par quelque chose que j'avais dit, il s'était jeté dans une diatribe, me traitant de fils raté, de « défectueux ». Alors, soit pour prouver que j'étais aussi capable que Delano, soit pour lui donner raison, je suis parti chercher une hache dans sa cabane, suis sorti dans le jardin où il avait investi la plupart de ses travaux post-retraite, et je me suis attaqué à sa pièce maîtresse : l'aki que mon frère lui avait offert.

– Tu crois que tu peux contrôler ce qui arrive à mon corps ? m'a demandé Chastity.

– Bien sûr que non, lui ai-je répondu tout en précisant que je devais confesser quelque chose qui rendrait impossible ma participation à son projet. La vérité, c'est que je suis noir.

– Ah bon, a-t-elle lâché, exaspérée. En vrai, je m'en fous. C'est juste… mes parents. Ils ont des règles à la con, mais ça reste leur maison.

Elle m'a expliqué qu'une fois, au lycée, sa sœur aînée avait ramené un camarade noir à la maison pour qu'ils fassent leurs devoirs ensemble, et ce soir-là son père l'avait battue comme jamais. Juste parce qu'elle avait ramené ce garçon à la maison.

– T'es genre la douzième Blanche à me raconter cette histoire, lui ai-je dit.

– Je suis latina. Du coup je suis marron.

– Le fait est que j'ai assez de problèmes comme ça, donc j'ai pas envie d'en savoir plus.

Mais je n'arrivais pas à me relever du canapé.

– Le plus drôle, c'est que Ravi n'était même pas noir. Il venait d'Inde.

– Hilarant, ai-je convenu.

Sauf que j'étais empli de haine. Envers son père, bien sûr, mais aussi envers tous les autres pères à cause de leur manie de transmettre leurs pires défauts. Pourquoi son annonce ne disait pas *Désolée, pas de racistes* ou *Désolée, pas de pédophiles* ?

– Si jamais ça te motive, a poursuivi Chastity, il refuserait qu'une personne comme toi m'aide pour mon truc.

– Quelle chance. Et je t'aide pour quoi exactement ?

– Non, non, non. C'est moi qui gère. T'as pas à me poser cette question.

Tout en me demandant si ça avait vraiment à voir avec son père, ou avec un projet artistique, ou s'il s'agissait d'une déviance qu'elle n'avait pas trouvée chez ses partenaires sexuels, je me suis levé et lui ai dit que j'allais réessayer. Ce n'est pas facile de donner une claque à quelqu'un pour la première fois, même quand on te demande de le faire. Même quand on te paie pour ça.

– Regarde ailleurs, je l'ai suppliée.

– Je veux la voir venir.

– OK, j'ai acquiescé avant de lui tapoter la joue avec quatre doigts.

Elle m'a regardé comme une instit de maternelle regarderait son élève le plus long à la détente.

– Va falloir que t'y ailles un peu plus fort.

Mon bras me paraissait impuissant. J'avais déjà perdu toute la masse que j'avais prise à la salle de gym de la fac. Incroyable, la vitesse à laquelle ton corps se grignote lui-même quand tu ne le nourris pas. J'ai réajusté son menton et inspiré profondément. Lors de mon deuxième essai, Chastity s'est écroulée.

Pendant un temps, elle est restée allongée sur le canapé, sans rien dire, ce qui m'a effrayé. Ses cheveux bruns lui tombaient en éventail sur le visage et les épaules. Après une série de halètements saccadés, elle a fini par dire, dans un mélange de surprise et de discordance :

– Bien.

Ensuite, elle s'est redressée, et après qu'elle a balayé ses cheveux, j'ai vu une trace semblable au Minnesota qui rougeoyait depuis son menton jusqu'à sa pommette, mais qui ne se transformerait sans doute pas en hématome.

– C'était bien.

– Super, alors.

– Refais-le. Plus fort si tu veux bien.

Elle s'est glissée jusqu'au bord du canapé et s'est appuyée sur le bras.

– Attends, elle m'a dit avant de se faire un chignon. C'est bon.

J'ai jeté un coup d'œil vers la porte d'entrée, me demandant jusqu'où il me faudrait aller pour qu'elle me verse la somme promise. J'aurais pu supplier une ancienne copine de fac de m'envoyer de l'argent; plusieurs d'entre elles s'étaient montrées suffisamment ambivalentes envers leurs fonds fiduciaires pour me laisser penser qu'elles pourraient éventuellement m'aider à m'extirper de la misère. Mais plutôt me pendre. La pitié qu'elles me témoignaient depuis quatre ans – c'était comme si elles avaient toujours su comment je finirais.

Je ne pouvais pas déranger ma mère : quelques semaines à peine avant la remise de diplôme, je l'avais appelée depuis mon appartement pour lui demander, sans vouloir paraître accusateur, comment elle avait pu quitter Miami pour Kingston en laissant ses enfants derrière elle.

– Je l'ai fait pour moi, a-t-elle admis.

Elle n'avait jamais semblé à la fois moins maternelle et plus humaine. Je l'entendais dérouler du scotch à mesure qu'elle remplissait ses cartons.

– Pense à tout le temps que j'ai passé à m'occuper des hommes. À commencer par ton père, a-t-elle dit, bien qu'ils aient divorcé plus de quinze ans auparavant. Et ensuite vous. Qui s'est occupé de moi ?

Je n'étais pas prêt à entendre de telles vérités. Par la suite, cependant, je me suis juré de ne plus jamais être un poids pour elle.

Et si je remontais mes fenêtres, me garais sous les rayons du soleil inaltérés et me contentais d'attendre ?

J'avais aussi imaginé retourner chez mon père et le supplier de me loger, bien qu'il ait promis de ne plus le faire après mon coup d'éclat. Après que j'avais attaqué son arbre chéri. Mais même s'il le faisait, son éternelle déception, ses remarques du genre « pourquoi tu peux pas juste faire ci », « pourquoi t'es pas plus comme ça » et « sois un homme » agressaient mon amour-propre plus encore que la faim. Plus que la faim, et autant que le désespoir et la honte, le manque de sommeil creusait de nouveaux sillons dans mon cerveau, et je commençais à entendre des voix et à sentir la présence d'êtres qui flottaient autour de moi puis disparaissaient sitôt que j'essayais de les saisir.

Je me suis tourné vers Chastity, assise et fermement appuyée sur le bras du canapé, dans l'attente. Je l'ai prise par le chignon avant d'incliner sa tête vers l'arrière. Des boucles de diamant brillaient dans ses lobes. Elle a ouvert la bouche et je voyais, par-delà ses dents blanches de lapin, sa gorge rose. J'ai levé la paume et lui ai giflé la joue.

– Plus fort, a-t-elle dit en un chuchotement rauque.

Le contour de mes doigts est apparu sur sa peau avant de se dissiper. Elle a articulé « Plus fort », alors j'ai tiré sur son chignon afin d'exposer sa joue intacte, et je lui ai asséné une nouvelle baffe. Elle a fermé les yeux, hochant la tête.

Lorsque je l'ai chevauchée, elle s'est tendue sans pour autant me repousser. Étrange : ce qui me submergeait, m'oppressait, c'était la puanteur que j'avais apportée du monde extérieur. J'ai posé ma main sur sa gorge, puis tapoté sa mâchoire. De la bave est sortie de sa bouche et a coulé sur sa lèvre et son menton. Je l'ai enlevée en la frottant du pouce et alors elle a levé les yeux vers moi, et son expression… cette proximité… je l'ai giflée avec certitude. Elle hochait la tête avec violence, les yeux fermés. Des larmes coulaient le long de ses joues crispées. Je l'ai relâchée et me suis remis debout.

Alors que j'attendais qu'elle en réclame davantage, elle s'est mise à sangloter.

Je voulais lui demander si je n'y étais pas allé trop fort, mais voici les mots que j'ai prononcés :

– Fais-moi la même chose.

Je ne sais pas qui les avait mis là, mais je jubilais d'avance. Bientôt, j'allais entrer en contact avec quelque chose de vivifiant que je ne connaissais pas, ou alors avec quelque chose d'insultant que je connaissais très bien.

Je n'avais senti aucune catharsis en tailladant l'aki de mon père. Savez-vous à quel point c'est difficile d'abattre un arbre avec une hache ? Je m'étais acharné contre lui, m'étais dépensé sans compter, et malgré tout il était resté en place. Cela dit, lors du dîner de réconciliation chez mon frère, j'avais appris que ses fruits avaient pourri dans la nuit et qu'il n'en avait pas produit depuis. Delano avait parlé de traumatisme. En tant qu'arboriste, il se sent légitime pour utiliser un tel vocabulaire. Lorsqu'il s'est levé pour aller aux toilettes, ma belle-sœur s'est penchée par-dessus son assiette et m'a demandé si j'avais conscience que mes actes avaient blessé mon père et mon frère, mais ni elle ni moi ne nous attendions à ce que ma réponse sincère soit « Tant mieux ».

Comme Chastity restait assise, cramponnée à sa délivrance, je suis allé dans la cuisine pour me faire un sandwich et attendre mon tour.

Vous ne me croirez pas si je vous listais tout ce qui était à disposition : prosciutto, chorizo, kielbasa, jambon au sirop d'érable, blanc de dinde au miel, cornichons à l'aneth, olives de Castelvetrano dénoyautées, au moins trois moutardes différentes, dont de la moutarde de Dijon, sans parler des fromages. Bon Dieu, les fromages. Ça doit être pour ça que je ne les ai pas entendus venir. Accroupi dans les entrailles du frigo, je n'avais aucune chance. À tous les coups, ils l'ont d'abord vue elle, puis moi, et deux et deux ont fait sept. Le talon de la mère m'a heurté la colonne vertébrale, me faisant tomber à terre, et celui du père l'a secondé avec une célérité impressionnante. Sa semelle, en me pilonnant la tempe, m'a fait voir des feux d'artifice.

Même le petit frère est entré dans la danse.

C'était presque élégant, cette façon de travailler en harmonie. Si seulement ma famille avait pu trouver en moi une même force unificatrice. C'est alors que je l'ai reconnu, comme l'odeur de la pluie, ou un souvenir d'enfance inopiné : non pas le poids de l'existence qui m'écrasait les poumons, mais l'élan vital, le besoin exquis et déchirant de survivre.

Pestilence

Ce lopin de terre américaine, le premier et le dernier que mes parents ont acheté ensemble, était maudit, tout comme la maison qu'ils avaient construite dessus. Les millepattes noircissaient le perron, obligeant ma mère à faire des claquettes entre la voiture et le paillasson. Ils rampaient le long des tuyaux, puis faisaient irruption par la bonde de la baignoire dans nos moments de grande vulnérabilité, leurs corps sombres se détachant de la blancheur de l'émail.

Lorsque les crabes se sont précipités par milliers à l'intérieur des terres, bloquant la circulation sur Old Cutler Road, seuls les plus téméraires ont poursuivi leur chemin. Mon père a stoppé le break, nous condamnant à être en retard, tandis qu'un flot de crustacés bleus et beiges s'écoulait tout autour de nous. Depuis la banquette arrière, Delano et moi sommes restés assis dans un recueillement silencieux face au cliquetis des pattes sur l'asphalte. Devant nous, des pinces et des morceaux de carapace crevaient des pneus.

Et lorsque les sauterelles ont déferlé, nous nous sommes accroupis tous les quatre devant la fenêtre du salon, à attendre.

Maman disait que c'était à cause des travaux de construction, que la frénésie de nouveaux projets dans les années 80 avait perturbé les bestioles et que le défrichage les avait rendus folles. Papa disait que ça avait toujours été comme ça mais que les gens ne s'étaient pas encore aventurés aussi loin dans Cutler Ridge, le quartier au sud de Miami où on habitait ; que la venue des crabes et des sauterelles était saisonnière ; que les humains allaient devoir s'acclimater à eux. Delano disait que c'était à nous autres garçons de bouter cette vermine hors de la rue.

On se procurait des briquets, des allumettes, des bombes d'insecticide et du désinfectant pour brûler les millepattes et les réduire en bouillie. À l'aide de bâtons et de tiges de canne à sucre, on poussait les crabes vers le seau de jardin ou celui que maman utilisait pour le ménage. On regardait à l'intérieur et on pariait sur la mort de tel ou tel d'entre eux à mesure qu'ils se tuaient les uns les autres.

Nos voisins les cuisinaient pour les manger, mais nous, vu que ce n'étaient pas les crabes rouges et joliment présentés qu'on voit dans les pubs, on les laissait en tas à côté de la maison pendant des jours voire des semaines, jusqu'à ce que le soleil rôtisse leurs carapaces et les transforme en enveloppes sèches et friables.

Ils étaient faciles à attraper, sauf celui qu'on a poursuivi dans un champ sur quatre cents mètres avant qu'il ne s'échappe en escaladant un chêne, comme s'il avait changé de nature par nécessité, ou bien pour montrer qu'on ne comprenait rien à sa nature.

Les sauterelles, on les laissait tranquilles, hormis celles qui restaient après que la nuée s'était dissipée. On arrachait leurs jambes et leurs ailes de leurs thorax et on les noyait dans de la javel ou de l'iode ou tout autre liquide qu'on arrivait à piquer en douce sans que nos parents s'en aperçoivent. Parfois, on relevait la tête et on apercevait de drôles de garçons : sans couleur, avec des taches de rousseur ou alors marron comme nous – des gamins de six ou dix ans accroupis par paires ou par groupes de trois, occupés à la même tâche que nous, et je me disais : *Si tous les enfants du monde s'activaient ainsi, j'imagine que notre mission ne devrait pas tarder à s'accomplir.* Les sauterelles, les crabes et surtout les millepattes ont décru d'une année à l'autre, jusqu'à ce qu'il y en ait si peu qu'on ait oublié qu'ils avaient un jour recouvert les trottoirs, les routes et les cieux.

On savait que la maison était maudite, et pas seulement du dehors : de l'intérieur aussi. Les animaux de compagnie qu'on ramenait mouraient tous de manière atroce, malgré nos soins attentifs. Notre combattant siamois a sauté hors de son aquarium, comme si l'eau s'était mise à bouillir, puis il a atterri sur la moquette. Maman l'a ramassé avec une épuisette, l'a remis là où il était, et a fermé le couvercle, mais ça n'a fait qu'accroître sa rage, semblait-il. On s'est rassemblés tous les quatre pour le regarder se frapper la tête contre la paroi jusqu'à l'os.

Quant aux hamsters, on les a découverts ainsi : l'un, avec une expression abasourdie, dépassant de la mâchoire détruite de l'autre.

– Jésus Marie Joseph, a dit mon père lorsqu'on a apporté la cage dans la cuisine.

– On va peut-être faire une petite pause avec les bêtes, a dit ma mère en se couvrant la bouche.

Je me suis senti soulagé, mais Delano a insisté :

– Si on donne des noms aux prochains, peut-être qu'ils vont se traiter avec plus d'humanité.

– Ceux-là seront déjà bien difficiles à oublier, a dit mon père en désignant la cage. Imagine ils ont une identité.

Notre paternel, comme beaucoup des hommes jamaïcains invités par mes parents, ne faisait pas grand cas des noms pour les animaux, y compris pour les meilleurs.

– Chien l'a déjà un nom, se plaisait-il à répéter. Chien s'appelle chien.

Notre mère, en revanche, avait élevé des poules et des truies dans la banlieue de Kingston où elle avait grandi, et elle leur avait à toutes donné un nom, même après avoir appris le sort qui les attendait. Elle disait de notre grand-mère :

– Quand Seema mettait ses gants en cuir, tu savais que ça voulait dire adieu Betsy. Adieu Henriette.

Elle a serré un torchon entre ses poings et l'a tordu brusquement tout en faisant le bruit d'une nuque brisée.

– Moi j'ai jamais eu d'animal de ferme, a rétorqué mon père en allant chercher des glaçons dans le congélateur. Mais une fois j'ai eu des démêlés avec le bouc du voisin.

Ça se passait comme ça avec mes parents : toujours un pour essayer de surpasser l'autre. Papa s'est mordu la lèvre pour éviter de montrer sa jubilation. Il s'est versé un verre de rhum et a poursuivi :

– Y a le bouc qui court dans la rue et moi je le renverse avec la voiture de papa. Et je me dis faut pas rayer la caisse et pas tuer le bouc. Mais alors le bouc il se lève et met ses sabots sur le capot et me regarde. Il se tourne vers tous les voisins et crie : « À l'aaaiiiide ! » (Papa se contorsionnait le visage pour glapir comme une chèvre.) « À l'aaaiiiide ! » Alors je m'enfuis en me disant, Missié le bouc va me dénoncer au shérif John Brown.

Mon père riait tant que des larmes ruisselaient le long de ses joues.

Il y a une fin alternative à son histoire, et lorsqu'il l'a racontée, il l'a ponctuée de rires débridés, et ma mère l'a frappé avec le torchon en disant :

– T'es trop cruel, toi.

Mais ses yeux étaient pleins d'amour.

—

D'autres fléaux ont frappé notre quartier les années suivantes. On fabriquait des frondes et on ramassait des cailloux pour éloigner les engoulevents. On versait du sel sur les grenouilles et les limaces qui semblaient tomber du ciel avec la pluie. Mais face aux relents soufrés de putois écrasé provenant du mont Trashmore, il nous fallait capituler.

Le mont Trashmore était la fierté et la honte de Cutler Ridge – enfin, c'est comme ça qu'on voyait les choses. Si l'on montait sur le toit de la maison à l'aide de l'échelle de papa, on pouvait apercevoir, à travers des jumelles, le sommet de la décharge et son halo de buses. Le soleil d'été forait la montagne d'ordures, laissant échapper des effluves puants qui nous faisaient suffoquer. Les jours les plus chauds, on n'avait d'autre choix que de se boucher le nez avec son col ou ses manches et de rentrer chez soi.

Les engoulevents nous assaillaient nuit et jour mais étaient particulièrement dangereux au crépuscule. Ils nichaient par terre, camouflés par le fourré qui s'étendait sur le terrain rocheux derrière notre maison. Si on s'approchait trop près, ils surgissaient de la poussière, prenaient suffisamment d'altitude, puis nous attaquaient en piqué.

Une fois, Delano en a touché un avec sa carabine. On est partis à ses trousses, mais il a réussi à nous semer en plongeant dans un fourré tentaculaire.

À ce moment-là, on avait Double Zéro (abréviation de 007) avec nous. Sa mère était une bâtarde, mais son père était un labrador du sang le plus pur. On l'a envoyé dans la plaine en criant : « Vas-y, attrape », et « Allez, Double Zéro, tue-le ! » Je pensais que ça ne marchait qu'à la télé, mais le clébard a foncé dans les ronces.

J'attendais que l'oiseau s'élance de nouveau dans le ciel pendant que Double Zéro fouillait les buissons environnants, mais ce dernier est revenu en sautillant, les mâchoires serrées sur une masse de viande et de plumes déchiquetées. Le sang de l'oiseau gouttait sur la tache blanche en forme de V qui donnait à son pelage un air de smoking.

À force d'injonctions et de tractions, Double Zéro a fini par relâcher sa prise. Après quoi l'oiseau est resté allongé sur le gravier poussiéreux, immobile et difforme.

– On l'a tué.

– Et c'était quoi le but, à ton avis ? a demandé Delano.

Il m'a dit qu'il faudrait l'enterrer, et je ne lui ai pas demandé pourquoi. J'avais vaguement l'impression qu'on honorait les morts, que cette vie qu'on avait prise était différente, avait plus de valeur que celle des insectes, des crapauds et des crabes. Arracher une vie au ciel… ou alors ma conscience avait commencé à mûrir, et ma culpabilité n'avait rien à voir avec ce qu'on avait tué.

On lui a creusé une tombe peu profonde non loin de là où il était apparu pour la première fois. Mon frère a suggéré qu'on aille trouver son nid et ses œufs, et qu'on les jette dans le trou, afin d'éteindre sa lignée et d'empêcher de futures attaques, mais je n'avais pas le cœur à ça, je m'en souviens très bien.

– Quand papa mourra, c'est moi qui aurai la maison.

Mon frère m'a dit ça lors d'une promenade avec Double Zéro. Je ne me souviens plus si c'était la fois où on avait tué l'engoulevent ou pas. Ça ne pouvait pas être longtemps après, donc je devais avoir dix ou onze ans et mon frère environ quatorze. Mettons qu'on avait le dos courbé par le labeur à mesure qu'on remplissait de terre le trou où on avait déposé la carcasse. Mettons que le soleil avançait doucement vers l'horizon et que la sueur coulait de nos aisselles jusque sur nos poignets et nos mains quand Delano a dit preums.

Je me suis demandé pourquoi il revendiquait une maison dont on avait convenu qu'elle était maudite, mais j'ai dit :

– Et maman, alors ?

– Très bien : quand papa et maman mourront, c'est moi qui l'aurai.

– Ouais, c'est ça !

Mais je savais déjà, à ce moment-là, que les choses se passeraient ainsi. Ils étaient gagas de mon frère, il avait déjà hérité du meilleur que nos parents pouvaient nous offrir, jusqu'aux yeux de notre père – les inconnus s'arrêtaient dans la rue pour les admirer. Toutes les fois où je m'étais tenu à l'écart de la mêlée composée de Delano, nos parents et ses admirateurs fortuits… Toutes les fois où je m'étais demandé si je n'avais pas disparu…

– Ils vont nous laisser la maison à tous les deux, ai-je insisté.

– C'est pas comme ça que ça marche. C'est moi l'aîné, donc c'est moi l'héritier.

– T'es pas un prince, bouffon.

Mais dans ce monde où les hiérarchies sont soigneusement établies, qui ne consacrerait pas le garçon marron aux yeux bleus ? Qui ne lui donnerait pas plus de valeur ?

– Laisse tomber. C'est comme ça que ça marche, Trelawnies.

Je venais alors d'entamer ma phase « grassouillet », et Delano sa phase « méchant », raison pour laquelle il s'était mis à pluraliser mon prénom pour souligner ma rondeur.

– Et il se passe quoi si tu meurs ? ai-je demandé.

– Alors elle ira à mon fils.

– Mais t'as pas de fils.

– J'en aurai un quand je serai mort.

– Et moi alors ?

– Toi, Trelawnies, tu te fais entuber. Tu devrais avoir l'habitude maintenant.

Comme il voyait qu'il m'avait blessé, il a ajouté :

– Mais tu seras toujours mon frère, alors si t'es sympa, je te laisserai peut-être vivre ici avec moi.

Un fléau peut se métamorphoser, et en août 1992, le nôtre est apparu sous forme de vents à plus de 280 km/h. On était trois garçons à ce moment-là, car il y avait notre cousin Cukie à la maison pendant que tante Daphne faisait sa pause estivale ; trois pour combattre les fléaux du quartier, trois pour planifier notre fuite. On savait qu'Andrew allait frapper la Floride, mais les bulletins météo et la panique qu'ils engendraient n'étaient pas les premiers signaux de la catastrophe imminente. Tout d'abord, les disputes de nos parents se sont intensifiées cet été-là, suintant à travers les murs de nos chambres.

Quand papa disparaissait le soir avant de réapparaître puant la débauche, maman rejetait la faute sur le rhum blanc. Papa prétendait qu'elle s'était trop américanisée dans sa vision du mariage. Face à leurs chamailleries, Delano nous disait, à Cukie et moi, d'aller dehors pour trouver un peu de répit, mais les relents du mont Trashmore nous obligeaient à rentrer. Durant tout le mois d'août, la puanteur s'infiltrait dans nos narines et nos pores, nous donnait mal au ventre. On était d'accord – Delano, Cukie et moi – que Trashmore n'était pas seulement une montagne mais un volcan qui nous empoisonnait progressivement et qui menaçait d'entrer en éruption.

L'odeur suffoquait notre été, mais le matin précédant l'arrivée d'Andrew, la brise était merveilleusement fraîche et douce. On a percé des vis dans du contreplaqué pour protéger les fenêtres, nous préparant à évacuer, et alors j'ai demandé :

– Qu'est-ce que ça change qu'on habite dans la zone inondable ? Vu que la maison est sur une colline.

– Je parie qu'on aura quelques centimètres de pluie, comme d'habitude, a répondu Delano. Ou alors le truc nous loupera complètement. C'est n'importe quoi.

– Ça existe vraiment les ouragans ? a demandé Cukie.

– Si seulement, si seulement y avait assez de dégâts pour pas avoir école pendant une semaine, ai-je supplié.

Nous nous sommes concertés autour de nos sacs à moitié faits, choisissant des consoles plutôt que des collections de cartes de super-héros pour la nuit qu'on passerait chez Cukie – tante Daphne et lui habitaient à l'intérieur des terres. Cukie avait déjà de meilleurs jeux et une meilleure chambre que tous les gamins de onze ans qu'on connaissait, avec une télé, un magnétoscope, une télécommande et un cadre de lit orné de voitures de course. À côté de sa chambre, et à l'autre bout du couloir par rapport à celle de sa mère, une troisième chambre équipée de lits superposés et de caisses débordant de jouets ne faisait que confirmer l'impression que seuls ses camarades de jeux étaient invités à rester la nuit. Tout cela aurait été insupportable si ça ne m'avait pas paru si vide, eux deux tout seuls dans cette maison.

Delano et moi avions hâte d'aller coucher là-bas.

Le seul problème avec l'évacuation, c'était que Double Zéro s'était échappé la veille au soir et n'était toujours pas revenu. Il s'était mis à fréquenter ses voisines de race canine ; à moins de l'enfermer dans la maison, on ne pouvait pas empêcher ses excursions nocturnes. Mais quand on l'enfermait, ses hurlements pénétraient dans nos rêves, nous arrachant au sommeil. Lors de sa deuxième nuit d'incarcération, mon père a fini par céder et l'a relâché dans le jardin. Le chien est resté silencieux, sinon absent.

Un soir où, au début de l'été, on avait suivi Double Zéro, Delano, Cukie et moi avons été témoins de toute la splendeur de ses escapades. C'était quelque chose de le voir escalader une clôture : il collait ses pattes avant sur le grillage et soulevait ses pattes arrière pour se propulser vers le haut. On pouvait apercevoir sa tache blanche en forme de V. Je n'ai pu m'empêcher de m'exclamer :

– Double Zéro Sept.

– Double Zéro Sept, a renchéri Cukie.

C'est alors qu'il a été décidé de le castrer.

On a pris un rendez-vous pour l'opération, mais quand mon père est entré dans le parking du vétérinaire, avec Delano à l'avant et Double Zéro à l'arrière qui tremblotait entre Cukie et moi, on s'est mis à réfléchir à ce que ça signifiait pour lui de perdre ses testicules. Je luttais en silence contre le fardeau d'avoir à éteindre la lignée de Double Zéro, et Cukie ne donnait jamais son opinion à proximité d'un adulte; mon frère, lui, a exprimé son inquiétude de la façon suivante :

– Je préférerais mourir plutôt que de me faire couper les couilles.

– C'est ce qui fait qu'un homme est un homme, a convenu mon père. Mais c'est vous qui avez décidé. C'est vous qui vous occupez de lui.

Je ne savais pas ce qu'il fallait faire, mais je voulais être comme eux, prendre part à la masculinité comme eux le faisaient – non, ce n'est pas exactement ça. Je voulais être avec eux, m'intégrer à l'amour qui unissait les hommes de ma famille. J'avais commencé à sentir le poids de notre différence d'âge. Delano entrait dans le monde de mon père et quittait le mien. Alors j'ai collé mes mains sur mon entrejambe, baissé la tête et l'ai secouée, comme si j'avais trop mal pour parler de la situation. Sur ce, papa a enclenché la marche arrière avant de se diriger vers la maison : il dirait à maman que le bureau du vétérinaire avait été fermé sans explication. C'était peut-être la première fois que je ressentais un tel sentiment d'appartenance.

Quel est ce lien inimitable entre certains pères et leurs fils ?

Des années plus tard, Delano tenterait d'en venir aux mains avec notre paternel au cours d'une dispute. Il avait pris sa voiture sans sa permission, et l'avait conduite à une fête d'anciens élèves. Pas ceux de son lycée mais de l'université de Floride, à huit heures de route vers le nord. Au lieu de rentrer chez mon père, il est allé chez ma mère, chez moi, et a informé papa qu'il pourrait récupérer sa voiture là-bas. Il avait dû essayer de retarder sa punition, ou peut-être qu'il voulait juste des témoins. Lorsque notre père est arrivé, que les mots et les excuses ont inévitablement manqué à Delano, et que la réprobation de papa est devenue excessive, mon frère a essayé de le pousser hors de son chemin. Mais papa a pris le dessus facilement : il a plaqué Delano contre le mur du salon et l'a retenu là, comme pour dire *Pas encore, pas encore. Tu apprendras à me surpasser, et tout ce que je suis sera à toi, mais pas maintenant. Pas encore.*

J'avais risqué la vie de Double Zéro pour ressentir la même chose, ne serait-ce qu'une infime partie. Mais durant le calme avant la tempête, tandis qu'on passait le quartier au peigne fin et que papa avait pris la voiture pour inspecter les rues plus loin, je savais que notre décision avait été catastrophique.

Cet après-midi-là, j'ai fait des promesses à Dieu, à l'univers, à toute puissance qui accepterait ma requête : que si on retrouvait Double Zéro, je le ferais castrer. Je le sauverais des hommes de ma famille et le sauverais de lui-même. Mais peut-être que ce n'était pas la bonne chose à faire. Peut-être que j'aurais dû commencer par expier ma faute.

Pendant qu'on cherchait, j'étais certain que Double Zéro sortirait d'un buisson ou d'un coin de rue en trottant, sa langue rose pendant par-dessus sa mâchoire sombre. Mais lorsque le ciel s'est obscurci, on a abandonné la maison et Cutler Ridge pour nous éloigner de la côte.

– Ne vous inquiétez pas, a dit notre mère pendant le voyage. Les chats et les chiens savent se mettre à l'abri pendant les tempêtes.

J'ai regardé vers le siège conducteur, certain que mon père la contredirait, mais pour une fois il était d'accord avec elle et il a dit :

– Les animaux ils sentent ce genre de choses.

J'ai compris de nouveau que mon père pouvait changer de caractère, et qu'il le ferait pour me protéger. Je savais aussi que ce qu'il venait de dire était au moins pour partie vrai : aucune maison en Floride ne pouvait empêcher les colonies de fourmis de rentrer avant une grosse pluie. Mais où pouvait se cacher Double Zéro ? Il n'était pas un insecte.

La fin alternative de l'histoire de mon père et de son bouc est la suivante :

– Le bouc il se met à beugler « À l'aide ». Alors moi je me dis qu'il doit souffrir le martyre. Donc je recule pour bien viser sa tête. Et là je l'écrase pour de bon.

———

Lorsque les plombs ont sauté chez tante Daphne, on savait qu'Andrew ne ferait pas partie de la série de faux ouragans dont on s'était moqués. Depuis la chambre de Cukie, on a vu un groupe de palmiers dans le jardin se faire arracher, avant de traverser les murs du voisin. Comme des aiguilles dans un coussin. C'est comme ça qu'on s'est retrouvés tous les six agglutinés dans la penderie.

Je n'ai pas besoin de me fatiguer à décrire ce qu'on allait découvrir à la lumière du jour suivant. Les maisons rasées, les voitures renversées : tout ça, on peut le trouver sur Internet. Je vous conseille de taper « ouragan Andrew dégâts » dans votre moteur de recherche préféré, puis de cliquer sur IMAGES pour voir ce que j'ai vu le lendemain matin. Je dirais que lorsqu'on a fini par trouver Cutler Ridge, puis notre rue – c'était difficile sans panneaux, avec seulement quelques points de repère et beaucoup d'obstacles –, il ne restait pas grand-chose de notre maison à part son squelette et une moquette détrempée et moisie.

Ce dont les photos d'archives ne peuvent pas rendre compte, c'est qu'un palmier en décomposition qui s'est fait déraciner puis laisser pour mort dans la rue a une odeur aussi pathétique qu'un cadavre humain en train de pourrir. Ou que même les entrailles inanimées des maisons puent la perte, une mort délavée d'après-tempête, et qu'après un jour ou deux, cette putréfaction n'asphyxiait pas seulement Cutler Ridge mais la majeure partie de Miami.

Vous n'avez peut-être pas non plus entendu parler des bêtes qui ont profité du passage d'Andrew pour s'échapper du MetroZoo, de plusieurs centres de recherche et des magasins d'animaux exotiques. Des groupes de singes ont été aperçus en train de trottiner et de se balancer à travers les banlieues sinistrées. Selon des estimations prudentes, le nombre de fugitifs se comptait en centaines, mais certains experts animaliers évoquaient au moins deux mille cinq cents singes remis en liberté. Aujourd'hui encore, on les voit se faufiler avec leur progéniture dans les jardins de certains quartiers de Miami. Et rares sont les résidents de Dade County qui n'ont jamais aperçu les perroquets, perruches et calopsittes qui peuplent désormais Coral Reed Park, Tropical Park et au-delà. Des pumas couraient également dans les rues. C'est peut-être toujours le cas.

Ainsi, là où on avait passé notre enfance à débarrasser notre rue de tout un tas d'espèces, en choisissant celles qui méritaient de mourir selon leur essence, la nature elle-même était intervenue et, en l'espace de quelques heures, avait libéré une nouvelle faune prête à reprendre possession de nos quartiers.

Mais je n'ai plus envie de parler de ça. J'ai envie de parler de cette nuit, quand on était tous accroupis dans la penderie et que le vent hurlait comme un dieu vengeur. Quand j'ai dit :

– J'espère que Double Zéro va bien.

Et que ma mère m'a doucement enlacé dans l'obscurité, avant de me répondre :

– Quelqu'un l'aura retrouvé et emmené avec lui.

J'imaginais l'une de nos voisines laisser entrer le chien chez elle, puis fermer la porte juste à temps pour se mettre à l'abri.

Mais mon frère gigotait nerveusement à côté de moi, comme s'il savait déjà ce que mon père allait annoncer : «Je t'ai pas dit que je l'ai retrouvé ? Je t'ai pas dit ?» Sa voix avait adopté le même rythme saccadé que lorsqu'il tirait trop sur le rhum blanc. Et bien que je n'aie pas pu le voir, enfouis qu'on était dans les replis obscurs de la penderie, je ne peux m'empêcher de l'imaginer avec un sourire suffisant quand il a lâché :

– Je t'ai pas dit que j'avais retrouvé le chien, mort dans la rue ?

Amerrissage

L'été de ses treize ans, Cukie Panton partit en direction des Keys pour rencontrer son père pour la première fois. Jusque-là, Ox n'avait été rien de plus qu'une syllabe crachée entre les lèvres de sa mère. Ce qu'il savait d'Ox, c'est qu'il était américain – ce qui avait permis à Cukie de naître au Baptist Hospital, sur Kendall Drive – et qu'il avait été présent pendant les deux premiers mois de sa paternité avant de se barrer, abandonnant son fils à l'encre sèche de son acte de naissance, où était marqué : LENNOX MARTIN.

Plus d'une dizaine d'années après ce départ abrupt, la mère de Cukie avait décroché le téléphone et Ox, plein de remords, lui avait dit qu'il avait le droit de connaître son gamin. À ce moment-là, Cukie hésitait. Daphne Panton s'imaginait qu'il avait dû frôler la mort, ou alors que c'était la boisson qui avait réveillé sa conscience et l'avait poussé à appeler, ce qui n'aidait pas. Peut-être était-ce Andrew qui avait provoqué sa réapparition, vu que, moins d'un an auparavant, l'ouragan avait détruit tant de choses qui allaient devoir être reconstruites. Quelle que fût l'affliction d'Ox, la mère de Cukie supposait qu'elle était éphémère. Les appels continuèrent, cependant, et lorsque le projet se précisa, elle dit à Cukie de préparer son sac, et ils partirent de Kendall pour rejoindre Smuggler's Key.

Les étés précédents, ils auraient suivi l'US 1 en direction du sud pendant une petite trentaine de minutes pour atteindre Cutler Ridge, où Cukie aurait passé quelques semaines avec ses cousins Trelawny et Delano. Mais tante Sanya et oncle Topper venaient de se séparer, et ils s'étaient partagé leurs fils entre eux, brisant la seule image qu'avait eue Cukie d'une unité familiale stable. Lorsqu'elle lui avait appris la nouvelle, sa mère n'avait pas expliqué le pourquoi de leur séparation, mais maintenant, quand elle mentionnait son oncle, elle disait juste « Topper ».

Que son père habitait à deux heures de route, Cukie l'avait bien enregistré.

– Je peux pas faire comme si c'était un type bien, dit sa mère en serrant le volant et en gardant les yeux rivés sur l'étendue de gravier qui défilait sous la voiture. Tous les garçons devraient pouvoir croire que leurs pères sont des types bien, mais si c'était le cas, on vivrait dans un monde différent, tu vois ?

Cukie hocha la tête. Récemment, il avait promis à sa mère d'améliorer son attitude, et répondre aux questions des adultes figurait tout en haut de sa liste de bonnes résolutions. Mais ce genre de conversation lui paralysait complètement la langue, et là, son estomac se nouait à mesure qu'il fonçait vers la réponse à la question qui avait hanté toute sa courte vie : *Quel genre d'homme abandonne son fils ?*

Cukie préférait se concentrer sur l'eau qui rampait de part et d'autre de l'autoroute. Les voitures et les immeubles disparurent, remplacés par toute l'étendue de la mer, ce qui lui fit penser aux corps argentés qui se faufilaient dans l'eau turquoise tachetée de lumière.

– Il dit qu'il a changé, continua sa mère. Je prie pour que ce soit vrai. Et comme moi j'arrive pas à te faire descendre sur terre, peut-être que lui y arrivera.

Cukie imagina son corps qui nageait vers l'horizon dans un océan inondé de lumière, avec la crête des vagues qui le chatouillait le long du dos. S'il se représentait sous les traits d'un dauphin, il pourrait peut-être en devenir un. Et il s'était entraîné, pendant plusieurs années. En cinquième, il avait failli redoubler à cause de ce que sa mère appelait des « problèmes de concentration ». Mais ses professeurs et elle se trompaient. Cukie se concentrait trop, et le plus souvent sur des mondes imaginaires où il trouvait refuge. Toutes ces fois où, en classe, il fixait le tableau, le regard vide, son esprit à des milliers de kilomètres, son corps impassible, il fallait qu'un prof se rapproche d'un pas lourd et fasse tomber un manuel scolaire sur sa table pour que Cukie revienne à lui, haletant.

Il eut une impression similaire lorsque sa mère pila dans Blue Harbor Marina.

– Tu le vois là-bas ?

À travers le pare-brise, elle pointait du doigt une silhouette qui chargeait une glacière dans un bateau, et elle insista pour que Cukie aille le voir seul.

En s'approchant du quai, le garçon ne reconnut pas grand-chose de lui-même dans l'homme qui était censé être son père. Avec ses sandales, son short et son torse nu, Ox ressemblait davantage à son environnement inanimé – chacun de ses poils s'était fait brûler par le soleil et battre par le vent – qu'à Cukie, sauf son nez, pointu mais collé à son visage, comme une raie planant au-dessus d'un carré de sable.

Il n'avait jamais su que son nez, aigu et plat, avait une ascendance.

– Cukie ? fit Ox.

Le garçon hocha la tête, se disant que son père avait pu fixer des rendez-vous avec plein d'autres enfants bâtards le même après-midi. Il eut soudain envie de retourner dans la voiture de sa mère, mais Ox dit :

– T'as qu'à me suivre alors.

Cukie fit au revoir de la main à sa mère et suivit Ox jusqu'à la cabane de style tropical juchée à l'extrémité nord de la marina. Le bar étroit de la cabane faisait face à la mer ; une rangée de bouteilles de bière ornait le mur du fond comme des trophées. Des feuilles de palmier desséchées cachaient à peine les bardeaux du toit qui reflétaient le soleil éclatant. Du carton plastifié scotché sur le comptoir listait les prix des locations de bateaux et de matériel. En haut de chaque fiche était inscrit LOCATIONS JETÉE 26. À travers une embrasure, des cages rectangulaires grillagées s'entassaient les unes sur les autres contre les murs de la réserve. Cukie se demanda pourquoi son père ne lui avait pas donné rendez-vous chez lui.

– Ce boulot, c'est juste un à-côté, expliqua celui-ci.

Il souleva une partie du comptoir et passa derrière le bar. Cukie sentait le regard de son père suivre le sien pendant qu'il examinait l'espace restreint. Ses yeux se posèrent sur une affiche délavée qu'Ox avait punaisée au mur. Une femme qui semblait tout juste sortir de l'eau portait un T-shirt rouge mouillé jusqu'à la transparence et qui gouttait le long de son corps. Le mot JAMAICA était imprimé sur la courbe de son buste.

Cukie avait pu contempler ce même poster à l'épicerie en attendant que sa mère achète des akis et des pommes jacques, ainsi que dans des restaurants, où il décorait les murs et l'intérieur des fenêtres aussi banalement que le drapeau vert, noir et or. Cette image était devenue l'un des principaux signifiants de l'île, encore plus iconique que Paul Bogle et Marcus Garvey, les héros nationaux. Sa présence ici réconfortait Cukie.

– Elle aurait très bien pu être ta mère, dit Ox en s'appuyant sur le bar.

– Hein ?

Ox désigna du doigt le coin en haut à gauche de l'affiche, où quelqu'un avait gribouillé un cœur et un autographe au feutre noir.

– Y a toute une histoire entre Sintra et moi, dit Ox.

Un large sourire se dessina par-dessus son menton mal rasé, à la fossette visible. *Menteur*, se dit Cukie en baissant les yeux. De son petit doigt, il posa la main sur la carte des bières et gratta un bout de scotch séché par le soleil, laissant son regard se perdre parmi les chiffres et les symboles du dollar.

– C'est un fait peu connu, commença Ox.

Tais-toi je t'en supplie, se dit Cukie, mais son père poursuivit en riant :

– Sintra n'est même pas jamaïcaine. Elle est trinidadienne. Imagine. Les touristes qui se ramènent et qui se rendent pas compte qu'ils sont sur la mauvaise île.

Cukie arracha un morceau de scotch et se mit à le déchiqueter. Il se demandait ce que quelqu'un comme

Sintra aurait pu trouver à un beauf comme son père. Tout à l'heure, peu après qu'ils étaient entrés dans la voiture, sa mère avait laissé entendre qu'Ox et elle s'étaient rencontrés lors d'un vol en partance de Kingston, à l'époque où elle travaillait pour Air Jamaica. Elle n'alla pas jusqu'à révéler ce qu'il lui avait baratiné pour qu'elle accepte de dîner avec lui ce soir-là.

Cukie releva les yeux vers le poster de Sintra. Menteur ou pas, Ox lui avait bousillé son fantasme. Ce dernier se détourna de l'affiche et examina son fils, la bouche tordue, comme s'il avait trouvé un bébé dans un panier déposé sur le pas de sa porte.

– J'ai un petit quelque chose pour toi.

Il se baissa pour aller fouiller derrière la glacière. Cukie pensa qu'il réapparaîtrait avec deux Budweiser dans les mains, mais quand il se releva, il tenait un filet de pêche carré dans une main et un bâton mince comme une baguette magique dans l'autre.

– Voilà, ça c'est ton pointeur, et ça c'est ton filet.

Cukie attendit qu'il en dise plus.

– C'est la saison du homard, expliqua Ox. Il est temps que t'apprennes à en attraper.

Cukie hocha la tête en silence. À la demande de son père, ils allèrent sur le *Belly Bloat* et posèrent l'ancre près d'un banc de sable à moins de deux kilomètres de la côte. Ils commencèrent par faire de la plongée avec un masque et un tuba ; Cukie n'en avait jamais fait.

– Crache dedans, dit Ox en lui tendant un masque.

Lui-même cracha dans le sien, puis répandit la salive sur les verres de façon uniforme. Cukie fit de même, sourcils levés et front plissé.

– C'est pour pas qu'il s'embue, lui expliqua son père. C'est dingue à quel point ça sert, les fluides corporels.

Ils nagèrent jusqu'à ce que Cukie trouve son rythme, respirant à travers l'embout du tuba.

– C'est bien, dit Ox en remontant à bord. Essaie avec ça maintenant.

Il lança le filet et le pointeur à Cukie, qui faillit couler en essayant de tenir les deux.

– Flotte ! Flotte, putain !

Cukie ne savait pas comment réagir face à un inconnu censé être son père qui criait « flotte » à mesure que lui coulait. À quelques mètres de là où il se débattait, la mer était aussi calme que de l'eau en bouteille, et lorsqu'il finit par lâcher le filet, ce dernier resta à la surface.

Cukie relâcha ses membres et s'allongea dans l'eau tout en imaginant qu'une paire de mains supportait son corps. Il inclina la tête en arrière et inspira doucement, se laissant porter par le courant.

– Faut vraiment être idiot pour se noyer, hurla Ox depuis le *Belly Bloat*. Y a tellement de sel dans la mer, un gringalet comme toi pourrait marcher dessus.

Cukie le regarda se faufiler d'un bout à l'autre du pont. L'eau de mer emmêlait ses cheveux aux pointes ambrées, les faisait retomber, sombres et lourds, sur sa poitrine large et bronzée, mais il se déplaçait avec une souplesse qu'il n'avait pas sur terre.

La question surgit quand Cukie regarda son père. Elle pointait toujours lorsqu'il pensait à lui : *Quel genre d'homme est-il ?*

Cukie résista à l'envie de couler vers le fond de l'océan pour voir si son père viendrait le sauver.

Ox transporta un filet et un mètre jusqu'au bord du bateau, monta sur le plat-bord et plongea. Il prit le filet et Cukie et lui nagèrent ensemble jusqu'au banc de sable, où ils pouvaient se tenir debout car l'eau leur arrivait aux cuisses. Cukie prit de l'eau dans le creux de ses mains et se la versa sur les épaules et le cou pour atténuer l'effet des rayons ardents.

– Tout est une question d'équilibre, dit Ox. C'est une danse. Sauf qu'il y a plusieurs partenaires. Y a le homard, mais c'est pas ton partenaire principal. Le bâton et le filet sont des extensions de toi-même. Ensuite y a l'océan, les vagues, le sens du courant. Si t'apprends à nager avec lui, il te fera jamais de mal.

Cukie hocha la tête.

– Si tu vois un homard, comment tu l'attrapes ? demanda Ox en lui donnant le filet avant de se frapper la poitrine. Montre-moi, je vais faire le homard.

Cukie fit descendre le filet sur son père, mais celui-ci se baissa et esquiva sur le côté. Le garçon essaya de nouveau, avec plus de force, mais Ox sauta dans la direction opposée. Cukie lança le filet vers lui en essayant de l'attraper par la gauche, mais l'autre bondit en arrière. Alors Cukie fouetta la surface de l'eau avec le filet en disant :

– C'est débile ce truc.

– Ça marchera pas comme ça, dit Ox en arrachant le filet de la main de son fils. Si tu vois un gros filet qui t'arrive dessus, tu fais quoi ?

Il fit descendre le filet sur la tête de Cukie.

– Je pars en courant, répondit ce dernier.

Alors Ox enleva le filet et saisit le pointeur.

– Si tu vois un bâton qui te fonce dessus, dit-il en tapotant le masque qui pendouillait au cou de Cukie, qu'est-ce que tu fais ?

– Je continue de courir, répondit Cukie.

Ox lui poussa la poitrine et Cukie recula.

– Ouais, tu cours, mais cette fois je sais vers où.

Cukie n'était toujours pas convaincu de la méthode de son père, mais alors ils virent un homard cramponné à un gros bloc de calcaire, à une trentaine de mètres de là où ils s'étaient entraînés. Cukie plongea sous l'eau pour l'observer, pendant qu'Ox prenait le bâton et le filet pour se mettre à la tâche. Il l'approcha de face, allongeant le bras qui tenait le filet, puis il plaça celui-ci derrière l'animal, en partie contre la surface du rocher. Il dirigea le pointeur vers la tête du homard en laissant le courant l'entraîner doucement vers lui, jusqu'à ce que la pointe du bâton touche son antenne. Alors le homard recula brusquement, Ox retourna le filet en dirigeant l'ouverture vers le haut, puis il le sortit de l'eau.

Cukie regarda la scène non sans dégoût.

Ox enleva le homard et le laissa battre l'air de ses pattes.

– Ça a l'air délicieux, non ?

– C'est quoi comme homard, ça ? demanda Cukie en grimaçant.

Sa carapace externe avait des tons jaunes et bruns mais à part ça il était de la même couleur qu'un cafard. Ses antennes se déployaient puis se repliaient l'une vers l'autre, comme s'il cherchait un signal. Comme un insecte. Comme un palmier nain préhistorique muni de cinq paires de pattes et d'une queue en éventail.

Ox expliqua à son fils qu'il s'agissait d'une langouste, une espèce endémique de la côte de Floride. Comme les crevettes et les crabes, les homards étaient rarement rouges avant d'être cuits. Et les homards d'eau tiède n'avaient pas de pinces comme ceux du Nord. Il montra à Cukie comment mesurer la carapace avec le mètre pour s'assurer qu'il était conforme à la réglementation.

– Trois pouces minimum, dit Ox. Juste le corps, jamais la queue.

Au cours de leur discussion, Cukie apprit que son père travaillait comme pêcheur à pièges durant la saison.

– Splashdown c'est dans huit jours. C'est à ce moment-là qu'on pose nos cages. Tu vas apprendre à faire des pièges. On va te faire construire des cages et poser des appâts. Bientôt, tu pourras ramener des prises toi-même.

Cukie tapota la surface de l'eau du bout des doigts. Ses yeux suivaient les ondulations qui se formaient.

– Je dois travailler ?

– Ta mère m'a dit que tu passais ton temps à batifoler. T'es assez grand pour apprendre un métier.

Cukie dessina un cercle dans l'eau, de plus en plus profond, jusqu'à former un mini-tourbillon de ses doigts.

– Tu pourras toujours te rabattre là-dessus plus tard.

Cukie sortit son doigt de l'eau remuante et regarda combien de temps durerait l'ondulation.

Ce soir-là, père et fils retournèrent au bar. Ox avait transformé l'arrière en un appartement avec une douche, des toilettes et une kitchenette. Autour d'un dîner à base de queues de homard grillées, il détailla le programme du lendemain : construire des pièges.

– Fais attention à bien dormir, prévint-il. On commence tôt.

Pendant que son fils se brossait les dents, Ox installa un deuxième lit de camp entre la kitchenette et le labyrinthe de caisses de bières et de pièges à homard cassés. *C'est comme si on campait*, songea Cukie en posant sa tête sur le lit. Sauf qu'il ne voyait pas les étoiles, mais seulement l'épaisse couche de nuit enfermée dans la cabane, et le plafond goudronné au-dessus.

Et lorsque son père l'arracha à ses rêves pour démarrer la journée, avant le lever du soleil, Cukie se dit : *C'est comme l'armée. C'est de la torture.*

Le garçon pensait qu'il détesterait construire des pièges, mais cette tâche facilita ses interactions avec son père durant la première semaine. S'il était penché sur une cage abîmée, une pince dans la main, et qu'Ox disait : « J'imagine que ta mère est toujours en colère à propos de… tout ça », Cukie répondait : « Il nous faut plus de fil de fer, je vais à la boutique. » S'il était accroupi dans un piège jusqu'à l'épaule et qu'Ox lui demandait : « Encore en train de rêvasser ? », Cukie se reconcentrait : « Ça fait quoi, d'être pris dans un piège ? »

Au bout d'une semaine, en revanche, quand ses bras commencèrent à lui faire mal, il estima que son père lui devait quelque chose. Désormais, il avait assez de courage pour réclamer son dû et un soir, après dîner, il s'enveloppa dans son drap et exprima ce qu'il ressassait depuis plusieurs jours :

– T'étais où toutes ces années ?

Ox s'assit sur son lit de camp et resta muet quelques instants.

– Je vis ici depuis un moment. Avant, je bougeais un peu partout.

Cukie hocha la tête, puis se rendit compte qu'il n'avait pas vraiment répondu à sa question.

– Un peu partout où ça ?

– J'ai conduit des yachts le long de la côte en Amérique du Sud pendant une dizaine d'années. Partout dans les Caraïbes. Là où on me payait pour que je les emmène.

– Sympa, dit Cukie presque imperceptiblement.

Ox secoua la tête pour démentir.

– C'était pas aussi glamour que ça en a l'air.

Il voulait que son fils le sache. La mer était imprévisible, tout comme les hommes qui l'avaient employé comme capitaine. Il avait travaillé pour des gens peu scrupuleux, qu'il espérait ne plus jamais revoir.

– Ils m'envoyaient sur une jetée, et je savais jamais ce qu'ils allaient me demander de piloter. Ni ce que j'allais devoir transporter.

Pendant que Cukie l'écoutait, la voix d'Ox prit les accents étranges qui entouraient les noms des ports qu'il avait quittés sitôt qu'il avait accosté. Ses souvenirs exposaient une brutalité décontextualisée.

– J'ai vu un type passer du marron au beige, crevé et desséché sur une plage aux Bimini. Et une femme qui a simplement disparu un jour en mer à Montego Bay.

Ce soir-là, Ox parla le langage des rêves, des aventuriers de l'impossible, de la violence invraisemblable et inévitable.

Le matin de Splashdown, ils se réveillèrent tôt. Ils placèrent leurs premiers pièges au moment où le soleil perçait l'horizon comme une pointe de feu. Les cages attireraient les homards pendant la semaine, et ils iraient les récupérer.

Entre Splashdown et le début de la saison, Ox continua à escorter des touristes pour des expéditions de plongée tandis que son fils gérait le bar.

Lors de ce premier matin seul à Smuggler's Key, Cukie ressentit une envie irrépressible qu'il n'avait pas éprouvée depuis ses sept ans, lorsqu'il avait farfouillé dans les tiroirs de sa mère à la recherche de traces d'un père longtemps disparu. Celui-ci avait désormais réapparu en chair et en os, et le garçon n'arrivait pas encore à dire quel genre d'homme c'était.

Lorsque la marina devint plus calme, Cukie se retrouva dans la réserve à regarder le couvercle qui fermait la poubelle en plastique où Ox rangeait ses vêtements. Il se mit à genoux et enleva doucement le couvercle, comme s'il s'attendait à trouver une carte laminée qui indiquerait le chemin vers l'âme de son père. En bas de la table de nuit de sa mère, il avait trouvé une photo d'elle allongée sur un lit d'hôpital, elle le berce peu après sa naissance, semble-t-il. Un homme – sûrement Ox – se penche sur eux, les mains délicatement posées sur les épaules de sa mère. Seulement, son visage avait été découpé.

Cukie balaya le fond de la poubelle de la main mais ne trouva ni photos correspondantes ni vestiges du passé. Il colla l'une des chemises pliées d'Ox sur son nez et inspira.

Si on pouvait détecter la bonté, le remords ou la fourberie, quelle en serait l'odeur ? Entre les fibres de coton, Cukie sentait seulement ce que charriait l'air environnant : l'âcreté de la mer.

—

L'après-midi suivant, Happy, le gérant de la marina, vint au bar. Le soleil avait éclairci sa veste de yacht-club de plusieurs tons. La sueur coagulait sur les poils de son cou, et Cukie se dit qu'il ressemblait à un capitaine naufragé.

– Tu dois être le petit veau d'Ox, dit-il en posant un gobelet en polystyrène sur le comptoir avant de lui tendre une main moite. Y a un air de ressemblance qui te trahit.

– Cukie, fit le garçon en acceptant la poignée de main.

– T'es pas un peu jeune pour tenir le bar ?

Happy sortit un porte-bloc et décapuchonna un stylo, comme s'il allait enregistrer leur discussion.

– T'as jamais entendu parler des lois sur le travail des enfants ?

– Je ne vous ai rien servi.

– Pas besoin de te mettre sur la défensive.

Happy eut un petit rire – soit pour faire baisser la tension, soit pour l'accroître, Cukie n'arrivait pas à savoir.

– Faut s'habituer au second degré.

Derrière Happy, les bateaux tanguaient dans leurs cales, et Cukie se demandait dans combien de temps son père allait rentrer.

– On me paie pour faire chier, dit Happy en relevant le porte-bloc avant de le reposer. Mais t'en fais pas, apparemment je le fais très mal.

– Ne vous sous-estimez pas.

Happy se figea un instant, puis s'autorisa un rire franc.

– T'es bien le fils de ton père, toi.

Il reprit son gobelet et son porte-bloc, comme s'il allait partir, puis s'arrêta pour dire :

– Ça fait très longtemps que je connais ton père. D'avant son business de homards, même.

Happy regarda Cukie, comme s'il espérait que cette information changerait l'opinion qu'il s'était faite de lui.

– Je le connais depuis des années.

– Vous êtes bien le seul, dit Cukie.

Happy fronça les sourcils et leva le gobelet jusqu'à ses lèvres.

– Qu'est-ce que vous savez de lui ? demanda Cukie. De mon père ?

– En voilà une question.

Happy fit une pause pour choisir soigneusement ses mots.

– Je vais te dire un truc. Ça pourra t'être utile. Depuis que je le connais, ton père n'a jamais laissé la vérité se mettre en travers d'une bonne histoire.

Lorsque la saison débuta, Ox et Cukie allèrent chercher leurs prises à l'aide d'un GPS. Ils les repéraient grâce aux balises flottantes qu'ils avaient fixées dessus. Pendant qu'ils récupéraient les homards et réenclenchaient les pièges, Ox dit à Cukie :

– Un homme sage garde peu de trésorerie et réinvestit ses profits.

Et plus tard :

– Un homme ne respecte pas les lois sur le piégeage parce qu'il a peur de se faire prendre. C'est une question d'intégrité. Ça veut dire être correct avec tes voisins et respecter la mer qui te donne de quoi subsister.

Cukie en vint à comprendre que pour Ox, tout tournait autour du piégeage. C'était sa foi. Ainsi, pour qu'Ox soit une bonne personne, songea Cukie, il lui suffisait d'être un bon pêcheur. Cette pensée apaisait son esprit lorsque pointait sa colère face au sentiment d'abandon.

À la fin de chaque récolte quotidienne, ils vendaient les homards sur un marché non loin de Blue Harbor.

Lorsque l'été arriva à son terme, avant que Cukie ne rejoigne sa mère sur le parking de la marina, Ox lui tendit une enveloppe remplie de billets. Alors qu'il lui payait ce qui pour un adolescent représentait une véritable fortune, Ox regarda Cukie droit dans les yeux et dit :

– T'as bien bossé, fiston.

Cukie rapporta chez lui la conscience professionnelle qu'il avait acquise durant l'été. Il ne se raccrochait plus à la question de savoir où il pourrait retrouver son père. Il avait la réponse : au sud, à Smuggler's Key, soit à deux heures de route.

Lorsqu'ils rendaient visite à tante Sanya, Cukie mettait la table pour le dîner et faisait la vaisselle sans même qu'on le lui demande. En général, sa tante le chassait de l'évier, puis criait à Trelawny de sortir de sa chambre et de prendre le relais. Ce dernier le faisait de mauvaise grâce et marmonnait « Merci, fayot » en croisant son cousin dans la cuisine.

En grandissant, Cukie avait envié la proximité que Trelawny avait avec son père. Maintenant il se demandait ce que l'oncle Topper avait pu apprendre à son fils pour que ce dernier se contente de s'enfermer dans sa chambre et perdre son temps à jouer aux jeux vidéo.

Cukie décida qu'il allait profiter de chaque instant, alors il se concentra sur ses devoirs et les tâches domestiques pour aider sa mère.

Vers la fin de l'année scolaire, la conseillère d'orientation le fit venir dans son bureau et l'informa que s'il réussissait ses examens, il pourrait regagner sa classe d'origine et entrer au lycée dès l'automne. Avant que l'école se termine, son père appela.

– J'imagine que tu vas revenir ici ? demanda-t-il.

Et Cukie répondit :

– J'imagine que oui.

L'été où Cukie fêta ses quatorze ans, son père et lui retrouvèrent leur rythme de croisière, comme s'ils s'étaient quittés quelques heures plus tôt, et non plusieurs mois. Pendant qu'ils travaillaient, ils parlaient peu du passé et beaucoup de l'éventualité que Cukie travaille avec Ox à plein temps, une fois le lycée terminé.

– Pourquoi pas, dit le garçon avec un enthousiasme modéré.

Ensemble, ils réfléchissaient aux façons d'étendre leur business ; Cukie commençait à se considérer comme le partenaire d'Ox, voire, un jour, comme l'héritier de son entreprise de piégeage.

Au début de Splashdown, Cukie prit le volant du *Belly Bloat* tandis qu'Ox le guida vers l'endroit où ils allaient placer leurs pièges. Au coucher du soleil, leurs cages étaient dans l'eau, et le lendemain matin Ox laissa de nouveau son fils en charge de la Jetée 26.

Un après-midi, pendant que le garçon réparait un piège dans la réserve, il entendit la voix d'Happy provenant du dehors.

– C'est parfait. Du génie, presque.

– Alors fais-le tout seul, l'interrompit Ox. Je veux pas être mêlé à ça.

– Tu l'es déjà. À ton avis, pourquoi on t'a laissé t'installer ici au départ ?

– Tu peux pas me laisser tranquille ?

– J'aimerais bien, mon ami, vraiment, insista Happy. Mais nous, les intermédiaires, on n'a pas notre mot à dire. La décision est déjà prise.

Cukie entendit un bruit de chair qui frappait du bois, et sortit avec précaution. Happy était déjà en train de déguerpir. Ox, derrière le bar, se frottait la paume.

– Qu'est-ce qui s'est passé ?

Son père secoua la tête.

– Tu connais l'adage : quand on se dispute avec un con…

Cukie voulait lui demander dans quel pétrin il s'était fourré, mais il dit :

– Ça fait deux cons. Et il est toujours aussi vrai.

Ox sourit à pleines dents.
– Où est-ce que t'as appris toutes ces réparties ?
À son air, il paraissait sincèrement vouloir connaître la réponse.

Pendant sa première année de lycée, Cukie remarqua que ses camarades et professeurs étaient plus attentifs qu'auparavant lorsqu'il prenait la parole. Mais il remarqua aussi comme leurs yeux se fixaient sur sa poitrine, et comme leurs mains, comme mues d'elles-mêmes, venaient souvent tâter ses triceps et ses biceps. Il n'avait pas tout à fait réalisé à quel point soulever des cages avait transformé son corps avant de se voir à travers le regard des autres ; avant que Lianne, son crush de collège, ne lui demande de l'accompagner à la fête des anciens élèves ; avant que son prof de sport ne l'invite à passer les sélections pour rejoindre l'équipe de football américain ; avant qu'un soir, alors qu'elle passait près de lui dans le couloir, sa mère ne saisisse son poignet et dise :
– Mon Dieu, t'es devenu un homme.
Grâce à l'enseignement de son père, Cukie s'était hissé par-dessus ses rêveries pour entrer dans le monde.

L'été de ses quinze ans, après de longues journées passées sur l'eau, Cukie suivait son père jusqu'à la partie sud de la marina, où Happy et d'autres pêcheurs se réunissaient pour se détendre autour de quelque bières.

Le garçon s'asseyait au bord de l'eau, appuyé contre un pilier, et écoutait en silence les histoires qu'ils se racontaient. Un soir, un certain Roy demanda au groupe :

– Vous pensez que Smuggler's Bay a été surnommée la baie des contrebandiers pour attirer les touristes ? Sur quoi est-ce que Miami a été fondée, à votre avis ?

– Tu mélanges les siècles, l'interrompit Happy. Ça date du temps des pirates. De Barbe Noire.

– C'est pas des trafiquants de drogue que tu devrais t'inquiéter, dit Ox, mais des voleurs de pièges. Une fois j'ai chopé un gars qui vidait mes cages la veille de l'ouverture de la saison. Je vais vous dire : j'ai tiré seize balles dans la coque de cet enfoiré. Si j'avais pas emmené un jeune couple faire de la plongée, j'aurais épargné son bateau et j'aurais tiré sur le type à la place. Les gardes-côtes ont osé me confisquer mon fusil.

Cukie, qui n'avait jamais entendu cette histoire, voulait demander à son père de développer, mais un autre pêcheur changea de sujet.

Certains soirs, la fille d'Happy venait les rejoindre à vélo. Son père l'appelait Genie, mais elle préférait qu'on l'appelle Genevieve. Cukie supposait qu'elle traînait avec eux parce qu'il y avait peu de gens de son âge dans le coin. Avec son jean large taché par l'herbe et ses cheveux hirsutes, elle transpirait déjà l'adolescence, bien qu'elle n'ait qu'un an de plus que Cukie. Celui-ci avait su qu'il l'aimait bien un soir où Ox et Happy se racontaient des blagues avec d'autres pêcheurs sur le port, et où elle débarqua courageusement en disant :

– Un marin et un Marine sont en train de pisser dans des urinoirs côte à côte.

Genevieve était debout, jambes écartées, et elle tenait sa bouteille de soda au niveau de son entrejambe avant d'émettre un wssshhhh.

– Le Marine se lave les mains après, mais pas le marin. Le Marine dit au marin : «Dans les Marines, on nous apprend à nous laver les mains après avoir pissé.» Et le marin répond : «Ah ouais? Bah dans la marine on nous apprend à pas se pisser sur les mains.»

Les pêcheurs éclatèrent de rire, non pas tant à cause de la blague en elle-même que de l'insanité de la performance. Cukie n'avait jamais eu le courage de prendre la parole lors de ces réunions, à moins qu'on ne lui pose une question, mais Genevieve occupait le devant de la scène avec une confiance qui le déconcertait.

Un autre soir, lors de son quatrième été à la marina, alors qu'Happy était particulièrement ivre, Genevieve porta son attention sur Cukie. Elle tournait autour de lui nonchalamment sur son vélo, pendant qu'ils se dirigeaient tous les deux vers la cabane d'Ox.

– C'est quel genre de nom ça, «Cukie»? demanda-t-elle, un pied sur la pédale et une jambe posée par terre en guise de béquille.

– Même genre que Genie, répondit-il.

– T'es mou à l'intérieur, toi? T'es comme un Oreo?

Cukie sentit son estime pour elle baisser.

– Ça marche comment cette histoire de génie? Faut que je te frotte pour faire le vœu que tu fermes ta gueule?

– Ça dépend. Tu me frotterais où?

Le cœur de Cukie s'accéléra.

– Sur la bouche.

Genevieve posa le vélo sur le gravier et s'approcha. Elle lui prit la main et mit son pouce dans sa bouche. C'était juste son pouce, se rappellerait-il dans les heures qui suivraient. Mais c'était comme si tout son corps se frottait contre ses lèvres et sa langue, et il frissonna tellement que, lorsqu'elle sortit son pouce de sa bouche, il s'en rendit à peine compte. Elle se baissa pour ramasser son vélo.

– Ça t'arrive d'avoir des congés, Cukie ? demanda-t-elle en continuant ses cercles hypnotiques. Ça t'arrive d'aller à Smuggler's Beach ?

– Je pourrais y aller si je veux.

– Samedi ? Dix-huit heures ? Ça te dit ?

Le garçon hocha la tête, et Genie dit :

– Salut, Cukie.

Puis elle disparut dans le crépuscule.

Ce samedi-là, Cukie était assis en train de regarder le soleil qui se couchait sur l'horizon. Il attendait Genie, mais était censé s'occuper du bar pendant qu'Ox était parti pêcher avec un groupe de touristes. S'il partait maintenant, il pourrait rentrer avant son père, qui n'en saurait jamais rien. Le garçon passa ses mains à travers le sable, se demandant si elle lui avait volontairement posé un lapin. La plage publique était une mince bande, tronquée de telle manière qu'on la voyait de bout en bout, où que l'on se trouve. Ils n'avaient pas pu se louper.

Ce qui fait mal quand on te pose un lapin, songea Cukie, c'est de voir à quel point tu as peu de valeur aux yeux de la personne qui t'a fait attendre. Mais le pire, c'est que tu n'as pas non plus beaucoup de valeur à tes propres yeux, car pendant que l'autre personne s'affairait ailleurs, toi tu continuais à attendre.

Cukie n'envisageait pas d'en parler à Genie. Le plus raisonnable serait de faire comme s'il ne s'était rien passé. Si elle revenait au bar, il se forcerait à sourire, comme si lui aussi avait oublié qu'ils s'étaient donné rendez-vous. Car la meilleure façon d'empirer les choses serait d'avouer sa douleur.

Cukie se leva pour partir et vit Genie qui arrivait. Elle se tenait les coudes et marchait tête baissée, comme si elle faisait face à un vent violent. Lorsqu'elle s'approcha, Cukie vit qu'elle avait les joues couvertes de larmes.

– Qu'est-ce qui se passe ?

Il leva les mains pour la prendre dans ses bras, mais au lieu de ça, il les enfonça dans ses poches.

– Papa n'est pas rentré hier soir. Faut attendre encore un jour pour que la police commence les recherches. Il a dû se passer quelque chose. Tu l'as vu ?

– Non, dit Cukie en regardant le sable.

Il ne l'avait pas vu ce jour-là, mais il ne mentionna pas le fait qu'il l'avait vu la veille sur le *Belly Bloat* en compagnie d'Ox. Instinctivement, il sut mettre son père, et par extension lui-même, aussi loin que possible des ennuis qui pointaient.

– Il doit être en train de dormir quelque part pour se remettre d'une gueule de bois.

Genie le fixa froidement.

– Il va pas juste pas rentrer. Mon père me ferait pas ça.

C'est là que Cukie comprit ce qui les différenciait.

Il s'obligea à se vider la tête en rentrant chez lui. Ce n'est qu'en apercevant le *Billy Bloat* amarré dans sa cale qu'il se demanda si, la veille, Happy et Ox avaient eu l'air inquiets, en colère ou apeurés. Il entra dans la réserve et trouva son père accroupi, en train d'inspecter un assortiment de cannes à pêche.

– T'étais où ? demanda-t-il. C'est pas ton genre de quitter ton poste comme ça.

Cukie traversa la pièce et s'assit sur son lit de camp. Il attendit qu'Ox ait fini de s'agiter avec les cannes pour s'approcher de lui et parler.

– Tu sais ce qui est arrivé à Happy ? dit Cukie, presque en chuchotant.

– Pourquoi tu me demandes ça à moi ? demanda Ox.

– Happy. Il a disparu.

– C'est quoi le rapport avec moi ?

– Vous êtes partis en mer hier. Personne l'a vu depuis.

– Tu te trompes. Ça fait plusieurs jours que j'ai pas de nouvelles de lui.

– Je vous ai vus.

Ox se pencha vers son fils et lui agrippa l'épaule. Cukie grimaça et prit la main de son père, alors Ox serra plus fort et vint coller son visage contre le sien.

– Écoute-moi bien. C'est pas un petit bâtard comme toi qui va m'accuser de quoi que ce soit.

Il relâcha Cukie et retourna à ses caisses.

Aucun mot supplémentaire ne fut échangé entre eux deux pendant le reste de la soirée. Le matin, quand Ox sortit le *Belly Bloat* de la Jetée 26, Cukie déchiqueta sa poubelle à vêtements, la dépouilla et la piétina. À la fin, il ne restait plus que des éclats de plastique tranchants. Puis il rentra à Miami en stop.

Quand son petit garçon vint au monde, hurlant et gluant, Cukie sentit poindre la panique. Ils s'étaient mis d'accord sur Julius, le nom du grand-père de Lianne, et une fois que le bébé avait été nettoyé, emmitouflé dans une couverture d'hôpital et confié aux bras de Lianne – exténuée, le visage rouge malgré son teint basané –, celle-ci avait trouvé la force, après quelques minutes passées à le fixer et à le humer, de le tourner vers Cukie en disant :

– Regarde, c'est ton nez.

Mais Cukie l'avait déjà reconnu, comme la pointe d'une flèche juchée dans un arbre.

Parmi toutes les angoisses qui l'avaient accompagné dans la salle d'accouchement, la perspective de transmettre son signe distinctif qui lui était le moins cher n'en faisait pas partie. Il avait, bien sûr, réfléchi aux visages qu'il verrait dans celui de son fils, le sien ou celui de Lianne, ou un mélange équilibré, ou alors aucun des deux, mais il avait cru que cela ne se verrait qu'après quelques années, ou du moins quelques mois. Parmi ses angoisses, il avait rêvé que le personnel du Baptist Hospital s'était trompé en plaçant Julius dans une salle pleine de nouveau-nés impossibles à différencier – comme tous les nouveau-nés l'avaient été pour lui jusque-là – et qu'on ne le retrouverait jamais avec certitude. Son angoisse principale portait sur l'argent, sur le fait qu'il n'en avait pas.

Quant à son fils, il semblait condamné, comme Cukie avant lui, à voir son père partout où il se verrait lui-même.

Lianne souleva Julius pour que Cukie le prenne, mais ce dernier se dirigea vers la porte en disant :

– Je reviens.

– Tu reviens ?

Il entendit la question de Lianne, mais il avait déjà gagné le couloir et laissé tomber sa blouse sur le sol.

En voyant le visage de son fils, Cukie savait qu'il allait devoir faire quelque chose de décisif pour sauver sa famille de la misère. Il vient de quitter l'US 1 pour traverser un pont qui le soulèvera par-dessus la côte atlantique avant de le redéposer, un ou deux kilomètres plus loin, au milieu de Smuggler's Key pour la première fois en quatre ans. De temps à autre, il quitte l'asphalte des yeux pour regarder par-dessus la barrière métallique et vérifier s'il y a des bateaux de pêche dans l'eau. Comme il en voit peu, il se dit qu'il a encore du temps.

Ses phares perdent leur utilité à mesure que la nuit s'estompe, et le nez de son pick-up plonge déjà vers Smuggler. Il essaie différentes salutations en prévision du moment où il se garera devant le bar tropical de son père. *Salut, P'pa* ou *Tu te souviens de moi, bon à rien ?* Mais faut qu'il la joue calme. Qu'il reste humble. Il s'entraîne : *Tu as du boulot pour moi ? Du boulot sur lequel je peux me rabattre ?*

En roulant le long de l'autoroute pour rejoindre la marina, il est rassuré de voir que Smuggler a très peu changé depuis sa dernière visite. Dans la zone résidentielle, les jardins sont recouverts de sable plutôt que de gazon, et les allées privées ressemblent toujours autant à des chantiers navals : des barques et des kayaks sont posés contre les balustrades des terrasses et les boîtes aux lettres en forme de lamantins. L'océan turquoise resplendit derrière les maisons de chaque côté de la rue, formant un double panorama.

En arrivant à Blue Harbor, Cukie écrase le frein, arrêtant le pick-up pile à l'entrée de la marina. Il reconnaît le chantier naval au loin, vers le sud, ainsi que les quais juste devant lui. Mais sur la droite, le côté nord a été transformé.

Au bord de l'eau, un restaurant occupe presque toute la place. Aucun signe de Locations Jetée 26.

Cukie relève son pied de la pédale de frein et se laisse conduire par la boîte automatique. Devant lui, des groupes de pêcheurs chargent leurs bateaux. Des cages sont empilées à côté de bidons d'appâts, et les hommes se dépêchent de charger leurs vaisseaux pour la journée. Cukie gare le pick-up parallèlement au quai, coupe le moteur, et descend en sautant. Il regarde de part et d'autre de la côte : pas de bar tropical.

Il marche le long des quais en voyant son père à la fois partout et nulle part. Ox, les cheveux grisonnants, qui pose des appâts dans des cages. Ox, vingt kilos de plus, qui inspecte des bouées. Ox, desséché par le soleil cuisant, qui engueule son double adolescent.

Le soleil matinal transforme déjà tout en soupe d'eau salée et de poisson mort. La chaleur colle les cheveux de Cukie sur son crâne. S'il respire trop fort, il sent le goût de sa chair âcre dans la soupe, et plus il le fait, plus il sent qu'il n'est pas en train de cuire mais de pourrir.

Cukie cesse d'observer les pêcheurs. Ox ne figure pas parmi eux, de même que le *Belly Bloat* ne figure pas parmi les bateaux présents.

Il se traîne jusqu'au restaurant, mais sans le regarder. Il pique les yeux et insulte le passé de Cukie, quoique ce dernier entretienne un rapport trouble avec ce même passé. À la place, il observe les quais. Beaucoup de jetées sont vides. Mais lorsqu'il s'approche de là où devrait être le bar, il remarque que celle de son père, la Jetée 26, est occupée non pas par le *Belly Bloat* mais par un go-fast bleu étincelant.

Cukie s'écroule presque devant cette absence. Il est convaincu que son père a fait faillite, et il est surpris de constater à quel point cette pensée l'affecte. Il pourrait essayer d'appeler le numéro professionnel de la Jetée 26, mais il l'a perdu depuis longtemps. Ça devait figurer dans un des carnets d'adresses de sa mère, qui étaient rangés dans des cartons, mais Cukie a arrêté de payer la location du box six mois après sa mort.

Avant même qu'elle décède, il avait commencé à se persuader qu'il n'avait pas fait assez pour la sauver. Après l'échec de la chirurgie, des rayons et de la chimio, il était resté assis en silence au chevet de sa mère dans le bureau étriqué du Miami Cancer Institute, tandis que l'oncologue expliquait encore une fois que son cancer avait progressé. Le garçon ne disait rien et ne faisait rien car cet homme en blouse blanche disait qu'il n'y avait rien à faire.

Après l'enterrement, ce qui stupéfia Cukie ne fut pas sa culpabilité ou sa faiblesse intrinsèque, mais le sentiment d'avoir été définitivement abandonné.

Peu après, sa vie se réduisit à une lutte pour empêcher la saisie de la maison qu'il avait héritée de sa mère.

Lianne avait maintenu Cukie à flot avec l'idée du «nous» – «on» va gérer, Cukie, «on» va trouver une solution et «on» va s'en sortir – même s'il savait que lui seul se noyait. Elle avait emménagé chez lui, ce qui divisa l'hypothèque en deux, mais on ne peut pas tenir un bar à South Beach avec un ballon de volley sous le T-shirt – c'est ainsi que l'a formulé son patron. Et un livreur ne peut pas se servir d'un véhicule de l'entreprise pour faire des courses à destination de sa copine enceinte – c'est ainsi que l'a formulé son responsable. Donc ça faisait maintenant plusieurs semaines qu'ils étaient tous deux au chômage.

Ce qui paraît le plus pressant pour Cukie, c'est qu'on ne peut pas élever un enfant dans une maison qui a été saisie par une banque. Et s'il ne peut pas se rabattre sur son expérience de pêcheur, s'il ne peut pas compter sur son père comme dernier filet de sauvetage, il ne sait pas très bien ce qu'il pourra faire. Il monte la rampe vers la plateforme couverte du restaurant, où un bar verni est entouré de box en bois. Au-dessus, un tableau noir indique les SPÉCIALITÉS DE SPLASHDOWN.

Ça fait plusieurs heures que Cukie n'a pas mangé, et lorsqu'il prend place au bar, il se rend compte que la nuit blanche à l'hôpital l'a lessivé. Il n'y a pas de serveurs, pas d'autres clients. À droite du comptoir, la porte qui mène à la cuisine est ouverte, et il entend des robinets couler et la vaisselle tinter dans l'évier. Des bouffées d'air frais lui arrivent par intermittence et refroidissent les gouttes de sueur sur sa peau, le faisant frissonner.

Tandis qu'il surveille les alentours, à la recherche de pages blanches ou jaunes, une femme sort de la cuisine.

– Qu'est-ce que je vous sers ? demande-t-elle.

Cukie ne la reconnaît pas tout de suite, car il a à peine regardé son visage. Pendant qu'il lui demande « Le bar tropical, jetée 26, celui qui était ici avant ce restaurant, vous savez ce qui est arrivé au propriétaire ? », il contemple son ventre rond et tendu qui étire son T-shirt jusqu'au bord de la rupture. Il la regarde droit dans les yeux, le temps de voir ses paupières descendre de plusieurs échelons.

– Genevieve ?

Il s'oblige à sourire et indique son ventre.

– J'ai un petit qui est né aujourd'hui même.

Genie hoche la tête et dit :

– Attends.

Elle file dans la cuisine et Cukie l'entend se disputer avec un homme, sans parvenir néanmoins à entendre ce qu'ils se disent à cause du bruit de l'eau qui s'écoule.

Son téléphone vibre dans sa poche tandis qu'il attend son retour. Cukie ne veut parler à personne. Il veut se concentrer, une tâche de plus en plus difficile. Une unique vibration signifie qu'on lui a envoyé un message. C'est un texto de Lianne : *T'es même pas fichu de signer ?*

Il vient à l'esprit de Cukie – peut-être pas pour la première fois, mais cette fois il se l'avoue vraiment – que selon toute apparence, il a abandonné Lianne et son fils, et que son départ hâtif de l'hôpital ressemble à de la lâcheté.

Pas de la lâcheté, s'assure-t-il. De la panique. Il commence à taper une réponse, *Je rentre au plus vite*, mais il est interrompu par le retour de Genie.

– Par rapport à ton père, je l'ai pas vu, dit-elle. Pas depuis un moment.

Elle sort un chiffon et se met à astiquer le bar.

– Bon Dieu, Cukie, ça fait combien de temps ?

– Quand est-ce que le bar tropical a fermé ? demande le jeune homme, hébété.

– Il y a quelques années, répond Genie, les yeux rivés sur les rotations brusques de sa main. T'habites toujours à Miami ?

– Peut-être qu'Happy saurait…

– Papa est mort, dit-elle.

Elle lève les yeux, sans les fixer tout à fait sur les siens, mais juste en dessous.

– On l'a jamais retrouvé.

Cukie se retient de dire « Ah, d'accord » et répond :

– Je suis désolé, Genie.

La bouche de la jeune femme se tend et elle passe sa langue sur ses dents.

– Je peux te filer de l'eau pour la route, si tu restes pas manger.

Il hoche la tête, mais Genie ne bouge pas. Elle a la mâchoire crispée, les mains posées sur son ventre. Derrière elle, il y a un miroir qui recouvre toute la surface du mur, et des bouteilles alignées sur l'étagère. Le haut du miroir penche légèrement vers le comptoir, vers Cukie, qui aperçoit dans le reflet des égouttoirs entassés et un évier rempli de liquide verdâtre. Le robinet est à gauche de l'évier, et à côté du robinet se trouve un congélateur en inox. Sur le congélateur il y a une affiche aux couleurs délavées. C'est une photo représentant une femme vêtue d'un T-shirt rouge, le mot JAMAICA inscrit à l'envers sur sa poitrine. Et dans le reflet, au-dessus d'une signature dans le coin en haut à gauche, Cukie parvient tout juste à discerner un cœur.

Lorsque Cukie débarque dans le bureau du restaurant, ce n'est pas tant de la surprise que des regrets qu'il perçoit sur le visage d'Ox.

Moins d'une heure plus tard, il est à bord de la vedette de son père, qui se dirige vers l'océan. Il n'a toujours pas mangé, mais la brise marine et les éclaboussements sporadiques d'eau salée sur son visage le réveillent un peu. Il a tout un tas de questions à lui poser : Qu'est-ce qui est arrivé au *Belly Bloat*, à la pêche ? D'où lui vient cette richesse apparente ? Et pourquoi Genie lui a menti, pourquoi mentir tout court ? Mais Ox a insisté pour qu'ils fassent d'abord un tour en bateau. Pour passer un moment ensemble, se parler d'homme à homme. « Comme au bon vieux temps », a dit Ox avec l'enthousiasme désinvolte d'un vendeur de voitures.

Entre le vent qui lui souffle dans les oreilles et le moteur qui rugit, ses questions devront attendre. De plus, bien que Cukie se sente obligé de les poser, il pense pouvoir deviner une ou deux réponses.

Ox arrête le bateau à environ quarante minutes de la côte. Il verse du cognac dans deux petits verres et en tend un à Cukie.

– C'est un peu tôt, non ?

– N'importe quoi, répond Ox en prenant une gorgée. Alors, qu'est-ce qui t'amène au paradis ?

Cukie s'assoit dans un des sièges en cuir camel et sirote son verre. Le cognac brûle son estomac vide.

– J'ai foutu ma copine en cloque, dit-il.

Ox ricane.

– T'es pas venu jusqu'ici pour discuter des tenants et aboutissants de tout ça, non ? demande-t-il avant de reprendre son sérieux. J'imagine que c'est trop tard pour ça. Pour chacun de nous.

– Le bébé de Genie, c'est qui le père ?

Cukie est écœuré par ses propres paroles, et d'autant plus que son père ne nie pas.

– J'ai pas besoin de te dire que t'es assez vieux pour être son père.

– Genie est une adulte, répond Ox. Comme toi.

Il vide son verre.

– Et ta copine, alors ? C'est pour bientôt ?

– Elle l'a eu aujourd'hui. Un garçon.

– Et toi, t'es ici.

Ox sort du placard une boîte en bois et l'ouvre, offrant à Cukie un choix de cigares. Cukie décline la proposition. Ox en prend un, ainsi qu'un coupe-cigare en argent. Il tranche le bout.

– Eh bien, félicitations. Né le jour de Splashdown. Ça devrait lui porter chance.

Il sort de sa poche un briquet doré, l'ouvre, et agite la flamme sous le pied du cigare tout en tirant quelques petites bouffées sur la tête jusqu'à ce qu'il s'allume.

– T'es venu prendre des conseils paternels ?

Cukie médite cette question pendant un moment avant de demander :

– Comment t'as fait ?

Dans le silence qui suit, il commence à craindre que son père interprète mal la question, donc, avant qu'il perde ses moyens, il précise :

– Je veux dire, comment tu vis avec ta conscience ? Comment un homme peut abandonner son enfant comme ça ?

Ox le fixe en retour, imperturbable.

– Le passé, c'est le passé, dit-il.

– Et maintenant t'en as un autre qui arrive, dit Cukie. Pas un garçon, j'espère.

– Je m'y prendrai mieux avec celui-là. C'est ça que tu voulais entendre ?

Ox jette un coup d'œil par-dessus bord. Cukie suit son regard et contemple les vagues courtes et saccadées qui les entourent. Il veut calmer ses esprits et modérer ses paroles, mais l'allure tranquille d'Ox ravive la rancœur qu'il a contenue toute sa vie.

– On dirait que tu t'y prends mieux tout seul, dit Cukie en indiquant le bateau. Mais tu t'es jamais très bien débrouillé avec les fils. Peut-être que si Genie donne naissance à un homard, ou à une histoire à dormir debout…

Le jeune homme scrute le visage de son père pour voir s'il a provoqué une réaction quelconque, mais il n'y a rien.

– T'es venu pour quoi en fait ?

Cukie sirote de nouveau son verre.

– T'as toujours le *Belly Bloat* ?

– Je te dis, c'est fini les pièges.

Alors que le liquide ambré tournoie dans son verre, Cukie sent son téléphone vibrer. Il n'y a pas de réseau ici, mais son portable affiche un deuxième texto de Lianne, reçu il y a plus d'une heure : *Même pas fichu de signer.*

La réponse qu'il avait préparée n'a pas été envoyée.

– T'es venu pêcher ? demande Ox derrière un panache de fumée. Si tu cherches du boulot, moi j'ai toujours besoin de serveurs.

– C'est ça que tu me proposes ? dit Cukie en riant amèrement.

– Quoi, t'es au-dessus de ça ?

Enfin, Ox a l'air vexé. Puis il demande :

– Tu crois que je te dois quoi au juste ?

Cukie réfléchit à ce qu'il doit à Julius : davantage que de la passivité et de l'inaction ; davantage qu'un salaire minimum pour subvenir à ses besoins. Il lui doit tout ce qu'il peut donner, tout ce qu'il peut prendre.

– Happy s'est jamais pointé, hein ? demande Cukie. J'ai dit à Genie que je l'ai pas vu du tout le jour où il est parti. Ça vaut combien ? De faire de ton fils un menteur comme toi ?

– Fais attention, petit. Laisse pas ta colère te faire dire des trucs que tu regretteras plus tard.

– Moi, je dirais dix.

– Hmm ? grogne Ox.

– Tu veux savoir pourquoi je suis venu ? Dix mille balles. Appelle ça comme tu veux : un remboursement de la pension alimentaire que t'as jamais payée, ou bien du chantage, si tu préfères. Dix mille. Aujourd'hui. Sinon je dis à tout le monde que je vous ai vus partir en mer tous les deux, ce jour-là. Mais je commencerai par Genie. On verra si le passé appartient au passé.

Ox tire un long coup sur son cigare et expire lentement.

– Dix mille ? demande-t-il.

Le mot paraît s'élever et s'étendre à travers le nuage de fumée.

– C'est tout ?

La tête de Cukie semble faire oui d'elle-même.

– T'es vraiment pas très malin, tu le sais ça ? dit Ox en jetant le cigare par-dessus bord. Tu crois que j'ai tué Happy ? Mon plus vieil ami ?

– Si c'est pas toi, je pense que tu sais qui c'est. Je sais que vous faisiez des trucs louches ensemble. Mais maintenant, tout ce qui m'importe, c'est ce que va en penser Genie. Si tu veux sauver ta famille, j'ai besoin que tu sauves la mienne.

Au lieu de répondre, Ox se met à arpenter le pont. Puis, après un moment :

– Tu sais, moi non plus j'ai jamais connu mon père, dit-il du ton le plus doux qu'il ait jamais pris devant Cukie. Il est venu chez ma grand-mère une fois, quand j'avais neuf ou dix ans, mais je me souviens juste de l'arrière de sa tête.

Ox arrête de marcher et regarde son fils comme il ne l'a jamais regardé.

– Ça m'a jamais dérangé. Qu'il soit pas là.

– Je suis pas venu pour écouter tes histoires.

Ox hoche la tête.

– Je te filerai l'argent, dit-il brusquement. À l'instant où tu poseras le pied sur la terre ferme. Mais je veux que tu fasses quelque chose pour moi. Je veux que tu saches pourquoi je suis revenu ce jour-là et pas Happy. Je veux que tu saches combien ça coûte de sauver ta famille.

Ox allume le moteur et éloigne le bateau, en baissant les yeux vers l'écran pour vérifier les coordonnées. Au bout de vingt minutes, il ralentit et pointe du doigt une bouée orange et noire flottant sur l'eau. Enfin, il coupe le moteur et fait une manœuvre pour arrêter le bateau tout près de la bouée. Il sort un masque de plongée du placard et le balance vers Cukie.

– Tiens. J'ai pas de pavillon de plongée, et maintenant tu peux prendre cinq ans si tu pilles les pièges des autres. Donc je te conseille de te dépêcher.

Il sort une lampe torche et la tend à Cukie, mais ce dernier ne la prend pas.

– C'est quoi ?

– Tes dix mille balles, répond Ox. Tu veux savoir comment j'ai fait pour m'en sortir ? Tu veux connaître la vérité sur ton vieux ? Alors va voir.

Il tend de nouveau la lampe torche.

– Tu vas en avoir besoin, fils.

Cukie contemple l'eau et la bouée qui se détache sur les vagues bleu-vert.

Il se met en caleçon, enfile le masque et prend la lampe torche. Un frisson lui traverse le corps et le dégrise au moment où il pénètre la surface de l'eau. Il retient sa respiration avant de plonger, se servant de la corde de la bouée comme guide. Il fait froid, malgré la chaleur étouffante à l'extérieur. Cukie n'est pas habitué à la pression qui s'exerce sur ses oreilles, bien qu'il ne soit pas descendu très profond. Il allume la torche et fait descendre son halo le long de la corde. Le piège est posé sur un récif, à sa portée, à condition qu'il arrive à retenir sa respiration comme il le faisait auparavant. Il retourne à la surface et se place juste au-dessus de la cage la plus proche. Les vagues le frappent, donc il doit choisir le bon moment. Il inspire profondément et plonge en dirigeant la lumière sur le piège. Le faisceau éclaire les croisillons en plastique de la grille. À mesure qu'il se rapproche, il aperçoit des homards empilés les uns sur les autres. Il illumine alors un autre piège qui se trouve un peu plus loin. Rempli, lui aussi.

C'est le matin de Splashdown. Les pièges devraient être vides.

Il tend la main et tente d'ouvrir la cage, mais elle a été verrouillée, donc il passe ses doigts à travers la grille pour pincer un des homards par la queue et le tire vers lui. Le homard flotte, les pattes rigides. Cukie cale ses jambes contre le piège et s'agrippe à la grille. Il tient la lampe torche d'une main et de l'autre, il saisit la queue du homard, puis tire le plus fort possible. Ses pattes se coincent à l'intérieur, puis se détachent. La lampe torche glisse des doigts de Cukie et tombe vers le fond de l'océan en tournoyant. Le jeune homme, qui tient à présent la queue de l'animal de ses deux mains, finit par la faire passer à travers la grille, puis bat furieusement des pieds pour revenir à la surface. La carapace du homard est froide et dure, bien qu'elle soit craquelée de partout. Toutes ses pattes ont été arrachées sauf une, et il a un trou de la taille d'une pièce au niveau du ventre, laissant apparaître une tache blanche. Cukie enfonce son doigt dans le trou et y trouve du plastique. Il place ses deux pouces dans l'ouverture et scinde la carapace en deux, se coupant les mains en le faisant. À l'intérieur se trouve un sachet transparent qui contient de la poudre blanche.

Cukie remonte à la surface et lâche la carapace du homard. Le moteur est allumé.

– T'as vu quelque chose ? crie Ox depuis le pont.

Cukie hoche la tête, haletant. Il montre le sachet en plastique.

– C'était l'idée d'Happy. Mais nos amis aux commandes pensaient qu'il était pas à la hauteur. Si je les avais pas convaincus que moi je l'étais, aucun de nous deux serait revenu ce jour-là.

Cukie nage vers le bateau. À mesure qu'il se rapproche, Ox met les gaz, éloignant le bateau de plusieurs mètres. Il marche jusqu'à la poupe et regarde Cukie. Le moteur tourne au ralenti. Cukie le fixe en retour, nageant sur place. Il entend Ox dire « Je suis désolé, mon fils », mais c'est peut-être juste la convergence du moteur, des vagues et de sa fatigue extrême.

Bientôt, il disparaîtra vers l'horizon en laissant un sillage dans l'eau, et alors Cukie comprendra enfin quel genre d'homme c'est. Il se concentrera alors sur les textos de Lianne et comment il pourrait survivre en elle et dans l'imagination de Julius. Mais là, derrière Ox, le soleil se lève encore. En tendant la main, Cukie pourrait presque toucher l'ombre de son père qui s'étend sur l'eau.

Vie autonome

Si vous me demandez « C'est quoi ton métier ? », je vous avouerai peut-être que je pourchasse les personnes âgées. Je les coince, les oblige à s'asseoir sur des chaises raides et rugueuses, et je les interroge. Je leur fais cracher le morceau : la boîte qui les emploie, la nièce qui leur envoie des chèques tous les mois, ou le chat qu'elles viennent d'acheter. Je découvre si elles fument ou non et si elles le font à l'intérieur de leur appartement. Je les force à signer des papiers, et tout particulièrement la convention sur la vie autonome, qui stipule que si toi, locataire aux Silver Towers, tu ne peux ni assurer les tâches du quotidien ni embaucher l'aide nécessaire, alors tu ne peux plus habiter ici. Je pourchasse donc les locataires. En ce moment, je pourchasse le plus rapide.

Carlos Rodriguez court tout le temps. Il est tout sec, la peau comme du bœuf charqué des pieds à la nuque, mais à la façon dont il passe à toute allure devant ses voisins, on pourrait croire qu'au lycée c'était la star du sprint. Quand je le chopais dans l'ascenseur de l'immeuble – à l'époque où j'arrivais à le choper – je regardais ses pieds en mouvement, ses baskets qui sautillaient comme des poissons jetés sur le rivage lors d'une tempête. Les genoux saillant de son pantalon kaki, droite-gauche-droite-gauche-droite, il regardait la petite lumière jaune qui indiquait quatre, trois, deux, et lorsque je commençais à lui expliquer qu'il lui faudrait bientôt réactualiser son dossier à l'occasion de la « certification annuelle », il se ruait entre les portes de l'ascenseur, me regardant par-dessus l'épaule avec un sourire plein de jeunesse et de dents pourries.

Si vous posez la question au gestionnaire immobilier des Silver Towers – un établissement pour personnes âgées –, il vous dira que je suis l'assistant administratif. Et que ça fait un peu plus d'un an que je suis en poste. En réalité, ça fait un mois. Depuis que l'assistante du gestionnaire immobilier – celle qui coinçait les locataires avant moi – a été portée disparue, je me tape sa charge de travail sans être promu.

Le boulot du gestionnaire immobilier n'est pas tant de pourchasser les locataires que de leur faire cracher chaque dollar que le département du Logement et du Développement urbain l'autorise à extirper, et peu importe que les loyers augmentent – les augmentations étant justifiées par les résultats de mes interrogatoires et la paperasse dont je m'occupe.

La paperasse signifie : *Dis-moi combien tu vaux, je verrai si tu mens.* Elle signifie : *Dis-moi, et je te dirai si tu peux continuer à vivre ici.* Je pourrais vous parler des formulaires de contrôle qu'on faxe aux banques et aux lieux de travail de nos résidents, car leurs actifs et leurs revenus déterminent le niveau de loyer qu'on peut légalement leur faire payer. Mais ce n'est pas de ça que vous voulez entendre parler. Vous voulez savoir comment je suis arrivé à passer mes nuits coincé dans les différentes crevasses de l'immeuble, à filer à travers des couloirs sombres comme un rat de gouttière sur Ocean Drive. On va y arriver.

Mais voici le plus important : mon responsable dit que si on arrive à augmenter suffisamment les loyers avant la fin de l'année fiscale, il convaincra la direction de recréer un poste d'assistant gestionnaire immobilier et je serai promu. En tant qu'AGI, je ne serai plus obligé de dormir dans ma voiture et pourrai louer mon propre appartement. Je pourrai vivre comme un Nord-Américain du vingt-et-unième siècle, comme un véritable être humain. J'en ai besoin.

Le problème, lorsqu'on incarne les augmentations de loyer dans une résidence pour personnes à bas revenus, c'est que les locataires veulent votre mort. Pas un mois ne passe sans que je reçoive des lettres d'insulte : « Comment pouvez-vous augmenter le loyer de ma mère ? Vous voulez qu'elle crève de faim ? », peut-on lire. « Si vous êtes vraiment SANS but lucratif, pourquoi vous êtes des gros crevards ? »

Et c'est en cela que les gens se font une idée faussée des logements sociaux. Ils pensent, à tort, que c'est dans notre intérêt de faire payer aux personnes âgées un loyer aussi réduit que possible. En réalité, la mission de Silver

Towers est triple : accroître la valeur de l'immeuble, garder un taux d'occupation élevé et maintenir la hausse des loyers.

Cependant, il n'y a pas que les augmentations de loyer qui fâchent la progéniture de nos locataires. Une des lettres disait même : « Mon père n'aurait pas dû mourir seul. Comment avez-vous pu tolérer ça ? » Comment *moi*, j'avais pu tolérer ça.

Mais les plus marquantes, ce sont les notes manuscrites.

La dernière, récupérée dans la boîte de dépôt du bureau il y a environ une semaine, disait simplement : « crève ». Je me sens d'autant plus mal que l'auteur l'a écrite en minuscules. Si c'était « CRÈVE !!!! » j'aurais attribué le message à la colère, qui est passagère, impossible à maintenir. Mais « crève » semble avoir été écrit la tête froide. L'expéditeur devait y avoir mûrement réfléchi.

Souvent, les notes sont affreusement mal orthographiées, illisibles, voire même pas écrites en anglais, si bien que la violence de l'insulte m'est épargnée. Assez récemment, cependant, on a reçu une feuille cartonnée dont le message contournait les barrières de la langue et les déficits d'écriture. Quelqu'un avait simplement dessiné un pendu, dont l'un des bras cherchait à saisir la corde (reproduite avec précision) à laquelle il était suspendu. Une flèche indiquait la tête, avec le mot « tú » écrit à l'autre bout. J'ai retourné le papier et vu « El Jefe » écrit sur le verso.

Dieu merci, me suis-je dit. J'ai donné le papier à mon supérieur en disant :

– C'est pour toi.

Dire que je m'identifie à mes locataires serait sans doute exagéré. La plupart d'entre eux sont des réfugiés, des demandeurs d'asile, mais je peux compatir à leur sort. Mes parents ont immigré aux États-Unis non pour des raisons économiques mais pour échapper à la violence qui sévissait en Jamaïque dans les années 70 et que le gouvernement américain finançait dans le cadre de sa guerre contre le communisme. Cependant, lorsque je mentionne la Jamaïque devant des non-Jamaïcains, personne ne pense aux agents de la CIA, aux Premiers ministres fantoches ou à la continuité historique. Au lieu de ça, les gens se lancent dans des associations d'idées, comme s'ils participaient à une battle de rap : *Bob Marley, sé oké, ganja, gens pauvres, Sandals, yé man !* Au mieux, ils pensent que notre histoire a commencé au moment où ils ont acheté leur forfait vacances tout compris.

Bien sûr, la différence entre mes parents et des exilés – en fait, la différence entre mes parents et moi – c'est que mes parents ont une mère patrie où ils peuvent retourner.

L'année dernière, quelques semaines après mon retour de l'université, ma mère a dit ras le bol de Miami et de ce foutu pays – le stress quotidien, tout ça –, la banque peut bien hypothéquer ma maison, et puis elle est rentrée en Jamaïque. Elle dit qu'elle arrive enfin à respirer. Elle se sent libérée par le privilège d'être dépourvue de race, ou presque. En 2009, le taux d'homicide a battu des records à Kingston, et ma mère y est rentrée pour se sentir enfin en sécurité.

J'écrivais l'adresse de mon père sur mon CV et mes candidatures. J'ai vécu un temps chez lui mais après à peine trois semaines de vie commune, les tensions sont devenues insupportables, donc je dormais dans mon Raider, garé dans les rares parkings que j'arrivais à trouver où il n'y avait ni parcmètres ni agents de sécurité. Je le déplaçais graduellement, de manière à limiter ma consommation d'essence tout en évitant qu'il soit envoyé à la fourrière. Le jour où j'ai enfin décroché un entretien pour ce poste, j'ai mis du savon dans une coupelle à ketchup que j'avais récupérée dans un fast-food, et je me suis lavé dans une douche publique à South Beach, dans la rue à côté. J'ai posé mon costard sur la digue en attendant que le soleil cuisant sèche mon caleçon.

On pourrait penser que le mieux, quand on retrouve un emploi salarié, c'est la sécurité alimentaire, la dignité du travail ou la promesse de mobilité sociale, mais ce n'est rien de tout ça. Le mieux, quand on a un boulot, c'est d'avoir des toilettes sur lesquelles on peut s'asseoir et vider son côlon tordu et colmaté sans avoir à faire semblant qu'on vient acheter un Menu Maxi Big Merde avec frites.

Les résidents, voyez-vous, si jamais vous venez leur rendre visite, ont traversé ce genre d'épreuves – voire pire, on le devine. Ça se voit sur leurs visages, dans les grimaces et les rictus figés. Ils se sont fait dessécher, décimer par la pauvreté, à laquelle se rajoute le vieillissement. Ceux qui sont seuls à la fin de leur vie sont pathétiques. Ceux qui ont encore des obligations familiales sont condamnés. Tout ça me ramène au type dont je vous parlais tout à l'heure : Carlos. Lui, il fait partie des condamnés.

Carlos, dont la certification doit être renouvelée, passe la majeure partie du temps qu'il lui reste à s'occuper de sa femme infirme. C'est vraisemblablement à cause d'elle qu'il est toujours en train de cavaler. Quand il sort de l'immeuble, il a le pas léger, et un vent d'optimisme se dégage de ses membres en mouvement. Mais lorsqu'il rentre du travail ou de quelque course, l'air pressé, on lit l'anxiété dans ses yeux, la tension qui lui comprime la mâchoire, cette même expression qu'on a quand on est persuadé d'avoir laissé le gaz allumé sous une poêle vide. Imaginez ce même stress tous les jours pendant des années. Comment ça vous affecterait.

On n'a jamais établi de protocole pour les épouses catatoniques, ni cherché à comprendre des concepts comme la procuration, donc l'année dernière je l'ai laissé prendre des conventions sur la vie autonome non signées et le reste des formulaires de certification pour faire cosigner sa femme. Bien sûr, il est revenu trop vite, et sa signature à elle ressemblait beaucoup à la sienne. Je n'ai pas insisté.

Cette année, lorsque je lui ai rappelé notre rendez-vous, il m'a dit que sa femme n'allait pas bien.

– Même, faut qu'on l'ait en décembre.

– Fin décembre, a-t-il répondu.

Il exhiba ses dents tordues et marron gris – le signe qu'il a usé bien des allumettes – avant de s'enfuir dans le couloir. La casquette de base-ball qu'il portait toujours bondissait de haut en bas pendant qu'il zigzaguait entre ses voisins, comme un ballon d'enfant qui rebondirait sur de la neige durcie.

J'ai toujours bien aimé Carlos – qu'on se le dise. C'est peut-être son attitude malgré ses problèmes d'argent et sa famille. Les coins de sa bouche, tout comme sa casquette, sont toujours relevés. Il est constamment accoutré d'un polo bleu marine trop grand, avec le logo WALGREENS cousu sur la poitrine. Le côté ample ajoute à cette impression de jeunesse, comme s'il s'attendait à ce que le polo de son grand frère soit un jour à sa taille.

À part pour l'ascenseur, Carlos s'arrête dans le couloir devant mon bureau pour une seule chose : sa dose d'Hawaiian Punch. Les distributeurs de boissons de l'immeuble sont situés entre les toilettes du deuxième étage et les ascenseurs. L'un d'eux propose les marques traditionnelles d'hyperglycémie en canette – Merde, Merde Light, Merde à l'Orange, Merde Glacée, et même des bières de malt, ce qui laisse penser que les fournisseurs connaissent bien la population locale. L'autre distributeur est plus mystérieux : entièrement dédié au Hawaiian Punch, il vous renvoie en plein dans les années 90.

Des lumières rouges et bleues entourent un personnage à l'air espiègle, figé en plein saut au milieu d'une canette géante. Il porte un chapeau rouge, ainsi qu'une chemise à rayures bleues et blanches. À chaque fois, Carlos, l'unique client de ce distributeur pour autant que je le sache, s'arrête pour acheter une canette, puis gobe le liquide rouge et sirupeux, et une fois ravitaillé, il se remet à courir. Si on observe ce rituel du coin de l'œil, on pourrait croire que l'éruption bleue et rouge jaillissant du néon n'est autre que le personnage qui vient enfin de s'échapper.

En plus de se démarquer par ses excentricités juvéniles, Carlos est connu pour être l'une des rares personnes de l'immeuble, y compris parmi les employés, à parler anglais couramment. Depuis que j'ai décroché ce poste, j'ai dû apprendre ce que j'appelle «l'espagnol de location». L'espagnol est en effet la langue la plus parlée, suivie de loin par le russe.

J'obtiens des ingénieurs du bâtiment qu'ils traitent les demandes d'entretien par le biais de gestes, de mimiques, et grâce à notre connaissance limitée mais toujours grandissante de nos langues respectives. Quand un locataire se plaint d'une porte qui grince, j'écris : *Una problema con la puerta en apartamento #512*. La scène se répète lorsque le locataire entre et ressort de mon bureau en faisant crisser la porte.

Quand mon espagnol de collégien se révèle insuffisant, j'abandonne et j'appelle El Jefe pour qu'il vienne traduire. Lui, évidemment, trouve que c'est une perte de temps monumentale, mais comme je suis censé l'aider avec son anglais, en général il est d'accord.

En réalité, notre arrangement est bidon vu qu'il parle anglais à peu près aussi bien que n'importe quel diplômé de Miami-Dade. De temps à autre il déforme une expression, par exemple lorsqu'il dit «Se tenir aux carreaux», et moi je suis censé le corriger. Au début je le faisais, et puis j'ai eu l'impression qu'il faisait exprès d'exagérer ses lacunes en anglais pour avoir l'air étranger, ou local, selon la façon dont on voit les choses.

En l'espace d'un an, l'anglais d'El Jefe s'est vite détérioré – une manœuvre politicienne pour gagner en influence auprès des vieux Cubains, à mon avis. Il assure qu'il appartient à leur communauté, mais non sans avouer que sa peau amande, ses lèvres épaisses, son nez trop rond et ses cheveux frisés suscitent méfiance et mépris auprès de ses frères.

– Eres dominicano ?

J'ai entendu nos résidents cubains lui poser cette question une dizaine de fois. Quand ils lui demandent, je vois la douleur noyer le coin de ses yeux.

– Dominicano mi pinga ! répond-il. Soy Cubano !

Une fois, il m'a dit :

– Ils font comme si y avait pas de couleur sur l'île. Comme si y avait rien d'africain dans les veines des Cubains.

Selon lui, rien ne surpasse l'absurdité d'un colorisme aussi prononcé si ce n'est le fait qu'après vingt ans passés à Miami je n'aie toujours pas appris l'espagnol.

– Comment tu t'en sors ? Comment tu parles à tes voisins ?

– Je viens de Cutler Ridge. Qu'on appelle maintenant Cutler Bay.

Devant son air interloqué, j'ajoute :

– Beaucoup de nos colonisateurs-violeurs parlaient anglais.

Lorsque je lui ai suggéré qu'il avait peut-être simplement besoin d'un petit coup de main en grammaire, alors nos cours ont pris une tout autre dimension. Il demande « C'est quoi le mot pour… », en désignant un objet improbable comme un taille-crayon ou sa semelle, et moi je réponds « Taille-bout », ou « Cul-de-pied ».

La dernière fois, lorsqu'il a pointé le climatiseur du doigt et a commencé à dire « Cómo se dice… », je lui ai demandé :

– Mec, t'es pas censé être né aux États-Unis ?

– Si, mais j'ai grandi à Hialeah.

– Bah, c'est aux États-Unis. Ils t'ont pas appris l'anglais à l'école ?

– T'es déjà allé à Hialeah ? Même sur les panneaux stop y a écrit ALTO.

Tout comme El Jefe, Carlos s'intéresse aux différences ethniques et raciales et à la maîtrise des langues. On a eu l'une de nos discussions mémorables le jour où il s'est rué dans mon bureau et s'est jeté sur le fauteuil en face de moi pour m'annoncer :

– Je te vois là et je vois bien que t'es un mulâtre. J'ai raison ou pas ?

– On ne dit pas « mulâtre » dans ce pays, l'ai-je corrigé.

– Je suis né dans ce pays, m'a-t-il corrigé en retour. Et je vois bien que t'es pas un nègre comme les autres. J'ai un neveu.

Il a achevé sa phrase en faisant glisser son index sur son poignet, puis il l'a pointé vers moi.

– L'amour, a-t-il dit.

Alors il a ouvert grand les bras et haussé les épaules en répétant «l'amour» comme si le mot pouvait expliquer et disculper ce qu'il aurait sinon trouvé incompréhensible. Je pensais qu'il développerait, mais il a juste cligné de l'œil avant de sortir du bureau en sautillant.

S'il était resté, je n'aurais pas pris la peine de lui expliquer que je faisais bien partie de ces «nègres» et que, selon bon nombre d'Américains, lui aussi.

Ça fait un moment que, étape par étape, Carlos me prépare à ses propos, aléatoires mais précis, révélant ses préjugés. Il aime me rappeler qu'il est «portoricain». Il le mentionne à chacune de nos discussions, ou presque. «Je vais pas te crier : Apprends l'espagnol ! Je suis pas comme les Cubains.»

Les Cubains et les Russes qui se partagent l'immeuble se disputent discrètement, m'invitant rarement à participer. Les factions restent chacune de leur côté comme de vrais mafiosi. Carlos Rodriguez reste dans son coin. Pas le choix. Personne n'arrive à le rattraper.

À mesure qu'on approche de la mi-décembre, je croise de moins en moins Carlos. J'entends parfois une canette tomber dans la machine, puis j'aperçois un flash rouge passer devant mon bureau ; mais le temps que j'arrive dans le couloir, il a disparu. Je monte au huitième pour toquer à sa porte, personne ne répond. J'ai essayé de glisser les formulaires de certification en dessous, dans l'espoir qu'il les signe, mais la fente est sans cesse bloquée par un paillasson, une serviette ou quelque autre subterfuge.

La plupart des renouvellements de certification se sont déroulées sans heurt, et c'est tant mieux car notre audit a lieu le mois prochain. Et qui dit audit dit patrons sur les nerfs et deux fois plus de travail pour moi, parce que je dois éplucher les fichiers et mettre à jour les documents. Et comme El Jefe a passé les dernières semaines au siège pour préparer le grand jour, je me retrouve à devoir gérer pratiquement toutes les affaires courantes en solo.

Puisque Carlos est le dernier locataire à ne pas avoir rempli ses formulaires, j'ai le temps d'examiner son dossier et comprends qu'il a de bonnes raisons de m'éviter : au bas de l'attestation d'emploi de l'année dernière se trouve la signature de Carlos, et à la question « Avez-vous un emploi en ce moment ? », il a répondu « Non ».

Ça contredit le fait que plusieurs fois par semaine je le vois passer avec son uniforme, fonçant vers le Walgreens situé au croisement de Fifth Street et de Jefferson Avenue. « Aurait-il trouvé un emploi récemment ? », me demanderiez-nous tout naturellement, sauf que Carlos porte la même chemise bleue presque tous les jours depuis que j'ai commencé à travailler ici, il y a plus d'un an. Pourquoi n'ai-je pas remarqué cette discordance lors de la signature du bail actuel ? Peut-être que j'étais trop occupé à comprendre ce que je devais faire. Mais depuis que je me suis rôdé, j'ai eu le temps d'apprendre les noms, les visages et les routines de nos locataires.

Je sais qu'Alvaro et Leonardo Fernandez jouent aux dominos tous les jours dans la cafète, où une association de Little Havana offre des déjeuners gratuits. Je sais que Vladimir et Saskia occupent le perron de midi à quinze heures. Et je sais que Carlos est accro à sa boisson rouge, donc les chances de le rattraper sont en ma faveur.

—

Lorsque je le recroise, je déboule sur lui au moment où il est en train de glisser sa pièce dans la fente du distributeur de boissons. Il me regarde sans entrain, puis il regarde les pièces qu'il tient dans sa main droite, et enfin il regarde le distributeur comme s'il allait se mettre à pleurer. L'écran de la machine indique « INSÉRER 00.75 ».

– Comment ça va le boulot ? je lui demande en inspectant son polo.

– Ah non, je travaille plus là-bas.

De sa main gauche il pince son polo près du logo WALGREENS, comme s'il voulait le soustraire de sa personne.

– Ah bon ?

Mais, avant que je puisse l'interroger davantage, il a déjà gagné le couloir en direction de l'escalier. Je commence à le poursuivre, puis je m'arrête en me rappelant *T'es pas flic. Tu gagnes 8,20 dollars de l'heure.* J'appuie sur le bouton « retour de pièces » du distributeur et j'empoche celle de Carlos.

—

Le 25 décembre, en consultant le courrier qui vient d'arriver dans la boîte de dépôt du bureau, je constate que les pots-de-vin sont déjà là. Lors du Noël précédent, mon premier ici, je pensais que les enveloppes remplies de cartes, elles-mêmes remplies de billets, étaient de petits cadeaux, mais je me suis vite rendu compte qu'elles venaient exclusivement de locataires qui devaient renouveler leur certification. J'ai fini par comprendre que, si l'on considère les dictatures auxquelles tant de mes locataires avaient échappé, ces offrandes étaient les vestiges des techniques de survie qu'ils avaient apprises dans leurs pays d'origine.

Mon responsable exige que je lui transmette cet argent. C'est ce que j'ai fait la première année, étant donné qu'aucune des enveloppes ne m'était adressée ; certaines étaient à l'attention d'« El Jefe », d'autres simplement pour l'« oficina ». Il prenait les cartes et les posait le long de la vitre de son bureau, face au couloir, afin que les locataires puissent voir qu'il appréciait leur geste. L'argent, il prétend l'avoir rendu.

Cette année, les cartes ont des destinataires plus précis. Beaucoup d'enveloppes portent encore la mention « El Jefe », mais un nombre à peu près égal sont adressées à moi. Il n'y a pas marqué « Trelawny », bien sûr, mais « Secrétaire » ou « Secretario ». Quoi qu'il en soit, je pose les cartes sur ma table de bureau et j'empoche les sommes. (Je vous ai dit combien je gagnais ?) Du reste, ces offrandes ne changent rien aux augmentations de loyer, qui auront lieu de façon quasi certaine.

Garder l'argent ne fait pas de moi un mauvais employé, et ça ne veut pas dire que je ne devrais pas être promu – soyons clair. Laisser la pauvreté entraver ma capacité à remplir mes fonctions, voilà ce qui ferait de moi un mauvais employé.

J'ouvre les enveloppes qui sont entassées sur mon bureau en réfléchissant à la responsabilité qui m'incombe de signaler Carlos à mon responsable, lorsqu'une enveloppe en kraft attire mon attention. Je la ramasse en me disant qu'elle contient peut-être des billets, ou bien un chèque pour régler le loyer. Mais en l'ouvrant, je m'aperçois qu'il n'y a rien à l'intérieur, à part un pénis soigneusement dessiné sur le repli. Sur le dos, aucune mention du destinataire. Une flèche pointe le gland, et au bout de cette flèche se trouve un unique mot : « tú ».

—

Ce serait facile à prouver. Un rapide coup de téléphone. Walgreens est à quelques rues. Je pourrais y aller moi-même pour vérifier. Si Carlos y travaille, son revenu pourrait justifier la hausse de loyer qui assurerait ma promotion. Vous voyez, j'aime bien Carlos, mais je m'aime davantage.

De retour de mon déjeuner, j'envoie une attestation d'emploi au magasin pour voir ce qui se passe. L'espace réservé à la signature du locataire est vide, mais je l'envoie quand même.

—

Milda Perez a d'autres genres de problèmes. Elle doit renouveler sa certification en mai, ce qui veut dire que, puisqu'il n'y a aucun avantage à endurer sa démence, je l'évite à tout prix. C'est la résidente la plus petite et la plus compréhensible, et aussi la seule à pouvoir rattraper Carlos, si elle ne passait pas son temps à tourner en rond.

Milda ne devrait pas vivre seule mais le fait quand même, donc elle perd les clés de son appartement plusieurs fois par mois, sans parler des doublons de chèque qu'elle dépose à l'intérieur de la boîte de dépôt au moment de régler le loyer. El Jefe prétend que ce serait suffisant pour la mettre en violation de la convention sur la vie autonome – « Combien de temps avant qu'elle foute le feu à l'immeuble ? » – mais elle évite l'expulsion grâce à un neveu qui a donné des bancs pour le hall d'entrée et des tables pour la cafète : tout ça pour l'empêcher de vivre avec lui.

Milda passera la tête dans l'embrasure de la porte, puis me regardera comptabiliser des paiements de loyer ou rédiger la newsletter de l'immeuble. Sitôt que j'aurai levé les yeux, elle se précipitera vers l'ascenseur, appuiera sur le bouton, puis courra vers l'entrée de la cafète et regardera à travers la double porte vitrée. Une fois qu'elle aura passé le bureau du personnel d'entretien, celui de l'assistante social et enfin les toilettes, elle débarquera dans mon bureau, en rage. J'arriverai peut-être à comprendre quelques mots de son espagnol frénétique avant qu'elle ressorte, frustrée. Mais quelques minutes plus tard, elle reviendra pour m'informer dans un anglais quasi parfait que la clim de la salle à manger est trop forte, ou que l'ascenseur prend trop de temps, ou que le facteur n'est pas encore passé.

Aujourd'hui, elle arrive un peu après onze heures. Je devine l'heure sans regarder ma montre, car le bruit de pas de ceux qui vont de l'ascenseur à la salle à manger s'est déjà estompé, et un bourdonnement continu – entrecoupé par le claquement des dominos que l'on jette sur les tables – émane du bout de couloir. Milda attend que le téléphone se mette à sonner et que la machine crachote un fax pour ouvrir la bouche. Je ramasse ledit fax, l'agite devant elle, puis saisis le téléphone.

Milda reste juste derrière le seuil et murmure quelque chose que, quand bien même elle parlerait bien l'anglais, je ne comprendrais sans doute pas.

– Silver Towers, dis-je au téléphone.

– T'es sûr de vouloir une promotion ? demande El Jefe à l'autre bout du fil. Parce que c'est pas en répondant comme ça que tu vas l'avoir.

– Bien sûr. C'est une belle journée aux Silver Towers. Et une journée occupée aussi.

– Comment ça se passe avec les certifications ?

– Il en reste une.

– Faut que tu boucles ça cette semaine. Paraît que l'auditeur est un vrai pitbull.

Milda avance vers moi comme si elle était dans la mer et luttait contre l'assaut des vagues. À mesure qu'elle se rapproche, le visage mouillé et les yeux énormes derrière ses lunettes, son volume augmente.

J'ai loupé les dernières phrases de mon responsable, alors je lui dis :

– Ouaip, c'est juste que j'arrive pas trop à choper le locataire de la 802, Carlos Rodriguez. C'est lui le dernier.

Je pose ma main sur le combiné et demande :

– Qu'est-ce qu'il y a, Milda ?

Elle s'arrête à mi-chemin entre la porte et moi, et ses paroles se mêlent à ses inspirations prolongées.

– Dime en inglés, je lui dis.

El Jefe poursuit :

– Fais gaffe à ce qu'il y ait pas de surprises dans ses revenus et ses relevés bancaires.

Je jette un coup d'œil sur le fax ; c'est Walgreens qui m'a renvoyé l'attestation. Elle est vierge, à part les mots « Signature obligatoire » qui sont entourés juste en dessous de la ligne où Carlos est censé signer. Sans cette signature, les employeurs de Carlos n'ont aucune obligation légale de m'informer qu'il travaille chez eux. Comme s'il regardait par-dessus mon épaule, El Jefe me dit :

– Prends sa signature sur un des formulaires de l'année dernière. C'est pas sorcier.

Je suis Milda dans le couloir. À mi-chemin vers la cafète, elle s'arrête pour regarder par la fenêtre qui donne sur Collins Avenue. Je ne sais pas si elle a oublié sa destination ou si elle vient de la trouver, alors je suis son regard. Une foule s'est rassemblée sur le trottoir devant l'immeuble. On est en décembre ; les locaux passent rapidement à travers la foule dans des vestes et des bottines de laine, mais il fait vingt degrés dehors, donc la plupart des lambins sont en sandales et débardeur.

– Mira, chico, dit Milda en fixant la rue.

La circulation est arrêtée de chaque côté de l'attroupement. Un fracas de klaxons domine le murmure de la foule. Je me demande quelle célébrité vient perturber notre journée par sa présence, ou alors quelle ivresse a entraîné une bagarre, mais je n'arrive pas à trouver l'origine de ce spectacle.

Ce que je vois, c'est la casquette rouge de Carlos et sa démarche si reconnaissable lorsqu'il tourne sur Collins Avenue depuis Fifth Street en revenant de chez Walgreens. Il serre un bouquet de roses et de gypsophiles contre sa poitrine, alors me vient à l'esprit le mot « amour ». Tandis qu'il contourne la foule, je me demande s'il a utilisé sa réduction pour employés et si Mrs Rodriguez peut encore apprécier les fleurs ou l'intention derrière. Mais Carlos continue vers le nord sur Collins Avenue, sans un coup d'œil vers les Silver Towers.

– Regarde, dit Milda en levant sa main à l'horizontale, paume vers le bas. Il a été appelé.

Sa main replonge verticalement. J'appuie mon front contre la vitre et je cherche parmi les nuques et les épaules bronzées des badauds avant d'apercevoir la bande d'asphalte parsemée de fragments de corps roses.

– C'est mieux comme ça, chico, dit Milda en reniflant. Il avait le cancer.

La liste d'attente pour résider aux Silver Towers est de cinq ans, mais officiellement elle est fermée. Est-elle enregistrée dans une base de données numérique ou ailleurs pour plus d'efficacité ? Est-elle cryptée avec des méthodes modernes de sécurité ? À vrai dire, elle est répartie entre quatre cahiers élimés qu'on range dans le placard à provisions.

Lorsqu'un locataire fait un plongeon depuis le dixième étage avant de s'étaler sur Collins Avenue, laissant une tache rose indélébile et un appartement vacant, le renouvellement est de mise, alors on sort les cahiers du placard. Puisque feu Mr Leibnitz avait payé jusqu'à fin décembre, on a jusqu'au 1er janvier pour trouver un nouveau locataire avant de commencer à perdre de l'argent. Quand un logement est inoccupé, chaque jour qui passe est un signal d'alarme pour le siège, et si la situation dure trop longtemps, tout le personnel est remplacé, depuis El Jefe jusqu'au bas de l'échelle. Celui-ci ne manque pas de me rappeler tous les mois que c'est comme ça que lui et notre ex-assistante ont décroché leur boulot, et que moi j'ai décroché le mien.

Pour ce qui est de l'efficacité de la liste d'attente : j'appelle le numéro du premier contact dont le nom n'est pas barré. Si personne ne décroche après la première série de bips, je passe au suivant. Si un postulant décroche mais ne peut emménager à temps, il se fait carrément rayer de la liste, selon le protocole d'El Jefe. Il me supplie de ne pas le faire. Il me dit : « Appelez-moi la prochaine fois. Je serai prêt à ce moment-là. » Mais ce n'est pas moi qui écris les règles, même si je compatis.

En général, il faut huit ou dix appels pour que quelqu'un décroche. D'autres verront le numéro des Silver Towers affiché et rappelleront, bien sûr, mais souvent trop tard, et alors je leur dis que c'était juste un appel de courtoisie, pour leur faire savoir qu'ils sont toujours sur la liste. La vérité – que leur petite visite à l'épicerie, à la pharmacie ou aux toilettes les a privés de leur droit d'emménager ici – leur briserait le cœur.

La faillibilité de notre système de liste d'attente donne d'autant plus matière à réfléchir lorsque, à peine quelques heures après le suicide de Leibnitz, une femme proche de la cinquantaine vient nous demander s'il est possible d'inscrire son nom dans le cahier numéro un. Son âge la distingue déjà des autres candidats, mais avant d'étudier ses traits relativement lisses, je suis frappé par ses mouvements :

ses hanches poussent son corps épais vers l'avant, comme si elle réalisait un numéro de danse du ventre.

Je contourne mon bureau pour aller la saluer et elle se présente : elle s'appelle Nikolina, dit-elle en souriant, comme si elle faisait une blague ou donnait des nouvelles à un vieil ami. Elle a une étincelle dans les yeux, qui masque ses légères pattes-d'oie.

Le chemisier de Nikolina laisse voir un décolleté profond, parsemé de taches solaires couleur café et de vergetures délicates. Elle s'enquiert de la liste d'attente. Je suis au regret de devoir lui annoncer qu'elle est close.

Elle ne sourcille pas quand je l'en informe, mais répond avec un accent qui me paraît venir d'Europe de l'Est.

– On doit bien pouvoir faire quelque chose.

Elle se rapproche et ajoute :

– Je suis désespérée.

– Vous ne le savez peut-être pas, mais c'est une résidence pour personnes âgées. Vous ne seriez pas éligible, de toute façon.

– Je suis handicapée. Ça me rend éligible.

Une mesure du département du Logement stipule que les gens ayant certains handicaps ont le droit résider ici, quel que soit leur âge. Elle connaît le système, c'est clair, mais son handicap l'est moins.

– Quoi qu'il en soit, la liste est close, dis-je. Et même si elle ne l'était pas, le temps d'attente serait de cinq ans.

– S'il vous plaît, dit-elle en posant sa main sur mon bras. Aidez-moi.

Je recule et regarde l'entrée, puis le couloir désert. La plupart des résidents sont cloîtrés dans leur appartement en fin d'après-midi.

– Je ne peux rien faire pour vous. Vous avez essayé les Alton Gardens ?

– Ici, il faut que ce soit ici, dit-elle avant de baisser la voix. J'ai mille trois cents dollars, je peux vous les donner.

– Je ne peux pas accepter votre argent.

Je lui réponds du tac au tac, comme si son offre était insultante. Mais en un instant, j'ai réparti et redistribué chaque dollar dans ma tête.

Elle se rapproche et me prend les bras.

– Je pourrais vous donner autre chose.

Elle s'arrête et examine mon bureau, comme si elle évaluait ce dont quelqu'un comme moi avait le plus besoin au monde.

– Vous êtes trop maigre, dit-elle. Laissez-moi cuisiner pour vous.

Elle est si proche que je vois mon reflet dans ses yeux sombres et grands ouverts, le signe qu'elle dépasse les limites et que je devrais la repousser. Je me demande, en regardant mon image dans ses pupilles : *Tu es quel genre d'employé ? Et quel genre d'homme ?*

Ce métier vient avec son lot d'avantages, qui ne se limitent pas à l'accès aux toilettes et aux primes de Noël officieuses. Pour commencer, Silver Towers prend en charge ma place de stationnement dans le parking public situé en face. Ainsi, plus de parcmètres, plus besoin d'éviter des agents, plus de panneaux STATIONNEMENT RÉSERVÉ AUX CLIENTS et plus de stationnement gênant. El Jefe, lui, se gare dans le parking de la résidence, qui occupe la plus grande partie du rez-de-chaussée des Silver Towers, donc les chances qu'il me surprenne en train de dormir dans mon Raider sont quasi nulles.

Mais surtout, lorsque les températures descendent en dessous des dix degrés lors des vagues de froid et qu'il m'est impossible de passer la nuit dans mon SUV, il y a un appartement libre au deuxième, à deux portes du bureau. En théorie, c'est la salle de repos des employés des Silver Towers – et tout le monde l'utilise, de l'assistante sociale au Jefe lui-même –, mais c'est aussi un appartement témoin, avec une cuisine, une télé et une douche fonctionnelle. Quand on s'y enferme après que tout le monde est rentré chez soi, le confort du lieu devient plus palpable. Et bien que la chambre ait pour seul mobilier une table de réunion, il y a dans le séjour un canapé à motif floral qui s'avère plus moelleux qu'il n'en a l'air.

Quand, une heure après l'offre de Nikolina, mon téléphone vibre et que mon appli météo affiche une « alerte gel », je renonce à regagner ma voiture.

Je ferme le bureau et flâne le long d'Ocean Drive, passant en revue les vitrines et les panneaux posés sur le trottoir, qui annoncent des happy hours. Des corps à moitié vêtus se bousculent de toutes parts, se faufilant entre les terrasses et moi. Dans la rue, une McLaren blanche accélère en continu vers le nord avant de repasser au ralenti, mais peu de gens sont aussi attentifs que le souhaiterait le conducteur.

La plage ne s'anime que plus tard dans la nuit, ce qui donne pour le moment l'avantage aux acheteurs, donc l'heure est aux promos. Le videur du Wet Willie's, une énorme masse de muscles, me fait signe de la tête au moment où je passe devant lui – étonnant, car les videurs de South Beach sont davantage connus pour balancer des types par la fenêtre que pour leurs salutations non sollicitées. Plus loin, deux danseurs du Mango's, un mec bodybuildé torse nu et une femme dont la queue-de-cheval brosse l'arrière des cuisses, sont sortis danser un Miami sur le trottoir. Ils tournoient en venant se frotter contre tous ceux qui sont partants.

Je me retiens de passer mon doigt sur l'un de leurs costumes léopard pour vérifier s'ils sont texturés, et ça me rappelle qu'on ne m'a pas touché depuis bien longtemps.

Lorsque je longe des restaurants, les hôtesses qui me tendent des menus ont l'air de m'agresser avec des pelles. Elles sont belles à crever, exhibant des phénotypes qui ne devraient pas coexister d'après les médias américains. Leurs visages bronzés et cuivrés font briller leurs yeux turquoise comme des bijoux. Leurs petites boucles blondes tombent en spirale au-dessus de lèvres marron et pulpeuses. Enfin, leurs nez larges et pâles font ressortir les taches de rousseur brun orangé qui viennent s'y parsemer. Toutes sortes de mixités et d'ambiguïtés raciales gardent l'entrée de ces établissements, qui proposent de la cuisine française, italienne ou méditerranéenne. Les images de ces femmes devraient figurer sur des couvertures de magazine et des panneaux publicitaires, mais leurs corps, leurs hanches, leurs cuisses et leurs fesses sont plus robustes que ce qu'on a l'habitude de voir dans la mode mainstream, suffisamment pour dérouter un directeur de publicité, ce qui explique pourquoi la plèbe a le droit de les approcher d'aussi près.

Des Américains, pour la plupart originaires du Sud ou du Midwest, s'arrêtent pour demander à ces jeunes femmes d'où elles viennent. D'habitude, ils marmonnent, ivres : « T'es quoi, toi ? », après quoi les hôtesses sourient et indiquent leur pays d'origine. Il faut être sacrément con pour poser une question pareille, mais, comme moi aussi j'ai envie de savoir, je m'arrête à mon tour pour écouter la réponse.

Les hôtesses sont recrutées pour attirer les non-initiés dans ces restaurants de bord de mer qui proposent la nourriture la plus médiocre aux prix les plus élevés. Si vous passez à un moment où les affaires tournent au ralenti, elles ouvrent la bouche, exposent leurs dents et leurs gencives, battent des paupières, comme si leur souhait le plus cher était que vous entriez. Quand les affaires vont bon train, leurs lèvres demeurent pincées et elles regardent derrière vous, sauf si vous avez l'air blindé.

En ce moment, en revanche, elles ont besoin de clients, donc même dans mon polo de travail ringard, je suis une proie. Je cède presque à l'une d'entre elles avant de traverser la rue pour rejoindre la plage et m'asseoir, pieds nus, en attendant que le ciel passe progressivement de indigo au noir.

Avant, quand la solitude ravageait mon discernement, j'allais au Mango's ou au Clevelander, où je sirotais des Heineken à dix dollars en draguant des touristes (jamais les danseuses – une perte de temps), surtout les Américaines, qui trouvent que toute chose marron clair à Miami est exotique. Si elles te demandent si tu es cubain, tu dis oui. Si elles te demandent si tu es brésilien ou portoricain ou capverdien, tu dis oui aussi. À tout ce qu'elles demandent, tu hoches la tête ; sois la surface sur laquelle elles peuvent projeter leurs fantasmes colonialistes, et alors elles te ramèneront dans leur suite au Fontainebleau ou au Shore Club ou à l'hôtel sur Fisher Island, où le besoin de déjouer la sécurité et de prendre un transport maritime te fera passer de coup d'un soir à audience captive. Mais au moins tu auras un lit.

Le vigile installé au portique de sécurité des Silver Towers me voit rentrer dans l'immeuble. C'est inévitable. Mais la boîte à laquelle on sous-traite la sécurité organise suffisamment de rotations pour que mes visites nocturnes aient peu de chances de remonter jusqu'à El Jefe. Au cas où, je me prépare à parler de l'audit, comme quoi il fallait que je reste tard, mais l'expression sur son visage – une indifférence totale – m'indique qu'il ne fera que jeter un coup d'œil sur mon badge.

Je le lui montre, et il dit avec l'accent haïtien qu'ils ont tous :

– OK, mon ami.

Dans l'ascenseur, au lieu de rejoindre les bureaux du deuxième, j'appuie sur le bouton du dixième, résolu à allonger mon corps raide et courbaturé sur un matelas. Là-haut, je traverse un couloir sombre mais dont je connais l'agencement, donc je trouve l'appartement de Leibnitz sans problème. Une fois à l'intérieur, la procédure est toujours la même : je cherche de quoi manger en m'aidant de la lumière de mon portable et de celle du frigo ouvert. Je me cantonne aux contenants non ouverts et renifle tout avant, et tant pis pour les dates de péremption. Ce soir, c'est thon en boîte sur pain grillé. Pas de mayo, car la seule idée que Leibnitz ait plongé sa main dans le pot me fiche la nausée.

Rester dans le noir m'offre l'avantage supplémentaire de ne pas voir les portraits des défunts qui contemplent mon état dépravé. Si j'arrive à ignorer l'odeur de décomposition, je peux faire semblant d'être chez moi.

Après le dîner, j'allume la télé en maintenant le son au minimum, au cas où un voisin entende des voix, entre dans le couloir et décide de toquer à la porte. Les locataires, voyez-vous, sont curieux, c'est le moins qu'on puisse dire.

Un jour, alors que je travaillais déjà ici, un groupe de locataires russes a lancé une pétition pour faire expulser leur voisin cubain, dont la fille squattait chez lui depuis plus d'une semaine. Il y a des limites et des restrictions sur de telles visites, mais quand même. S'ils se faisaient ça les uns aux autres, imaginez ce qu'ils feraient à celui qui augmente les loyers. Ou celui qui annonce les augmentations de loyer, pour être plus précis.

Cette nuit, c'est l'aubaine : comme la maladie de Leibnitz l'obligeait à rester souvent couché, il avait installé la télé dans sa chambre – ce qui est interdit à la plupart des locataires de son âge.

Allongé dans le halo clignotant de la télévision, je fais défiler mes contacts, à la recherche d'un ami avec qui textoter. Pendant un moment, j'envisage d'envoyer un message à mon frère pour voir si sa proposition que j'emménage chez lui – maintenant que sa femme s'est barrée – tient toujours. Son invitation était venue avec un conseil fraternel : *Les gens sont ce qu'ils font, et toi t'as fait de belles conneries.*

Je n'en avais pas pris ombrage mais j'avais précisé : *Je me sens dépossédé.*

J'avais poursuivi en expliquant que la dernière fois où j'avais dormi chez lui, il m'avait fallu une heure pour aller au travail le matin et deux heures pour rentrer. Ce qui représente quinze heures par semaine dans les embouteillages. Soit un mois par an sacrifié aux autoroutes de Miami-Dade. Sans parler de ce que ça coûtait en carburant.

Mais voici pourquoi j'hésite : Delano loue notre maison d'enfance à mon père, mais je préférerais mourir plutôt que de lui donner une seconde occasion de me priver d'un toit. Je suppose que lorsque mon père sera mort et que mon frère aura hérité de la maison à Cutler Bay et de celle à Palmetto Bay, je finirai par devenir son locataire. Certains frères ont des rôles préétablis ; moi, je suis le pigeon.

Au moins, Delano a accepté de cacher mes vagabondages à notre mère, et je lui en suis reconnaissant.

Si ma mère appelait, comme elle a la manie de le faire dans ces moments-là, il me faudrait enjoliver les choses en lui chuchotant : Vivre au cœur de South Beach ! Tant d'opportunités de carrière ! Je lui raconterais tout un tas de conneries tout droit sorties de mon cul. La vérité lui serait plus difficile à entendre qu'elle ne le serait à vivre pour moi. Ça lui briserait le cœur de savoir que son fils vient de rejoindre la classe émergente des clodos.

Avant, j'échangeais par textos avec Lauren, que j'avais rencontrée sur la plage après qu'elle m'avait demandé de poser le livre que j'étais en train de lire – *Sula*, de Toni

Morrison – pour rejoindre sa partie d'ultimate, mais elle m'a avoué tout récemment : «Je t'aime bien, Trelawny. Sauf que je peux pas sortir avec un SDF.» Depuis, on ne s'est plus reparlé.

Je décide d'envoyer un message à Caitlyn, une ancienne camarade à qui il reste encore un semestre à la fac pour achever son master. Le jour où elle m'a proposé qu'on couche ensemble, elle m'a dit que je ne pourrais jamais rencontrer ses parents. Ça avait autant à voir avec le fait qu'elle était chinoise qu'avec le fait que j'étais noir, m'assura-t-elle, donc mon état de domiciliation aurait peu d'effet sur nos perspectives d'avenir. Elle me demande s'il s'est passé des trucs intéressants au boulot, alors je lui parle du suicide de Mr Leibnitz.

C'est affreux, écrit-elle. *Tu le connaissais ?*

Très bien. Je sais qu'il payait 150 dollars de loyer.

Putain. Et il s'est tué ?

Je commence à lui parler de Carlos et de son caractère insaisissable. Du fait qu'il va me coûter ma promotion.

Depuis quand tu veux faire carrière dans l'immobilier ?, répond-elle. *Je pensais que c'était juste alimentaire. Pourquoi t'essaierais pas de postuler à la fac ? En lettres, par exemple ?*

Maintenant que j'ai ce job, autant me faire payer.

Sans doute, écrit-elle. *Juste, deviens pas un mec en costard qui agresse des papis !*

Pour regagner ses faveurs, je lui dis que j'aurai bientôt mon certificat d'enseignement grâce à une formation en ligne que je suis pendant les pauses déjeuner et après le boulot, sur mon ordinateur de travail. Tout l'argent que je ne dépense pas dans mes modestes dîners, mon assurance automobile et mon forfait part là-dedans. Ça, je ne le mentionne pas.

Dans le contexte actuel il faut avoir plusieurs jobs pour survivre, je tape, même si Caitlyn, pour autant que je le sache, n'a jamais bossé.

L'enseignement ? répond-elle. *PTDR. Tu vas te faire bouffer.*

Comme d'habitude, on finit par discuter de quand elle pourra venir me rendre visite. *J'ai envie de voir à quoi ressemble la vie de rêve que tu mènes à South Beach. Et il faut que j'échappe à la Snowpocalypse.*

Dommage que tu doives passer tes vacances de Noël en famille. J'évite de dire que si elle venait ici, elle devrait squatter l'appartement d'un récent défunt.

Et si on fixait une date ? Pâques ?

Je renvoie : *Fatigué. Faut que je dorme.* Puis je monte le volume de la télé et regarde un documentaire sur des braconniers qui tuent des rhinocéros noirs en Afrique. Ils se font des couilles en or grâce au trafic de cornes qu'ils revendent en Asie, le Vietnam étant le plus gros marché de contrebande. Certains acheteurs les conservent intactes pour symboliser leur statut, mais la plupart les réduisent en poudre pour les ingérer, conformément à une croyance populaire selon laquelle elles auraient une vertu médicinale. Les cancéreux sont parmi ses consommateurs les plus enthousiastes. Évidemment, ça guérit que dalle, mais le braconnage continue.

Quand je vois ces rhinocéros, pas ceux qui se font carrément tuer mais ceux qui se font tranquilliser et peinent à se réveiller, le visage tailladé grossièrement avec une blessure béante en plein milieu, j'ai envie de les venger.

J'ai envie de m'envoler pour le Zimbabwe et d'aller chercher les individus les plus vulnérables qui subsistent. Et lorsque les braconniers se pointeront, je leur trancherai le nez.

Et pourtant je m'endors en m'imaginant à une fête, dans un manoir ou sur la plage. L'hôte me montre brièvement sa corne. Pas une corne de rhino mais de licorne, sans doute la dernière au monde. Sauf que ça ne ressemble plus du tout à une corne mais à un tas de poudre amassé sur un plateau en argent. Des hommes et des femmes aux vêtements étincelants font la queue pour sniffer des rails de licorne.

Si loin que je sois de l'époque où cet être majestueux a été brutalement anéanti, je me demande si je le ferais, même pour sa soi-disant promesse de vie éternelle. Et vous, si vous pouviez, le feriez-vous ?

Je me douche, puis je sors de l'appartement avant sept heures, en laissant le moins de traces possible. Les types de l'entretien vont venir tout vider et jeter les portraits de famille, le matelas, le canapé et le reste de lait à la déchetterie. Le contact d'urgence de Leibnitz a dit ce qu'ils disent la plupart du temps : « Est-ce qu'il a laissé des objets de valeur ? Non mais laissez tomber, vous pouvez tout bazarder. »

Dans certains cas, lorsqu'un locataire meurt, un proche va s'arranger pour voir s'il y a des choses à récupérer : une montre, un collier, une bague… Si ça rentre dans une poche et si ça a de la valeur, que celle-ci soit monétaire ou sentimentale, ces fils, petites-filles ou neveux l'emporteront avec eux. Si c'est trop lourd pour une paire de bras, ils le laisseront partir à la déchetterie.

Je me fais un sac de provisions et prends l'escalier de service pour sortir, afin que le vigile ne me voie que lorsque je rentrerai. Une fois mon petit-déjeuner terminé, j'ai encore une demi-heure à tuer, alors je vais au Walgreens. Je prends du déo, du dentifrice et une brosse à dents, puis je déambule dans les allées à la recherche de Carlos. Le magasin est désert, excepté le pharmacien et l'ado qui tient la caisse à l'entrée.

– Je pensais que Carlos serait là aujourd'hui.

– Qui ça ? gueule-t-il.

S'appuyant sur ses coudes, il prend les articles et les balance vers moi. Sa mâchoire fait de petits mouvements circulaires, mais il n'est pas en train de ruminer comme je l'ai d'abord cru. Il a dû bosser toute la nuit. Les branches de ses lunettes reposent sur ses oreilles roses, et les verres ceignent l'arrière de son crâne rasé.

– Rodriguez, dis-je plus fort pour me mettre à son niveau. Carlos Rodriguez.

Il hausse les épaules.

– C'est ton oncle, mec ? Tío Carlito ? fait-il en riant.

– Une sorte de grande gigue. Avec une casquette rouge. Il travaille ici.

– Je vois peut-être de qui tu parles. Il taffe au labo photo ?

– Possible.

Les lumières au-dessus de l'espace photo sont éteintes.

– Il ouvre à quelle heure ?

– Jamais, mec. Ça fait cinq mois que la machine est en panne.

Je pousse le déo vers lui avec mon doigt.

– Si tu le vois, dis-lui que son neveu mulâtre le cherche.

Ajouter un nom à la liste d'attente est à la fois simple et compliqué. Si je le renseigne en fin de liste, dans l'espace vide et bien visible qui se trouve tout en bas, la prochaine fois que le patron la consultera, il s'apercevra que ce nom n'aura pas été écrit de sa main.

Faire un ajout en haut de la liste est tout aussi compliqué. Les noms ne sont pas numérotés, mais ils sont tellement proches les uns des autres qu'il est impossible d'écrire quoi que ce soit entre deux lignes. Par ailleurs, les marquer les uns à côté des autres attirerait l'attention de l'auditeur, or mon but n'est pas de me faire choper par le fisc. Je ferais mieux d'attendre le moment où je l'appellerai pour lui proposer une place, et alors je n'aurai qu'à faire comme si l'un des noms déjà barrés était le sien.

Il fait nuit lorsque Nikolina revient pour notre rendez-vous. Je la fais entrer par la porte du parking qui donne sur l'escalier de service et n'ouvre que de l'intérieur. Elle ne porte pas de sacs de courses dans les mains, ce qui me rend perplexe car elle est venue pour me faire à dîner, « sans contrepartie », comme elle l'a dit.

Une fois arrivés au deuxième étage, on s'avance dans le couloir sombre. Je n'oserais jamais l'amener dans l'appartement de Leibnitz, où on se ferait aisément repérer, mais comme il n'y a pas d'appartements au deuxième, la salle de repos fera l'affaire. La porte qui donne sur l'escalier se referme, nous plongeant dans la pénombre. Tout est calme à part le ronronnement des distributeurs de boissons, dont celui d'Hawaiian Punch, devant lequel on passe pour se diriger vers le panneau rouge TOILETTES qui brille au bout du couloir, juste en face de la salle de repos.

On se glisse à l'intérieur et Nikolina regarde d'un côté et de l'autre. Avant qu'elle trouve l'interrupteur, je l'entraîne vers le séjour et l'installe sur le canapé.

– Pourquoi est-ce que vous êtes ici ? je lui demande. Vous êtes sûre de vouloir être ici ?

Elle me serre le visage entre ses mains, trop fort.

– Petit, dit-elle d'une voix brusque. La vie, c'est pas une question de vouloir ou de ne pas vouloir. C'est faire ou ne pas faire. Et pour une place sur ta liste, voilà ce que je suis prête à faire.

Elle me donne une enveloppe remplie de billets.

– Six cent cinquante, dit-elle. Et l'autre moitié quand je signe le bail.

Il fait trop sombre pour que je puisse les compter, alors je glisse l'enveloppe dans ma poche.

– Très bien, lui dis-je.

Son soudoiement a pris une tournure méchante qui me met encore plus à cran.

Elle a l'air capable de tout et n'importe quoi, et cette pensée me rend – une fois de plus – paranoïaque.

– Ouvrez votre sac, lui dis-je. Je veux être sûr que vous n'enregistrez rien.

Je fouille son sac à main et en sors un peigne, un miroir de poche, plusieurs tubes de rouge à lèvres et crayons pour les yeux. Je vide tout sur la table basse, puis je lui dis :

– Dites-moi pourquoi c'est si important pour vous de vivre ici.

Elle semble scruter mon visage, mais dans l'obscurité, il est impossible d'en être certain.

– Je vous ai donné mon argent, dit-elle. Ne me demandez rien de plus.

—

Je consulte la liste d'attente et pendant une demi-heure je fixe les noms illuminés par le soleil matinal. Je pourrais appeler Nikolina et lui demander de venir tout de suite pour remplir le formulaire et prendre l'appartement de Leibnitz. J'aurais même pu le lui faire remplir avant qu'elle parte.

Mais je ne l'appelle pas. Je prends le téléphone et me mets à composer les numéros des candidats en commençant par le premier qui figure sur la liste.

—

Le soir, entre la fin de ma journée de travail et mon retour à la salle de repos, je flâne parmi les devantures, de Washington Avenue à Lincoln Road. Les palmiers qui séparent les magasins sont décorés de lumières de Noël blanches. Des nœuds et des rubans rouges ornent leurs troncs sans ironie visible. Noël est dans une semaine, mais à qui puis-je offrir des cadeaux à part moi-même ?

La foule d'acheteurs présente une diversité linguistique encore plus importante que mon immeuble : le français, l'arabe et le japonais se joignent à l'espagnol et aux myriades d'anglais différents qu'on entend au sein de la multitude. Au moment où je traverse le centre commercial, de jeunes Noirs essaient de me vendre leurs albums de rap. Ils interpellent tout le monde, mais lorsqu'ils me voient, leurs yeux se remplissent d'espoir, et ils laissent tomber les touristes car ils me considèrent comme une meilleure cible.

– Soutiens la production locale, me dit l'un d'eux en voyant que je ne m'arrête pas pour écouter son baratin.

Il faut toujours éviter de croiser le regard de ces colporteurs, sinon ils ne vous laissent jamais tranquille. Je commets l'erreur de répondre « La prochaine fois », ce qui ne fait qu'encourager ce jeune entrepreneur.

Il bondit devant moi, me coupant la route. Il a une boîte contenant des CD dans une main, et un casque audio dans l'autre.

– Je te demande juste d'essayer, mon pote.

Je pioche un CD et examine la pochette. La qualité de l'image est impressionnante, en haute définition. L'artiste est assis torse nu sur le capot d'une Cadillac vintage couleur vert pomme. Ses lèvres plissées exhibent des dents en or, et il brandit la statuette de Jésus qui pend à sa chaîne gigantesque. Il doit avoir vingt ans. Aurait-il acheté ces parures avec son propre argent, ou bien est-ce que même ses bijoux dentaires lui ont été prêtés ? Si oui, et même s'il est bien le camé que la culture rap de Miami exige qu'il soit, alors il doit avoir un sacré réseau ! De nous deux, qui a vraiment besoin de mes dix dollars ? Je remets le CD dans la boîte.

– Reviens me voir quand tu auras sorti un album de jazz, je lui dis avant de le contourner.

– Enfoiré de bounty, répond-il dans mon dos.

Je passe devant les robes de soirée étincelantes et les tutus dont sont vêtus les mannequins blancs dans les vitrines qui vantent leur HAUTE COUTURE. Je tombe alors sur une boutique qui produit de la fast fashion en masse à destination des jeunes hipsters. Une femme blanche et maigre bloque l'entrée du magasin. Assise par terre en tailleur, elle malaxe une pâte rouge dans un grand bol. Je me demande si elle s'est accaparé ce mètre carré de béton et si elle a l'intention d'y finir ses jours. Une poignée de badauds l'entourent. J'ai envie de leur crier dessus pour qu'ils la laissent tranquille, de dire « Péter les plombs en cachette, c'est un luxe qu'on n'a pas », mais tout à coup je remarque les billets froissés dans le feutre renversé à sa droite, et je réalise que c'est une performance.

– Et il m'a fait ça, dit-elle. Il l'a fait !

Je me baisse pour entrer dans le magasin, ayant l'impression d'avoir échappé à quelque chose d'atroce.

Je farfouille parmi les étagères de T-shirts et de jeans, un peu perdu, avant de vagabonder vers la section décoration intérieure, où je remarque un étalage de lecteurs de disques (ceux qui peuvent se glisser dans une petite sacoche de voyage et convertir les vinyles en fichiers numériques). Une étagère avec marqué ALBUMS REMASTERISÉS contient du Nina Simone, du Nat King Cole et du Billie Holiday. Je tapote l'enveloppe qui se trouve dans ma poche pour me rassurer, puis j'emporte le lecteur et les trois albums à la caisse. C'est plus du double de ce que je voulais dépenser, mais c'est précisément le genre d'achat qui rendra mon futur appartement plus chaleureux. Dès que j'aurai reçu ma promotion. Je sors l'enveloppe pour payer, et soudain je me demande si Nikolina aime bien écouter des vinyles, si elle sait apprécier leur son ample.

—

– Pourquoi on se retrouve pas dans ton appartement ? demande Nikolina lors de sa deuxième visite à la salle de repos.

On est assis sur le canapé, chacun son bol, en train d'avaler à des rythmes très différents la soupe qu'elle a préparée.

– Ne t'étouffe pas, m'a-t-elle déjà averti, tellement sincère qu'elle paraît inquiète de son investissement. C'est parce que tu habites très loin ?

Sa question appelle ma réponse toute préparée sur la maison à Cutler Bay et sa distance par rapport à ici. C'est celle que je donne aux touristes qui préféreraient ne pas m'emmener dans leur chambre d'hôtel, celle qui a fait long feu avec Lauren. Mais mon arrangement avec Nikolina est né d'un tel niveau de corruption que j'estime pouvoir lui dire la vérité.

– Je suis un peu entre deux apparts en ce moment.

Elle me regarde comme si elle n'avait pas compris, mais ensuite elle hoche la tête et lâche :

– C'est dur, d'être jeune.

J'ai disposé des bougies sur le comptoir de la cuisine et la table basse, ce que Nikolina a interprété à tort comme une marque de romantisme. Et elle n'apprécie pas du tout. Je lui ai déjà expliqué qu'il fallait garder les lumières éteintes, et comme elle a préparé le repas avant de venir, il suffit de le réchauffer sur les plaques. Malgré tout, elle reste assise tout au bord du canapé et garde un œil sur moi, comme si elle me soupçonnait de vouloir lui sauter dessus.

Grâce aux lumières de South Beach qui traversent les portes vitrées donnant sur le balcon, j'aperçois la silhouette de mon lecteur de disques installé par terre. Tout à l'heure, lorsque j'ai mis l'aiguille sur « Sinnerman », même en baissant le volume, les accords de piano staccato ont accéléré mon rythme cardiaque et j'ai senti ma poitrine se comprimer, donc je l'ai vite éteint.

Ça vaut mieux. Il est déjà assez risqué de laisser les odeurs de cuisine s'insinuer dans le couloir, même s'il n'y a aucune raison que quelqu'un passe à une heure pareille. Nikolina avait proposé qu'on se voie à vingt heures, mais je l'ai fait venir à vingt-trois heures trente.

Elle a préparé un goulash au bœuf et m'a servi du vin russe, et tous deux tourbillonnent dans mon estomac. Cet après-midi, lorsqu'elle est venue s'enquérir de l'appartement, je lui ai rappelé qu'elle me devait toujours un dîner. Mais je n'avais pas prévu que mon corps rejetterait la nourriture après une si longue période de disette.

Nikolina est habillée un peu comme lors de notre première rencontre : décolleté plongeant, parfum délicieusement sucré. Ne pouvant plus me retenir, je lui demande :

– Tu as déjà fait ça ?

La question m'avait turlupiné toute la journée : qu'il y aurait une conduite qui convient spécialement aux survivants, et que mes parents et professeurs n'ont pas voulu ou pas pu m'apprendre. Que je vivrais sous un toit à l'heure qu'il est si j'avais appris à me montrer impitoyable. Et que si je comprenais ça et que c'était vraiment ainsi que marchait le monde, j'aurais la conscience plutôt tranquille.

– C'est comme ça que tu obtiens ce que tu veux ? En soudoyant et...

– Et ?

– Tu sais bien.

Mais comme elle n'a pas l'air de savoir, je poursuis :

– Et en manipulant les hommes.

Elle approche sa cuillère de ses lèvres et dit :

– Tu profites toujours des femmes pauvres et vulnérables ? Les viejas, elles enlèvent leur dentier et te sucent la bite en guise de caution ? C'est comme ça que ça marche avec toi ?

– Bien sûr que non.

– Pour toi « bien sûr que non », mais moi je dois faire la pute, c'est ça ?

Elle avale sa cuillerée.

– J'essaie de comprendre comment tu vis, je réponds.

Ma voix paraît pleurnicharde et enfantine, alors je me racle la gorge.

– Pourquoi je suis ici ? me demande-t-elle d'un ton plus doux. Dis-moi. Tu es beau.

Puis elle poursuit, d'un ton presque accusateur :

– Tu dois bien avoir une copine plus jeune que moi.

– Je suis SDF, je lui confie, et quelque chose en moi se dévide. Qui voudrait de moi ?

Elle fait comme si je n'avais rien dit et poursuit :

– Si c'était juste pour l'argent, tu ne prendrais que ça. Mais non, tu veux te sentir puissant, n'est-ce pas ?

– Tu as promis un repas. Une discussion. Rien de plus.

– Tu veux aussi sentir le frisson de l'interdit, dit-elle. Approcher la flamme. C'est ça, la jeunesse.

– Vas-y, continue.

Elle pose l'arrière de sa tête sur le coussin du canapé.

– Quand est-ce que j'emménage ? Je sais qu'il y a un appartement libre.

– Comment tu saurais ça ?

– Le type qui s'est jeté dans le vide. C'était partout à la une.

– J'espère que tu n'as parlé de tout ça à personne. Je pourrais aller en prison. Et toi aussi.

– Je fais attention.

– Tu crois qu'ils me feront chanter. Mais attends un peu, et toi aussi ils te demanderont des infos.

– Ne change pas de sujet.

– L'appartement du type qui s'est suicidé est occupé.

– Comment ça, “occupé” ?

– Ben, il est pas dispo. Un candidat a été approuvé avant notre arrangement.

Elle lève la tête et se tourne vers moi. Le canapé fléchit sous son poids, au point que le dîner de ce soir fait des pirouettes dans mon ventre.

– Arrête tes salades, dit Nikolina.

– Pourquoi tu veux absolument habiter ici ? Tu t'es fait expulser ?

Il me semble qu'elle détourne le regard, mais c'est difficile d'en être sûr à la lumière des bougies.

– J'ai un ami dans l'immeuble qui a des problèmes de cœur, dit-elle. J'ai besoin d'être proche de lui.

– C'est quoi, son nom ? Je peux peut-être garder un œil sur lui pour toi.

Elle fixe ma poitrine sans répondre.

– J'ai repensé à l'argent que tu me dois encore, dis-je en essayant d'alléger l'atmosphère. Tu en auras sans doute besoin pour emménager.

– Je vais te donner le reste, répond Nikolina. Après ça, je te devrai plus rien.

– Comme tu voudras.

Je pose mon bol sur la table basse, puis vais aux toilettes. J'ouvre le robinet pour couvrir le bruit et je m'assois, la tête dans les bras. Quand je ressors après ce qui a semblé être une demi-heure, l'appartement est vide. Le sac à main de Nikolina est posé sur le comptoir. J'ouvre la porte d'entrée et je la vois dans le couloir.

– Qu'est-ce que tu fais ? je lui crie aussi bas que possible.

Elle se tourne vers moi.

– Je suis juste sortie pour faire pipi, dit-elle en désignant les toilettes pour dames en face. Je suis désolée.

Mais ce n'est pas à moi qu'elle parle. Une silhouette d'homme franchit la frontière entre la pénombre et la zone éclairée par le distributeur de boissons. Crâne lisse, visage effacé : sa tête ressemble à un ballon. Une seconde passe. Je m'attends à ce qu'il dise quelque chose d'agressif ou qu'il s'éloigne, mais il reste debout dans l'ombre, sans bouger.

– C'est rien, dit Nikolina. Juste un dîner.

Au moment où le tintement métallique des pièces s'abat sur le lino, j'attrape Nikolina par le poignet et je l'entraîne dans la salle de repos avant de verrouiller la porte.

– Tu as vu qui c'était ? je lui chuchote. Il t'a dit quelque chose ?

Je ramasse nos bols et les pose vite dans l'évier.

– Aide-moi à débarrasser. Reste pas là à rien faire.

Elle se laisse tomber sur le canapé et se prend la tête dans les mains.

– OK, OK, je lui dis en m'agenouillant devant elle. Essaie de te rappeler. C'était la sécurité ? Est-ce que tu as entendu une radio ou vu un badge ?

– C'était pas la sécurité.

– Comment tu sais ? Regarde-moi.

– C'était pas la sécurité ! crie-t-elle.

– Très bien, je lui dis en lui tapotant l'épaule. Tout va bien alors. Faut juste qu'on sorte d'ici.

Je ferme le tourne-disque et le coince derrière le canapé. Puis j'entrouvre la porte et passe ma tête dans le couloir obscur. Du panneau SORTIE aux distributeurs, il a l'air vide.

Milda surgit dans mon bureau au moment où je suis en train d'imiter la signature de Carlos Rodriguez. De la décalquer, pour être précis. Je suis crevé. L'aller-retour de nuit pour ramener Nikolina, plus la paranoïa… Depuis le siège passager, Nikolina n'a fait que m'indiquer le chemin vers son complexe d'immeubles. Elle n'a rien dit d'autre. Puis elle m'a demandé de la déposer à un coin de rue, comme si j'allais voir où elle habitait et la suivre. Avant qu'elle ouvre la portière pour sortir, j'ai failli faire remarquer qu'elle habitait juste à côté des Silver Towers, une vingtaine de rues tout au plus.

Mais peu importe. Rien n'est aussi clair que le fait que j'ai merdé.

Il faisait trop froid dans le Raider pour y dormir. Je suis donc resté assis là, à me frotter les bras et à attendre que le soleil se lève pour réchauffer la carrosserie.

Il est difficile de décrire cette impression de désastre imminent qui plane sur moi. Je ne sais pas d'où il viendra ni sous quelle forme, mais je n'ai aucun doute sur ce qui m'attend : l'oblitération. Un locataire va se ramener et demander une somme d'argent. Peut-être que d'ici quelques jours El Jefe va me convoquer dans son bureau pour me dire qu'il sait ce que j'ai fait. Alors on se contentera de me virer ou bien on engagera des poursuites. Au minimum, je perdrai ma place de parking et mon accès aux toilettes.

Je sors mon téléphone et commence à textoter mon frère : *T'es toujours d'accord pour que…* avant de quitter l'application de messagerie.

À la lumière de cette matinée dégrisante, je me rends compte de la quantité de travail que j'ai négligée depuis que j'ai rencontré Nikolina. Ça suffirait pour reporter ma promotion.

Lorsque Milda gazouille : « Ven, chico ! », je n'essaie même pas de cacher mon mauvais accent.

– C'est quoi le problème maintenant, Milda ? Dis-moi.

Elle s'agrippe à mon bras et commence à me tirer vers elle pour que je me lève de mon siège. Je la laisse ensuite me traîner dans le couloir, mais au moment où elle appelle l'ascenseur, je perds patience.

– Tu peux me le dire en anglais ? Je sais que tu en es capable.

Elle fait non de la tête.

Le bureau du personnel d'entretien est fermé, tout comme celui de l'assistante sociale – sur la porte, une horloge en carton indique l'heure à laquelle elle sera de retour. J'avais tellement peur de retourner dans l'immeuble que je me suis débrouillé pour être le premier arrivé parmi les employés.

Des pièces de monnaie sont éparpillées sur le sol, depuis les distributeurs jusqu'au mur d'en face. Milda pousse un petit couinement.

– Un momento, señora, je crie par-dessus l'épaule tandis que je reviens sur mes pas.

Je chope le passe-partout pour l'appartement de Milda. En passant devant ma table de bureau, je vois le dossier de Carlos à côté du premier formulaire que j'avais envoyé à Walgreens. Je superpose l'attestation d'emploi de cette année à celle de l'année dernière, et je finis de reproduire la signature sur le papier pelure. J'insère le formulaire dans le fax, rappelle le magasin et ressors.

Milda et moi entrons dans l'ascenseur. Elle appuie sur le bouton du huitième étage – étonnant, car toutes les fois où je me suis trouvé là en sa compagnie, on allait au septième, où se situe son appartement. Tout en regardant la lumière qui remonte les colonnes de chiffres, elle se frotte les mains et marmonne en espagnol. Je saisis quelques mots : « emergencia » et « enfermo ».

– ¿Quién ? je lui demande.

Elle ne me dit pas qui, mais continue à se tordre les mains jusqu'à ce que la lumière atteigne le numéro huit.

Les portes s'ouvrent. Je suis Milda jusqu'à une ouverture au bout du couloir. Elle gémit quand on s'approche. Elle se cache le visage d'une main et, de l'autre, m'exhorte à continuer sans elle.

Je passe le seuil et pénètre dans une kitchenette vide et sombre. La lumière du soleil se glisse entre les rideaux tirés.

– Allo ! je crie. ¡Hola ! Tout va bien ?

Dans le salon, une femme est assise sur le canapé collé au mur de gauche. Je ne la reconnais pas tout de suite, si ce n'est qu'elle ressemble aux autres : cheveux gris-blanc et taches de vieillesse. Ses mains sont posées comme des poids sur ses genoux, et ses yeux fixent le mur devant elle. Rien n'indique qu'elle m'ait vu ou entendu, ni même qu'elle respire.

Je commence à m'approcher, et voici ce que je vois : au pied du canapé, un pantalon kaki enveloppe des jambes rachitiques à la façon d'une combinaison gonflable qui aurait crevé. Recouvert d'un polo sombre, le haut du corps semble absent, à l'exception des épaules voûtées qui maintiennent les deux bras parallèles. Mes yeux finissent par se poser sur une casquette de base-ball rabattue sur la tête.

C'est l'appartement de Carlos Rodriguez. C'est Carlos.

Un bruissement me parvient du couloir. Une secouriste émerge de la chambre avec une couverture bleu layette. Puis, lorsqu'elle recouvre le corps et la tête de Carlos, je saisis pleinement ce que je vois. Elle s'assoit et pose une main gantée sur l'épaule de Mrs Rodriguez.

Le léger tintement de l'ascenseur transperce le silence. Je recule d'un pas, puis d'un autre, jusqu'à regagner le couloir, où je peux de nouveau respirer. D'ici, je ne peux pas voir Carlos, seulement la kitchenette, mais c'est comme si. Un grincement de roues annonce l'arrivée de deux autres secouristes, qui apportent un brancard dans l'appartement.

Milda n'a pas bougé.

– J'avais pas compris, je lui dis.

Elle hoche la tête.

Je retourne dans mon bureau pour appeler El Jefe et l'informer qu'on a encore perdu un locataire. Une fois qu'il est à l'autre bout du fil je lui demande :

– Qu'est-ce qu'on fait pour Mrs Rodriguez ?

– Appelle le premier candidat sur la liste, me dit-il. Elle peut pas vivre ici toute seule.

Je pense à la convention sur la vie autonome. J'entends confusément mon responsable qui me dit : « C'est pas une maison de retraite ici. »

Je raccroche et j'appelle Nikolina, qui a la voix enrouée, comme si je l'avais réveillée.

– J'ai de bonnes nouvelles, je lui dis.

Mais vu le ton que je prends, ce n'est clairement pas le cas. Elle se met à gémir, alors je poursuis :

– Écoute, t'en fais pas pour hier soir.

Mes mots ne sont d'aucune consolation.

– Écoute, écoute, écoute, je lui répète jusqu'à ce qu'elle se calme. Il y a un appartement qui s'est libéré.

– J'en veux pas ! elle me hurle. Tu piges pas ? C'était lui. C'est pour lui que j'ai fait tout ça.

– Lui ?

Je lui propose qu'on se revoie pour que je lui rende l'argent, mais elle me raccroche au nez. Je lâche le combiné, moins abasourdi par notre brève discussion que par le silence plombant qui s'ensuit.

Quelqu'un glisse un bout de papier par-dessous la porte du bureau. Je fonce pour l'ouvrir, mais lorsque je passe la tête dans le couloir, il n'y a personne. Qui d'autre que Carlos peut se déplacer aussi rapidement ? Qui a pu en parler à Nikolina ?

Je ramasse le papier, m'attendant à ce qu'il contienne une réclamation. De quoi exactement, je ne sais pas. Mais après que je l'ai retourné, je découvre un dessin de cheval. Non, un âne. Une flèche pointe son derrière. Au niveau de l'encoche, en anglais cette fois, il y a écrit : « toi ».

Moins d'une heure s'est écoulée depuis mon retour au bureau lorsque j'entends un fax s'imprimer. Ça vient de Walgreens : Carlos est bien un de leurs employés. Enfin, il l'était. Il est entré dans la boîte il y a des années. Le produit de son taux horaire et de ses heures de travail ne représente pas une grosse somme, mais suffisamment pour qu'on exige des arriérés de loyer à sa femme. Vu son expulsion imminente, on pourrait en toute logique utiliser cette information pour garder sa caution, ce qui pour El Jefe suffirait amplement.

Je l'imagine en train d'agiter le fax comme si c'était une carte-cadeau à échanger contre de nouveaux stores ou de nouveaux luminaires ou quelque autre nouvel objet qui pourrait augmenter la valeur de la propriété. Le siège serait content. El Jefe pourrait tenir sa promesse et me promouvoir. La signature qui valide ce document est contrefaite, bien sûr, mais qui va me dénoncer ?

Était-ce le fait de courir tout le temps – des Silver Towers au Walgreens en passant par chez Nikolina – qui a tué Carlos ? Ou bien ce moment au cœur de la nuit où, dans un tronçon de couloir obscur, il s'était enfin immobilisé ? Voilà ce que je veux vraiment savoir.

Je mets le fax de côté et j'ouvre mon cours de préparation au certificat d'enseignement sur mon ordinateur. Je suis en train de travailler dessus lorsque arrive mon responsable.

– Ils tombent comme des mouches, dit-il.

Je plie en deux le fax et le dessin d'âne avant de les glisser dans la déchiqueteuse.

S'il avait su qu'il allait causer la mort de quelqu'un, Delano ne se serait jamais levé de son canapé

Sauf que Delano n'est pas clairvoyant. Pourtant, dans le rêve qu'il traverse laborieusement, son père déclare sur un ton prémonitoire : « Une tempête se prépare. Couillon que tu es, tu devrais le savoir. » Delano oblige son cerveau à pénétrer dans le monde éveillé, mais sa télé insiste : « L'ouragan Irene continue de s'intensifier à mesure qu'il progresse au-dessus de l'océan Atlantique, et les habitants de Key West doivent se préparer à évacuer dès ce soir. »

Les présentateurs discutent des risques d'inondation tandis que l'écran affiche une carte de la Floride. La péninsule est altérée par un cône translucide, dont la courbe va de la côte nord de Puerto Rico jusqu'à Miami, en passant par Hispaniola et Cuba. Lorsque les producteurs zooment sur le Grand Miami, Delano tente de repérer sa maison à Cutler Bay ainsi que son corps étendu sur le sofa.

Il met la télé en sourdine. Il entend quelqu'un frapper à la porte et une voix bourrue crier son nom, mais ce n'est pas son père. C'est Nordic, son ancien associé, qui hurle : « Allez, debout ! » À droite de la porte, une lumière rose et dorée filtre à travers les stores de la cuisine : c'est l'aube. Il hésite à rester allongé jusqu'à ce que

Nordic lâche l'affaire, mais impossible de savoir combien de temps ça va durer, et s'il y a bien une chose à éviter, c'est de réveiller Trelawny, son frère, qui dernièrement a pris un malin plaisir à juger les échecs de Delano. Il se lève, la pièce chavire et, l'espace d'un instant, il replonge dans son rêve : il est debout sur la scène du Piranha, sauf qu'il a oublié les paroles et son père le chahute depuis la foule, lui rappelant que musicien n'est pas un vrai métier, que Delano doit subvenir aux besoins de ses fils, et qu'il est scandaleusement en retard sur les loyers qu'il lui doit.

Il chasse l'image, se traîne jusqu'à la porte, la déverrouille et la pousse. Nordic apparaît sur le seuil, sautillant sur place. Il porte un jean, des bottes qui lui arrivent aux mollets, des genouillères et une ceinture de lestage. Sa barbe hirsute ressemble aux spaghettis qu'on brise avant de les faire bouillir. Si des ailes sortaient de son casque de chantier, ce serait Thor. Ou Odin.

– L'avenir appartient à ceux qui se lèvent tôt, dit Nordic.

– Et ceux qui se lèvent tôt, ils appartiennent à qui ?

Nordic se gratte le menton.

– Ça dépend de leur patron, j'imagine.

Il suit Delano dans le salon et relance la discussion qui s'est étalée sur toute l'année passée : comment ressusciter leur entreprise d'élagage.

– Cet ouragan, c'est notre chance, dit-il. L'occasion rêvée.

Delano se rallonge sur le canapé. À côté, un tome des *Œuvres complètes* de Shakespeare gît par terre, encerclé de bouteilles de bière. Trelawny est sans doute déjà parti bosser, et Delano se demande s'il aura besoin du livre pour sa journée de cours.

Nordic s'attarde. Il ponctue chaque mot qu'il prononce d'un coup de poing sur sa paume.

– Les gens ils courent partout comme des dingos à cause de l'ouragan. Faut qu'on saute sur l'occase, Delano. Si on s'est occupés des Lakes by the Bay avant le coucher du soleil, on pourrait bien décrocher un contrat.

Il poursuit en broyant sa main de son poing :

– Toute la propriété est prête pour la taille.

Delano déteste calmer les ardeurs de Nordic, mais il répond :

– Pourquoi aujourd'hui serait différent de toutes les fois précédentes ?

La dernière fois qu'ils avaient tenté d'obtenir du boulot aux Lakes, Tina, la gestionnaire immobilière, s'était mise à planifier des déjeuners hebdomadaires pour discuter de l'entretien de sa propriété. Elle avait clairement signifié que la présence de Nordic la dérangeait, donc seul Delano allait dans son bureau, et Tina le conduisait à l'Applebee's ou à l'Olive Garden dans sa Lexus RX. Sur le chemin, elle caressait ses dreads, énumérant les fois où elle l'avait vu jouer. Elle adorait le reggae, qu'elle prononçait « reïgueï », et disait qu'elle avait toujours quelques grammes chez elle si jamais il voulait passer fumer.

Delano regrettait qu'elle connaisse son groupe, et évitait ses questions sur leurs prochains concerts. Il a appris à attacher ses dreads et à les cacher sous un béret avant d'aller voir Tina.

Au restaurant, elle le draguait, lui claquait la cuisse, le tapotait de plus en plus près de l'entrejambe à mesure qu'elle descendait les verres de whisky. Et ce, jusqu'à ce qu'il s'enquière de l'offre. Alors elle lui saisissait l’avant-bras, rapprochait son visage rosacé du sien et disait dans un chuchotement rauque :

– Ça prend du temps ces choses-là.

Lors de leur dernier déjeuner, Tina s’est enhardie, encouragée par la promo « deux pour le prix d’un » du restaurant. Tandis qu’ils retournaient vers son SUV, elle s’est coulée derrière lui, a glissé sa main entre ses cuisses et lui a serré le sexe. Delano a bondi hors de sa portée et son coude lui a heurté la joue. Elle a lâché prise et failli tomber. Instinctivement, il a tendu les bras pour la rattraper, mais elle s’est ressaisie et a affiché un sourire surpris.

Tout ce temps qu’il avait consacré à l’obtention du contrat – les propositions, les déjeuners, et ces doigts qui rampaient toujours partout sur son corps.

– Je préfère mourir de faim, lui a-t-il dit.

Le sourire s’est effacé. Le soleil a rôti la peau de Delano pendant l’heure qu’il lui a fallu pour aller récupérer son camion au bureau de Tina.

Après réflexion, Delano se demande pourquoi il n’a pas pris sur lui et couché avec elle. Il doute que, dans tout Miami, il y ait un seul gestionnaire immobilier qui n’exige pas une forme de compensation. Il aimerait croire qu’il peut résister à ses avances sans avoir à se justifier, mais soudain lui vient à l’esprit qu’il y a un an, il espérait encore que Shelly-Anne ne l’avait pas quitté pour de bon.

Il n’a jamais parlé à qui que ce soit de ce qu’il s’était passé ce jour-là, et il n’a pas l’intention de le faire. Il sait très bien ce que dirait Nordic : « Quel genre d’homme refuse de tirer un coup ? » Il rabaisserait Delano jusqu’à ce que son amusement se transforme en indignation. Ce deal leur aurait permis de garder la tête hors de l’eau pendant la crise économique, alors que nombre de leurs contrats expiraient sans être renouvelés.

Nordic avait repris un job de videur dans un bar près des Everglades. Ce n'était pas le métier en lui-même qu'il détestait, à savoir détourner certains hommes de leur soif de sang et en estropier d'autres, mais le fait que ça l'empêchait de lire un livre à sa fille le soir.

– Imagine Tina nous offre le contrat, dit Delano. Ou même juste une journée de travail. Comment on fait pour abattre tous les arbres avant l'arrivée de la tempête ? C'est pas un petit complexe tout riquiqui. Lakes, c'est des quartiers imbriqués dans d'autres quartiers. Un vrai labyrinthe.

– Une vraie mine d'or, réplique Nordic en agitant les mains. On a qu'à recruter des gars. Des ouvriers qui bossent chez Home Depot.

– Tu les mettras sur ta carte Home Depot ?

Nordic hausse les épaules.

– T'as combien en liquide ?

Nordic regarde ses pieds.

– J'aurais pu avoir l'argent, Del, mais Eliana, tu sais comme elle est. Elle s'est connectée au compte, elle a pris deux mille balles et elle a acheté un max de fringues pour enfants et de poupées American Girl. Le reste, elle l'a envoyé à sa famille à Bogotá et, bordel, je le reverrai plus jamais ce pognon.

Delano ramasse les *Œuvres complètes* de Shakespeare et pose le livre ouvert sur son visage. Il se demande si Brandon, son aîné, a commencé les cours de guitare qu'il lui a offerts pour son anniversaire, ou si Shelly-Anne lui a même donné la carte qu'il a envoyée. Quand il l'a appelée pour lui demander, Shelly a répondu : «Bien sûr, tu lui offres des cours à West Covina. Bien sûr, tu lui achètes quelque chose qui va me faire perdre mon temps. » Delano avait passé des semaines à chercher des professeurs pas trop chers autour de Los Angeles. Covina paraissait relativement proche sur la carte.

– Qui offre des cours de guitare à un gamin de quatre ans ? a dit Shelly. Il est pas capable de se tenir tranquille plus de cinq minutes.

– Faut les mettre dans le bain le plus tôt possible, a répondu Delano.

Lui-même venait de commencer à donner des cours à un garçon de quatre ans, a-t-il expliqué. Bien sûr, il aurait pris tout élève que le Guitar Center lui aurait envoyé, peu importe la probabilité qu'il poursuive la formation.

– Si t'étais pas partie, je lui apprendrais moi-même.

– Pour quoi faire ? Pour qu'il devienne comme toi ? ricane Shelly. Pourquoi tu pouvais pas juste l'emmener à Disneyland avec Hadyn ?

Delano n'arrive toujours pas à croire qu'elle a appelé leur deuxième fils ainsi. Il aurait voulu lui donner un nom puissant, comme Zion ou Judah, mais il y avait déjà écrit « Hadyn » sur l'acte de naissance quand il avait dû le signer.

Maintenant, il aimerait juste qu'ils puissent se parler poliment. Mais la colère dans la voix de Shelly-Anne le met toujours sur la défensive.

– Qui a dit que tu pouvais emmener mes pitits en Californie pour toujours ? lui avait demandé Delano. Je vais prendre un avocat, Shelly. Je vais te coller un procès au cul, sale voleuse d'enfants.

Ça fait des mois qu'il menace de le faire, bien qu'ils sachent tous les deux qu'il n'aura jamais assez d'argent.

Les menaces de riche sont pathétiques, impuissantes, dans la bouche d'un pauvre.

– On a besoin de ça, dit Nordic en extirpant Delano de sa rêverie. Rien qu'une journée de boulot sur un quartier de cette taille, ça nous remettrait sur les rails.

– On a besoin de cash, Nordic. En avance.

La voix de Delano est atténuée par les pages du livre, ce qui le réconforte. Depuis que Shelly lui a pris ses gamins, sa vie entière paraît distordue, peuplée de membres fantômes, de personnes et d'objets qui devraient être là mais ne le sont pas. Ces derniers temps, toute distorsion supplémentaire le rapproche d'un état complètement inversé. Anti-Delano. Négation de Delano.

– Si on envoie tes gars au charbon avant d'avoir reçu l'argent, t'as intérêt à planquer les tronçonneuses parce qu'ils vont pas être contents.

– Peut-être qu'on pourrait mettre en gage un truc qu'on utilise pas en ce moment, dit Nordic.

– T'as quelque chose en tête ?

– Je pensais à ta Fender. Et à tes amplis. Ça doit valoir...

– Oublie, dit Delano.

– On les récupérerait après.

– Et une poupée American Girl, ça vaut combien en ce moment ? On pourrait mettre ça à la place.

Delano entend Nordic atterrir lourdement sur le fauteuil près du canapé, puis marmonner :

– Ben, je pensais juste...

Les plans de Nordic ne marchent jamais à moins qu'ils ne soient modifiés, et Delano ne va pas commencer à mettre sa guitare en jeu pour une de ses combines. Pour réussir cette entreprise, il leur faudra des gars expérimentés ; il faudra qu'ils arrivent à convaincre Tina de leur filer le boulot ; et par-dessus tout, il leur faudra un camion-nacelle – le leur est encore au garage pour non-paiement des dernières réparations.

Alors que Nordic se vautre dans le silence, Delano entend un bruit provenant du canapé – le rire de Shelly. Avant leur séparation, il l'avait enregistré et l'avait mis comme sonnerie, et depuis qu'il a fait tomber son portable et cassé l'écran, il n'a pas pu la changer. Dans le contexte actuel, sa voix paraît cruellement moqueuse.

Il ramasse son téléphone d'entre les coussins et voit le numéro de son père affiché.

– On pourrait recruter Mikey et sa team, dit Delano.

– Mikey ?

Nordic fait claquer ses lèvres.

– Mikey le toxico ? La dernière fois que j'ai aperçu ce bon vieux Mike, t'essayais de le frapper avec le manche d'une hache.

La dernière fois qu'ils ont bossé ensemble, Mikey avait mal tronçonné un arbre et failli écrabouiller Delano. Il faut savoir aussi que c'est un toxico. Mais pour que leur plan fonctionne, il leur faudra bien exploiter le désespoir des gens. C'est la fin du mois, et connaissant Mikey, il a déjà alimenté son addiction avec le loyer du mois prochain, donc il sera enclin à travailler, même si c'est pour un type qui a essayé de le matraquer à mort.

Et puis il y a Tina. Elle ne leur donnera jamais un contrat à long terme, même pas en rêve, mais la possibilité que la Mercedes d'un des résidents soit écrabouillée par une branche pendant la tempête et la crainte d'un procès pourraient lui faire oublier son ego blessé. Les entreprises plus grandes sont sûrement en train de réaliser des travaux importants pour la ville, et les moins grandes qui parviennent à se maintenir à flot devront d'abord s'occuper de leurs contrats.

– T'es sûr que Tina n'a pas déjà engagé quelqu'un ?

– Je suis passé devant en venant ici et y a personne pour le moment. Ça, j'en suis sûr.

Delano ôte le livre de son visage. Nordic vient de finir de se rouler un joint.

– Alors on a juste besoin de la nacelle.

Une lueur d'enthousiasme traverse le visage de Nordic. Il bondit de son fauteuil en éructant.

– Je passe chez Rusty et je dis à cet enfoiré de nous rendre notre putain de camion-nacelle ou je lui arrache la tête !

C'est une mauvaise idée. Pour ce qui est de la violence, Nordic n'use pas de métaphores, et Rusty n'ouvre son garage qu'après avoir chargé ses flingues au préalable.

– Je m'occupe de lui. Toi, va au bureau des Lakes avant que ça ouvre et attends Tina.

Delano se lève et sent un peu de l'électricité qui traverse Nordic.

– C'est important. Fais-lui comprendre à quel point c'est grave, cet ouragan. Un catégorie trois, c'est ça ?

Nordic hoche la tête, langue pendante, comme un chien qui attend sa friandise.

– Dis-lui qu'il est de catégorie quatre, et qu'il est prévu pour demain. Je m'en fous de ce que disent les infos. La déchetterie sera fermée, donc faut se décider. Si elle veut prendre sa décision à midi, c'est trop tard. Dis-lui que c'est pour maintenant, insiste Delano en faisant claquer ses doigts. Maintenant ou jamais. Et écoute-moi bien.

Nordic cesse de haleter et colle son joint derrière son oreille.

– Sois ferme pour le tarif. Non, tu hausses de dix pour cent. Si elle se plaint, c'est qu'elle va céder. Si elle se plaint, tu lui dis de le faire elle-même.

Delano est parti chercher ses affaires avant même que Nordic puisse répondre, mais il sait que l'autre s'exécute, vu qu'il ne l'a pas entendu allumer son briquet.

« Il est fortement probable que des vents d'une extrême violence frappent Miami-Dade d'ici un peu moins de trente-six heures, si Irene continue sur sa trajectoire… »

Delano est sur le siège passager du pick-up de Nordic, en route vers Rusty's Repair, quand il commence à se sentir mal, comme s'il avait avalé un lest destiné à la pêche, un plomb encore accroché au bout de la ligne. Ou un pendule qui racle l'intérieur de son estomac. Ils ont quitté Cutler Bay en direction du sud-ouest. Ils passent par Goulds, filent devant des églises et des Church's Chicken, tout ça pour aller convaincre un type qu'il n'a pas payé depuis deux mois de lui rendre son camion.

Nordic s'en rend compte chaque fois que Delano perd de son enthousiasme pour une idée. Il éteint la radio puis lui tape la poitrine de sa grosse main.

– Tu vas assurer. Si cet enculeur de cochons refuse de te redonner le camion, t'as qu'à lui dire qu'un péquenaud des marais de cent trente kilos va venir lui botter le cul.

Nordic lui lance un sourire à la Popeye, dents serrées d'un côté et pipe invisible coincée de l'autre.

– Et j'avons bien faim ! conclut-il.

Delano émet une sorte de croassement, moitié rot, moitié rire.

– Je sais ce qu'il te faut, dit Nordic.

Il cale son bras derrière son siège et balance son sac à dos sur les genoux de son ami.

– La petite poche.

Delano l'ouvre, pensant trouver une flasque ou une canette, mais à la place il y a un sandwich emballé dans un film plastique et une pomme verte.

– Je veux que tu prennes cette pomme, et à la seconde où t'as l'impression qu'il va pas te filer le camion, je veux que tu la mordes, cette petite salope.

– Pour quoi faire ?

– Fais-moi confiance. Dès qu'il arrête de te prendre au sérieux, tu croques cette pomme bien acide et tu le regardes avec une condescendance comme il en a jamais vu. Ça va te mettre en condition, genre tu vas péter un câble s'il te le file pas.

Delano tchipe et pose le sac par terre.

– C'est que parfois t'as la trouille, Del. Et tu sais aussi bien que moi que si c'est moi qui y va, y en a qu'un seul qui sortira vivant. Mais tu peux pas y aller comme s'il avait le droit de pas nous le filer. Parce qu'il a pas le droit. On a des bouches à nourrir, bordel.

Il prononce la dernière phrase tout bas. Delano a désespérément envie de croire ce que croit Nordic, que si on veut une chose ou qu'on en a besoin, alors on devrait l'avoir.

Ils s'arrêtent devant chez Rusty, et Delano sort. Nordic passe sa tête par la vitre côté conducteur et demande :

– Je passe chez Mikey en allant aux Lakes ?

– Il pourrait déguerpir en me voyant arriver, convient Delano.

– Oublie pas ça, dit Nordic en lui balançant la pomme. Mets-lui la misère.

Il fait rugir le moteur avant de détaler. Au moment où le pick-up arrive au bout de la rue et tourne, Delano se rappelle que le livre de son frère, qu'il avait voulu déposer à Palmetto Prep – le lycée où il travaille – est encore dedans. Il est quasi sûr que Trelawny en avait besoin pour ses cours. Il pense au fait que son frère avait peut-être prévu d'aller le chercher à la pause déjeuner, et que le bouquin n'y sera pas. Mais n'est-ce pas ainsi que va le monde ? On essaie d'améliorer les choses, et elles ne font qu'empirer. Mieux vaut ne rien faire.

Autrefois, Delano se considérait comme un optimiste, quelqu'un qui contrôlait son destin. Avant la crise de 2008, la vie lui avait globalement souri. Il avait évité les affres des jobs de bureau et des prêts étudiants – en fait, il avait carrément évité la fac –, il n'avait pas eu à ramper pour obtenir boulots et promotions, à rester humble devant ces personnes arbitrairement désignées comme supérieures : tout ce qui rendait l'existence amère et la transformait en corvée. Il avait commencé à travailler pour une entreprise d'élagage dès le lycée, puis avait emprunté de l'argent à son père pour lancer son propre business avec Nordic, qui travaillait dans le secteur depuis des années. Il avait pris des cours du soir pour obtenir un certificat de spécialisation « arboriste ». Il appréciait le fait que peu de gens connaissent son métier, qu'il définissait ainsi : « Je suis médecin des arbres. » Il était fier d'être son propre patron – Shelly devait en être fière aussi, avant. Ni elle ni les enfants ne le verraient jamais courber l'échine devant un supérieur sadique.

C'est qu'il avait cru, en tout cas. Vers la fin, ou plutôt avant qu'il se rende compte que c'était la fin, lorsque les contrats se sont taris et qu'il rentrait chaque jour à la maison sans nouveaux clients, Shelly lui a dit :

– Tu pourrais pas juste te trouver un boulot ? Au moins jusqu'à ce que les affaires reprennent ?

– Je pourrais faire plus de concerts. Peut-être que c'est le moment de se concentrer sur la musique.

Les concerts n'étaient pas tellement réguliers non plus, mais au moins ça lui faisait un peu d'argent de poche. Et comme la maison appartenait au père de Delano, il veillait à obtenir des délais supplémentaires pour le paiement du loyer – il voyait ça comme une de ses contributions. Le salaire de Shelly, qui bossait chez Sony Music au marketing, était censé couvrir le reste. Peut-être que s'il réorientait toute son énergie vers la promotion de son groupe, les Zioneers, Shelly cesserait d'être évasive à propos de son réseau dans l'industrie musicale.

Et puis un jour, elle l'a appelé depuis chez sa mère en Californie pour lui annoncer qu'elle avait été mutée là-bas et ne reviendrait pas. Même là, il n'arrivait pas à comprendre à quel point sa chance avait tourné.

– Quand est-ce que je vois les garçons ? a-t-il demandé.

– Si j'abandonnais mes enfants, tu crois vraiment que c'est à toi que je les laisserais ?

Il ne lui a pas demandé de développer, mais elle a ajouté :

– T'es pas un soutien, Delano. T'es un boulet.

Arrivé devant le portail, il sonne à l'interphone, la pomme dans la main. Situé en plein milieu d'un quartier qui ne connaît pas ou peu la propriété privée, le garage de Rusty est entièrement clôturé : c'est une forteresse. De l'autre côté de la rue se trouvent des bungalows trapus – des roses et des violets vifs que l'on a plutôt l'habitude de voir sur les côtes des Bahamas. Les jardins consistent en une étendue de béton mat, comportant une Chevrolet sans pneus, des roues éparpillées et un tricycle sans guidon – un arsenal de débris qui seront ballottés par la tempête.

Dans le calme qui précède un ouragan, l'atmosphère est électrique. Le rideau d'humidité qui surplombe le sud de la Floride se lève, et avec la brise fraîche, Delano sent ses poils des bras se dresser. Il y a bel et bien une tempête qui se prépare, se dit-il, curieusement euphorique. Il n'a jamais vu des hommes aussi heureux que lorsqu'ils doivent abandonner les tâches ingrates imposées par la vie de bureau pour aller barricader leurs maisons ; quitter ce qui n'a pas d'importance pour protéger ce qui en a réellement. La farce quotidienne est mise en pause. La météo transcende les bavardages : « Est-ce que ce sera un nouvel Andrew ? » Ce mot est dans toutes les bouches – c'est l'événement christique de la Floride, il y a un avant et un après Andrew.

Il a vu aussi le soulagement des ambitions délaissées ; les rêves restés à demi pourchassés pour cause de survie. Les catastrophes imminentes imposent la simplicité : on parcourt la liste dictée par les infos – conserves de nourriture, eau, allumettes, bougies, piles, lampes torches, radios portables. Les fenêtres sont-elles barricadées ? La baignoire est-elle remplie ? Détends-toi alors. Prends une bière. Savoure le fait que tu t'es préparé au mieux, et que dans le pire des cas, lundi prochain, tu n'auras plus de bureau où travailler. Le toit pour lequel tu trimes tous les jours, les problèmes, les attentes, les rêves remis à plus tard, le loyer, ses arriérés et ton proprio qui se trouve être ton père – tout cela se sera peut-être envolé.

Delano sonne à nouveau à l'interphone.

Il y a du mouvement dans la cour. Des chiens aboient, quelqu'un marche sur l'herbe, puis le judas situé au-dessus de la poignée du portail s'ouvre. Le soleil éclaire les cils roux de Rusty. Derrière leur calme apparent, son cerveau se met en branle pour prendre une décision.

– Rusty !

Delano prononce une syllabe grave, une autre aiguë, le genre de voix qu'on entend dans les pubs de bière et de chips, le soir du Superbowl, quand ils essaient de rendre le mâle de vingt et un à trente-cinq ans encore plus bête et heureux que dans ses espoirs les plus fous.

– C'est moi ! Delano.

– Je sais qui t'es, dit Rusty sans cligner des yeux. Ce que je veux savoir, c'est si t'as les couilles de te ramener ici sans mon fric.

Delano lève la pomme au niveau de son menton, puis baisse le bras. Il cache son « Ouais » derrière « Je suis venu chercher ma chérie ».

Rusty hésite un moment.

– Putain c'est pas trop tôt, dit-il.

Le judas se referme. Des clés tintent. Une chaîne cogne contre le portail. Rusty l'entrouvre et Delano s'y glisse. Ils traversent un gazon mourant, où se trouve un labyrinthe de véhicules pour petits boulots ouvriers. Il y a un camion à glaces rose vif avec un Mickey peint au pistolet, une violation du droit d'auteur standard si ce n'est que dans le cas présent la mascotte de Disney a un visage chocolat – un Mickey plus urbain et plus sympa pour la jeunesse noire de Miami.

Ils passent devant un petit bus scolaire de couleur jaune et plusieurs minivans réservés aux écoles privées avant que n'apparaissent les remorques et les tondeuses autoportées. Delano se demande combien de véhicules il faudra déplacer pour faire sortir son camion.

Dans le garage lui-même, le bureau de Rusty est entouré de tas de ferraille et le béton regorge de taches granuleuses. Les portes sont relevées des deux côtés et là-bas, tout au fond de la cour, dans un coin, se trouve le camion-nacelle de Delano.

Rusty l'invite à s'asseoir sur la minuscule chaise orange qui se trouve devant le bureau, tandis que lui se laisse tomber dans un fauteuil spacieux en cuir noir. Il sort un livre de comptes d'un tiroir, ainsi que les clés du camion, puis il les fait claquer brutalement sur le bureau.

Sur sa chaise taille enfant, Delano ne peut coincer qu'une seule fesse, donc il passe de l'une à l'autre.

– T'as cambriolé une maternelle ou quoi ?

Rusty cesse de feuilleter son livre de comptes et pointe son stylo sur Delano.

– Toi, occupe-toi de ton trou à rat, ou de là d'où ils viennent, les gens comme toi.

Il gribouille quelque chose dans le livre avant de poursuivre :

– C'est pas moi le voleur. Moi, je paie mes dettes. À temps.

Delano lève les mains, paumes vers l'avant.

– Détends-toi. Y a pas de voleur ici. Je suis là, non ?

Rusty s'affale sur son siège et dit :

– Ça fait un mois que j'aurais dû la foutre à la casse, ta nacelle de merde, et toi tu veux que je me détende ?

– Qu'est-ce que tu préfères ? demande Delano. Travailler avec nous de temps en temps et garder des clients fidèles, ou nous la mettre à l'envers et nous perdre pour toujours ?

– Ton abruti d'associé fait foirer tout ce qu'il entreprend de légal, et c'était déjà le cas avant que t'aies ta carte de séjour. Et maintenant, il me paie plus à temps. Il déniche une espèce de… (il indique Delano)… d'arboriste, là, et ça veut dire qu'il est réglo ? Écoute-moi bien. J'en ai rien à foutre de plus vous voir, vous et vos têtes de glands.

Il déchire une page blanche du livre de comptes et la jette à la figure de Delano.

– Donne-moi mon fric, et après : pouf.

Sa main imite Delano qui disparaît.

La facture est posée sur le bord du bureau. Elle affiche la somme due, mais l'écriture et les chiffres sont flous. Delano dit :

– Tu veux balancer des insultes ? Alors toi écoute-moi bien, ti tèt cal. J'ai un boulot tout prêt, et ils attendent le camion pour qu'on le fasse. Du coup on sera payés, et on pourra te payer.

– Faire le boulot pour pouvoir me payer ? dit Rusty en faisant rouler la phrase sur sa langue et en alternant les accents. Faire le boulot « pour » pouvoir me payer ?

Le rire de Shelly-Anne sonne depuis la poche de Delano. Il sort son téléphone pour le mettre en silencieux, mais il voit le message de son père sur le clapet : *Il faut qu'on règle cette histoire de loyer. Faut que tu m'appelles.*

– T'es en train de me dire…, poursuit Rusty. Et tu t'attends à ce que…

Delano range son téléphone et porte la pomme à sa bouche. Il croque dedans, sent ses joues se plisser vers l'intérieur. Il coince les morceaux mâchés avec sa langue et tente de parler sans se cracher dessus.

– Ce boulot, dit-il, c'est le seul moyen de te payer.

Rusty se tapote le nez, puis ouvre le tiroir du haut du bureau et plonge sa main dedans.

– Sors, lâche-t-il.

– Attends, laisse-moi finir.

Des bouts de pomme tombent sur les genoux de Delano.

– Casse-toi !

Delano se lève, fait quelques pas vers la porte, puis entend le tiroir qui se referme, suivi du bruit de pression pneumatique signalant que Rusty s'est levé de son fauteuil pour le suivre.

Une fois arrivé au portail, Delano le fait coulisser tout en réfléchissant à un argument de dernière minute. Et si Rusty sabotait ses réparations ? Ce serait idiot, déjà parce que ça lui ferait plus de boulot, mais aussi parce qu'ils avaient amené le camion après que sa nacelle avait dysfonctionné et failli éjecter Delano. Il avait réussi à s'agripper à la branche qu'il taillait – sinon il serait tombé de cinq mètres de haut. Il croque dans la pomme une dernière fois quand son téléphone vibre de nouveau. Un texto de Nordic : *Tout est en place mec ! T'as le camion ?*

Delano regarde par-dessus son épaule : Rusty n'est qu'à quelques pas.

Il retire le cadenas de la chaîne accrochée à la poignée intérieure du portail. Il se tourne et voit les yeux de Rusty s'écarquiller tandis qu'il soulève le cadenas et l'agite au bout de son index. Ensuite, il le plante dans sa paume, joint ses deux mains et se prépare pour un lancer, le tout pour le tout.

– N'y pense même pas, dit Rusty.

Cependant, le voilà déjà qui court vers les bungalows pour suivre la trajectoire de l'objet. Mais à peine Rusty a-t-il mis un pied dans la rue qu'il s'arrête, s'étant peut-être rendu compte que Delano avait balancé le trognon, et non le cadenas. De sa botte taille 45, ce dernier lui décoche un gros coup de pied au cul, le faisant tomber par terre.

Il referme le portail et fixe le cadenas à la poignée au moment où le bois tremble et s'entrechoque.

– Je te demande juste de m'écouter, dit Delano.

Il attend que Rusty réponde ou qu'il se jette à nouveau contre la grille. Au lieu de quoi, il voit une branche de cèdre jaillir d'entre les barreaux et une balle siffler avant de venir frapper un objet métallique.

Delano se rue sous un pick-up, se disant *Je vais attendre ici que ça se calme*, avant de se rendre compte que c'est une idée débile, sans doute la pire qu'il ait eue depuis ce matin. Il empoigne deux touffes d'herbe, se traîne sur le sol et ressort de l'autre côté. Il a du mal à rester debout. Ses jambes sont un mélange de gélatine, d'os de porc broyés et de sabot de bœuf bouilli, et il est sur le point de mourir pour un camion de trente ans d'âge qui a déjà failli le tuer.

Au-dessus, avec le ciel rose pâle en arrière-plan, le Mickey marron le surplombe comme une divinité. Dans sa légèreté bienveillante et teintée d'innocence, il exécute un numéro de ventriloque, le sourire pincé. D'une voix qui ressemble beaucoup à celle de Delano, il murmure : « Cours. »

Delano fonce à travers le labyrinthe de ferraille, se cognant contre des rétroviseurs et des ailes de voiture. Il passe devant un taxi, des tondeuses, avant de regagner enfin le garage. Un autre coup de feu retentit, mais d'après le bruit, la balle ne passe pas plus près de lui que la précédente. *Le cadenas. Il essaie de tirer sur le cadenas*, se dit Delano. Il ralentit, prenant garde à ne pas glisser sur les taches d'huile qui maculent le sol.

Sur le bureau, au-dessus du livre de comptes, repose une patte de lapin à laquelle est accroché un jeu de clés. Il s'empare de celles-ci, puis, après avoir repéré la copie carbone jaune de la facture signée par Nordic, il la déchire, la met en boule et la range dans sa poche. Il fait de même avec l'exemplaire client et ressort.

Derrière le garage, des chiens se débattent dans leurs cages, produisant un cyclone confus de pelages noirs et bruns – des rottweilers ou des dobermans ou quelque mélange informe de mangeurs d'hommes. Le camion-nacelle est garé dans le coin au fond à droite de la cour. Delano n'a aucune idée de comment le sortir d'ici. Il n'a pas réfléchi aussi loin. À sa gauche, un chemin herbeux s'étend sur une trentaine de mètres, après quoi une Chrysler toute rouillée bloque le passage.

Il ouvre la porte du camion.

Il pourrait monter sur le toit, sauter par-dessus le grillage et laisser Rusty galérer encore pendant quelques heures. Il dirait adieu au camion, mais il serait de retour sur son canapé avant midi, sain et sauf. Et puis ? Il continuerait à éviter son père ? À se demander quand est-ce qu'il allait revoir ses enfants ?

Il se hisse sur le siège conducteur, met la clé dans le contact et tourne. Le véhicule toussote deux fois, puis laisse exploser sa rage, noyant les grognements des chiens sous le grincement de ses courroies mal serrées et les rugissements du moteur. S'il arrive à culbuter l'arrière de la Chrysler, il pourra ensuite enfoncer le grillage. *Le camion est un tank*, se dit-il.

Il claque la portière, enclenche la marche avant et écrase la pédale d'accélérateur. Au moment où il s'élance, Rusty sort du garage en courant. Il crie quelque chose, mais le camion heurte l'arrière de la Chrysler à quarante à l'heure. Après un temps de surplace, la voiture s'écarte enfin du chemin en tournoyant. *Accélère*. Cinquante, cinquante-cinq kilomètres à l'heure. L'aile du camion percute le grillage, qui se retrouve coupé en deux. Un morceau s'envole au-dessus du pare-brise, l'autre passe au broyeur sous le véhicule. Lorsque Delano vire à droite, les roues parviennent à s'extirper du morceau de clôture resté accroché, laissant ce qu'il en reste dans la rue déserte.

– C'est bon, dit Delano à Nordic au téléphone.

Il ne mentionne ni Rusty, ni la police qui est peut-être à ses trousses. Il revient via l'US 1, comme à l'aller.

– Mikey et les autres sont prêts ?

– Reste juste ça à régler, répond Nordic. Faut d'abord que tu passes chez lui. Il dit que tu dois t'excuser.

Delano aperçoit le Sandy's sur sa gauche. Les Zioneers ont fait une résidence de quatre mois là-bas avant que tout parte en couille. Ils reprenaient des tubes de reggae, de Bob à Beres en passant par Barrington. Delano était le leader du groupe, mais Camille, la bassiste et cochanteuse, ainsi que leur claviériste voulaient jouer plus de compos que ne le permettait leur contrat. Un jour, Delano a reçu un coup de téléphone de Paulo, le gérant du Sandy's, qui l'informait que Camille était arrivée dans le bar dans le but de renégocier leurs conditions.

– Je pensais qu'on avait un accord, a grommelé Paulo au téléphone. Faut que tu les mettes au pas, sinon je vais devoir vous remplacer.

– On peut pas être des marionnettes toute notre vie, a dit Camille lorsque Delano l'a prise à part lors de la répétition suivante.

– Ça c'est l'ego qui parle, lui a reproché Delano.

– L'éco ?

Camille n'arrivait pas à bien prononcer ce mot.

– C'est moi qu'a plus d'éco que monsieur li grand chef ?

Selon Delano, la présence scénique du groupe tenait pour beaucoup à la taille de Camille, qui, en fonction des talons qu'elle choisissait, pouvait dépasser le mètre quatre-vingt-dix. Mais durant leur confrontation, le mot « imposant » a pris une nouvelle dimension.

– Hendrix, c'était une marionnette quand il a repris « All Along the Watchtower » ?, a demandé Delano. Et quand il a fait « Hey Joe » ?

– Ça y est, le gars se prend pour Hendrix.

Delano soutenait que faire foirer un super plan avant même qu'il puisse se concrétiser, c'était complètement con. À vrai dire, il ne se sentait pas comme une marionnette, à chanter des chansons écrites et interprétées par les plus grands. Il se sentait plutôt comme un passeur. Il n'a pas mentionné le fait qu'il avait sacrément besoin du fric, et que perdre ce job signerait sa fin.

Les membres du groupe se sont engagés à respecter leur contrat avec le Sandy's, mais les concerts qui ont suivi se sont révélés inégaux. Camille n'était pas dedans, et ça se sentait. Paulo s'en est aperçu, lui aussi, et il les a remplacés par un groupe de funk. Les Zioneers se sont séparés peu après, même si Delano a promis à son batteur, Busha, qu'ils le reformeraient avec de nouveaux membres. C'était il y a plus d'un an maintenant. Pour la première fois aujourd'hui il dit tout haut :

– Je suis censé être musicien.

Se rendant compte qu'il est toujours au téléphone avec Nordic, Delano lui demande :

– Tu sais ce que je viens de vivre, là ?

– Parfois on a pas d'autre choix que de baisser son froc, dit Nordic.

Delano referme brutalement son téléphone, puis fouille dans sa poche en quête de ce qu'il espère être le seul élément prouvant que Rusty a réparé leur camion. Il prend soin de déchirer les deux exemplaires de la facture en petits morceaux avant de les jeter par la fenêtre – des flocons jaunes et blancs qui volent dans le vent.

– Je suis un homme comme toi, dit Mikey à travers la grille devant chez lui.

– Bien sûr, lui répond Delano en le regardant dans le blanc des yeux, particulièrement éclatant.

– C'était inutile, poursuit Mikey. Complètement injustifié.

– T'as raison. Je dis pas que t'as pas raison, répond Delano en serrant l'un des barreaux.

Il s'impatiente. Le camion est garé en double file, avec le moteur qui tourne. Quelques bosses ont défiguré l'aile et le capot, mais à part ça il a l'air intact.

– Mais n'oublie pas, Mikey. T'as failli me tuer.

– En vrai je suis même pas si sûr. Enfin, ça arrive les accidents.

Il se penche pour regarder dans la rue, comme si lui aussi avait volé quelque chose, avant de poursuivre :

– J'ai failli être obligé de te balancer.

– T'as pas juste failli. Tu m'as balancé.

– Aux flics, précise Mikey en secouant la tête pour insister. Ça mérite presque une indemnité.

– Tu viens bosser complètement défoncé, t'es à deux doigts de me tuer, et tu réclames une indemnité ?

S'ils n'étaient pas allés au collège et au lycée ensemble, Delano aurait eu tôt fait de considérer Mikey comme un putain de camé. Au lieu de ça, il voit en lui ce qu'il voit en lui-même : le gaspillage d'un potentiel infini.

– Je peux pas dire si j'étais défoncé ou pas, répond Mikey. Mais je pense que ça m'a affecté. La violence. Du stress post-traumatique, je pense.

– Et là, t'es défoncé ?

– Pas du tout.

– Écoute-moi. Je peux pas rester ici à débiter des conneries toute la matinée. Tu veux une indemnité ? Tu bosses. Voilà ce que je te propose.

Mikey regarde autour de lui, l'air gêné.

– Tu peux lâcher les biftons aujourd'hui ? demande-t-il.

Delano ne veut pas mentir, et si ça se trouve, ce n'est pas un mensonge lorsqu'il dit :

– Seulement pour toi. Les autres devront attendre qu'on soit payés. Dis-leur ce que tu veux.

Mikey hoche la tête et se tourne vers la maison.

– T'as qui avec toi ? demande Delano.

– Peanut, Jesus, Jorge. Rob est là aussi, mais il est peut-être pas en état.

– Je croyais qu'il avait buté quelqu'un ?

– Ça, c'est Rob le Blanc. Ce gars-là il verra plus jamais la lumière du jour. Je te parle de Rob le Noir.

– Ah. Bah va le réveiller. Si t'arrives à le sortir de la maison, il pourra nous aider à trimballer des branches.

Incroyable, se dit Delano lorsqu'ils arrivent aux Lakes by the Bay. Voyant le pick-up de Nordic qui stationne devant l'agence immobilière, Delano se gare sur l'herbe et fait signe à Mikey de trouver une place plus haut dans la rue. La plupart de ses gars ont l'air sobres, mais aussi en manque. Delano leur enjoint de s'atteler d'abord aux arbres de la rue voisine, puis il se dirige vers le bureau de l'agence. Nordic est assis à l'intérieur de son véhicule en train de manger un sandwich quand Delano ouvre la porte côté passager.

– Elle a dit quoi, Tina, exactement ?

– Elle veut que ce soit toi qui lui demandes, dit Nordic en regardant droit devant lui, à travers le pare-brise.

– Putain.

Nordic se décale et tapote l'épaule de Delano.

– Je lui ai fait le topo déjà. Faut juste que tu calmes le jeu. Elle t'attend. Tiens, dit Nordic en lui donnant la fin de son joint. Ça devrait te détendre.

À certains rares moments de l'Histoire, ce qui paraissait impossible a été accompli, par nécessité pure et simple. C'est ce que se dit Delano en entrant dans l'agence, sauf qu'aucun exemple ne lui vient à l'esprit à part les péripéties de ce matin. Il avance vers Tina, assise derrière son bureau avec un rictus méprisant. Son chignon à plusieurs niveaux, avec ses mèches bordeaux et ses chouchous verts, bleus et rouges, rappelle à Delano les anneaux superposables Fisher-Price, l'un des premiers jouets de Brandon.

Lorsqu'il n'arrive plus à supporter le silence, il prend la parole :

– Nordic m'a dit qu'il fallait que je signe les papiers ?

– Il a pas du tout dit ça, répond Tina.

– Si t'es occupée, je peux revenir quand on a fini.

– Je serai claire, assure Tina. Si vous touchez ne serait-ce qu'une feuille, j'appelle la police.

– Tiii-naaaaa, dit Delano en malaxant les syllabes. T'es énervée ?

– Et pourquoi donc ? À cause du bleu que tu m'as fait au visage la dernière fois qu'on s'est vus ? Médite là-dessus, et en attendant prends tes cliques et tes claques.

Delano soupire comme un chien battu et baisse la tête. Il voit bien que Tina prend ça comme un signe de résignation indiquant qu'il va s'en aller, mais au lieu de quitter la pièce, il se laisse tomber sur l'une des deux chaises face à elle.

– J'ai merdé, reconnaît-il. Parfois, je dis ce qu'il faut pas, et parfois, même quand je dis ce qu'il faut, ça sort de travers.

Il s'efforce d'afficher une tristesse pathétique, mais au moment où il regarde Tina dans les yeux, les siens commencent à larmoyer, et il se rend compte que l'émotion est réelle. Il n'arrive plus à s'arrêter.

Un sourire commence à se dessiner sur le visage de Tina, comme si elle venait de voir un homme se vomir dessus.

– Tina, je t'ai toujours bien aimée.

Elle a un rire faux.

– Tu me prends pour une conne ou quoi ?

– Non, écoute, c'est vrai. Pas à cause de ton métier, ou de ta belle voiture, dit Delano en désignant le parking du pouce. Pas pour ce que t'as, mais parce que t'as mérité tout ça.

Tina regarde son bureau, comme si elle se rappelait involontairement une série d'épreuves qu'elle avait endurées.

– Et donc ? demande-t-elle.

– Et donc, moi aussi je voulais tout ça. Je voulais mériter le contrat aux Lakes. Tu m'en as empêché.

– Je t'en ai empêché ?

Delano hoche la tête.

– À partir du moment où t'en as fait autre chose que du business. Notre offre était la meilleure, et tu le sais. Mais tout ça n'avait plus d'importance quand t'as tout mis en péril. Tu sais ce que ça signifiait pour moi ? Tu t'es même déjà posé la question ?

– T'es tellement désespéré que tu pourrais dire n'importe quoi.

– Peut-être, répond Delano. Peut-être que ce que je dis c'est assez moche pour être vrai. Ça te fait quand même un peu de peine, non ?

– Donne-moi une bonne raison de t'aider.

– Je te demande pas de faveurs. Si tu veux pas d'arrangement à long terme, très bien. Mais la tempête, elle arrive. Elle arrive et on est les seuls à être venus. Trouvons un accord.

Delano essuie une larme avec son doigt.

– T'as dit à ton associé ce qui s'est passé ? demande Tina. Je parie que t'en as parlé à tes gars et que vous vous êtes tous bien marrés.

– Je suis désolé si je t'ai blessée. Mais tu peux pas serrer… Enfin appelons un chat un chat, c'était une agression sexuelle.

Tina a l'air horrifiée.

– C'est comme ça que tu l'as pris ?

– Et encore, je parle pas du harcèlement.

– Je croyais qu'on s'amusait, dit-elle.

– Écoute, si je te balance tout ça, c'est pas parce que je compte porter plainte ou appeler tes responsables ou te faire un procès ou quoi que ce soit.

Delano entend déjà le bruit des scies, mais il poursuit :

– Si on le fait, si quelqu'un doit le faire, il faut commencer maintenant. Genre, maintenant tout de suite.

Tina se mord la lèvre.

– J'ai pas fait exprès de… te harceler, dit-elle.

Et avant que Delano ne puisse dire *Bah si*, elle ajoute :

– Juste pour cette fois. Pour de vrai. Juste aujourd'hui. Et pas un dollar de plus que ton prix initial.

Mikey se fait hisser vers un ciel si bleu que la nacelle qui le porte ressemble à un nuage. Peanut et Jesus ont planté des pics et grimpent aux arbres plus loin dans la rue, tandis que Rob ramasse les branches tombées par terre et les balance sur le plateau du camion de Mikey. Au volant de l'autre camion, le haut du corps dépassant de la fenêtre, Nordic donne des instructions à Jorge.

Delano balaie la zone du regard, à la recherche de Rusty ou d'une patrouille de police, mais la rue est vide. Une fois qu'ils auront fini ce boulot, se dit-il, ils auront de quoi rembourser Rusty pour le portail, les réparations, et un peu plus, donc ce sera sans rancune. Ensuite, il remboursera son père – pas tout d'un coup, mais le loyer de ce mois-ci et celui du mois précédent. Et il lui faudra prendre un billet d'avion pour aller voir ses fils à Los Angeles.

Une sensation vaguement familière se met à poindre, une émotion similaire à la joie, mais il la chasse, de peur de l'avoir volée. Une idée se glisse quand même dans son esprit, malgré ses efforts pour la juguler. L'idée qu'il contrôle son destin.

Mikey est là-haut avec sa tronçonneuse, en train de couper des branches, quand le bras de la nacelle se met à tourner. Il ne sent pas tout de suite que ce n'est pas le camion qui bouge, mais le bras, comme mû par sa propre volonté. Delano hurle à Nordic de couper le moteur, mais sa voix est noyée par le bruit des scies. Il appelle Mikey, mais voilà la nacelle catapultée à son point le plus haut : l'homme chute, tournoie dans les airs avec sa tronçonneuse hurlante, puis atterrit sur un trottoir en pleine hémorragie.

Delano est sur scène au Piranha, les projecteurs braqués sur lui. À sa gauche, sur un écran bleu, des lettres passent du blanc au jaune à mesure qu'elles défilent, mais comme il n'a pas besoin des paroles, il fixe les projecteurs et beugle dans le micro. L'instru de « Three Little Birds » sort des enceintes de chaque côté de la scène. Des corps oscillent dans la foule indistincte. À la fin de la chanson, il sort de scène, reçoit de faibles applaudissements et quelques tapes dans le dos, puis s'installe au fond du bar sur une chaise où le livre de son frère fait office de réservation. Il ne sait plus comment il est arrivé ici, ne sait pas combien de temps s'est écoulé, mais il est certain que les cours sont terminés. Les habitués versent de la bière dans sa chope sitôt qu'on leur sert un nouveau pichet.

Camille, du haut de son mètre quatre-vingt-huit, s'assoit sur le tabouret à côté de lui et dit :

– Tu l'as jamais chantée de manière aussi triste. Dure journée ?

Delano pense au policier qui l'a interrogé pendant que les secouristes ramassaient Mikey sur le trottoir, celui qui avait dit qu'ils allaient saisir le camion-nacelle et qu'il avait intérêt à prendre un avocat. Il pense de nouveau au fait qu'il a détruit le seul document qui prouvait que Rusty était censé avoir réparé le camion.

– Je me suis jamais senti aussi bien, répond Delano.

– Je t'offre une bière, dit-elle. Comme ça pas de rancune.

Elle avait les cheveux bruns la dernière fois qu'il l'a vue. Avec ses tresses blondes et sa peau d'un marron brillant et profond, elle ressemble à un être céleste venu sur terre pour le châtier.

– J'entends plus parler de ta musique, dit-elle. T'es super occupé avec tes arbres ? Ton business décolle ?

– Je viens de prendre ma retraite.

– T'es trop jeune pour prendre ta retraite, rétorque-t-elle en riant. Dis plutôt que tu passes à autre chose.

– Si tu veux m'offrir une bière, vas-y maintenant. Tu sais pas qu'il y a une tempête qui approche ?

Ça aussi, Camille trouve que c'est drôle.

– Ça fait combien de temps que t'es là ? dit-elle. L'ouragan a tourné. Il va passer complètement à côté. Ça devrait te remonter le moral.

Delano colle son front sur le comptoir.

Camille appelle le serveur pour lui commander une Heineken.

– Je rebosse avec Busha, tsé ?

Et c'est parti, se dit Delano.

– Le nouveau chanteur, lui écrit ses chansons aussi. Un vrai artiste.

Delano se tourne vers Camille pour lui offrir le plaisir de l'annihiler frontalement.

– Mais de temps en temps, quand on est sur scène, poursuit-elle, je regarde vers lui et je m'attends à te voir toi.

– C'est gentil.

Il lève sa bouteille en signe de remerciement, avant de la siffler.

– On joue sur Ocean Drive demain soir. Tu devrais venir nous voir.

Delano entrevoit les trois prochains jours avec une netteté surprenante. Il sortira à peine de sa chambre par peur de ce qu'il devra endurer : comparutions au tribunal et menaces d'emprisonnement, les efforts redoublés de son père pour réclamer son argent, les échanges de plus en plus tendus avec Shelly-Anne, et, pire que tout, ce sentiment de manque – l'amour qu'il ne peut pas transmettre à ses enfants du fait qu'ils habitent à cinq mille kilomètres, l'amour qui ne peut pas servir de flambeau pour rappeler sa famille à lui. On ne peut pas transmettre son amour en s'enterrant soi-même. On ne peut pas aimer quand on vacille, quand on s'évanouit dans l'éther. Et il faudra qu'il se protège des enveloppes imprimées de sceaux officiels qu'il recevra, ainsi que des coups qui seront frappés à sa porte, qui retentiront dans toute la maison, lui traverseront la moelle épinière. Et il tentera aussi de fuir ses regrets, son traumatisme, sa culpabilité, Mikey, même si tout ça le rattrapera au milieu de canettes vides, parmi les braises de chaque bouffée de joint. Il se cachera jusqu'à avoir faim, ce qui ne tardera pas à arriver vu qu'il aura à peine de quoi se nourrir. Et lorsque la faim deviendra intolérable, lorsqu'elle brouillera ses pensées et transformera son visage au point qu'il ne se reconnaîtra plus dans le miroir de sa salle de bains, enfin, il émergera pour se vendre au premier patron disponible, et lorsqu'il éprouvera de la gratitude, alors il sera devenu l'inverse de lui-même. Un double fantôme.

Le DJ annonce que Delano est le prochain sur la liste, bien que celui-ci ne se souvienne pas d'avoir proposé une autre chanson. Camille cligne de l'œil en disant « Requête spéciale ». Il pourrait ignorer le DJ, mais Delano a trop de présence pour pouvoir se fondre dans cette mince foule, pour faire comme s'il était parti. Il songe d'ailleurs à partir, à disparaître, mais il se connaît suffisamment pour savoir qu'il en est incapable : jamais il ne refuserait un micro qui l'appelle, même là. Il s'attarde, invoquant ce qu'il a de plus pur et de plus concentré en lui, et décide qu'il va s'y accrocher autant que cet instant fugace le lui permet. Il se lève et fait quelques pas vers la scène. S'il arrive à créer une empreinte assez profonde de ce Delano-ci, comme s'il traçait son nom sur une surface pour qu'elle en porte la cicatrice, peut-être qu'il finira par se retrouver.

Si je te survis

Voici une fin possible : Ton père se tient quelques mètres plus bas, sur les marches recouvertes d'algues de ta maison d'enfance, en train de marmonner : « Il me tue. » Il parle de ton frère, ton colocataire délinquant. Ses rouflaquettes battent dans le vent comme des ailes de corbeau, tandis que l'air chaud diffuse la puanteur du mont Trashmore dans le jardin. On est en décembre 2012 – tard dans l'année pour que les relents de la décharge arrivent encore avec le vent, collant leur voile putride sur Cutler Bay. Tu soupçonnes ton frère de ne pas avoir payé de loyer depuis des années et de tester les limites de sa position de préféré, mais maintenant ton père te dit :

– Je peux pas rembourser ce prêt en plus de celui de ma maison.

Tu as envie de lui rappeler que c'est aussi sa maison, et que, comme tu as dûment payé ta part de loyer depuis que tu y es revenu il y a deux ans, est-ce qu'il ne veut pas plutôt dire *Je peux pas rembourser un prêt et demi* ?

Au lieu de quoi, tu dis « Et alors ? » avant d'ajouter : « T'as qu'à le virer. » Tu es surpris de la vitesse à laquelle la culpabilité vient te nouer l'estomac. Delano est, après tout, la personne qui t'a hébergé quand, après que ton père t'a viré de sa maison à Palmetto Bay, dormir dans ta voiture est devenu intenable. Bien qu'il ait cessé de se confier à toi, il est clair que ton frère est rongé par la dépression, sans parler de ses problèmes externes, dont une partie arrive sous forme de courriers provenant du greffier du comté. L'année dernière, un de ses ouvriers est mort dans un accident, et une action civile a été intentée. Il attend toujours de savoir s'il sera couvert par son assurance de responsabilité civile. Pour ça, il a ta compassion. Mais tout de même, ces derniers temps, ton frère semble déterminé à détruire tout ce qui t'appartient – ton foyer, tes relations, ta santé mentale. Donc « T'as qu'à le virer » ne paraît pas totalement excessif.

Ton père ne semble pas t'avoir entendu, et dit : « Et si tu m'achetais la maison ? », ce que tu comprends ainsi : *Et si tout ça devenait ton problème ?* Il poursuit en donnant rapidement un montant chiffré. Ce n'est pas beaucoup pour une maison, tu le reconnais. Plus que correct. Trop raisonnable, à vrai dire : 11 698 dollars.

– Non merci.

C'est la réponse évidente. Sinon pourquoi s'échapperait-elle de ta bouche avec aussi peu de participation de ton cerveau ?

Tu soupçonnes la présence de toute une série de défauts qui à terme la condamneront mais en gros, le diagnostic est le suivant : la maison de ton enfance est en train de sombrer. La face ouest s'incline vers la pente ; des vrilles de lierre agrippées à la façade l'entraînent vers un gouffre fatal. Près de la face est, une fissure de trente centimètres de long traverse le mur extérieur. Pour la masquer, ton père a accroché un nichoir avec un carillon en bois. Si, pour l'instant, le syndicat de copropriété ne t'a pas encore envoyé de courriers d'avertissement au sujet de la submersion progressive de la maison (ou plutôt si ni ton frère ni ton père n'ont caché d'avis de l'office du logement du comté, ou de l'État, ou de quiconque veillant à ce que les maisons ne s'enfoncent pas dans le sol), ça a moins à voir avec l'idée géniale du nichoir qu'avec celle des cocotiers, manguiers et akis que Delano a transplantés dans le jardin l'année passée. L'un des derniers projets de son entreprise d'arboristerie avant qu'elle ne disparaisse.

Au cours de l'été, des pluies torrentielles ont accéléré la croissance du verger, devenu si dense qu'il masque la vue sur la maison depuis la rue, mais ça n'empêche pas les voisins de murmurer « Sucio » quand ils vous voient sur le trottoir. Le mot est parfois accompagné de « puta » ou « putas », ça dépend, mais la dernière fois que l'amalgame père-mère-enfant t'a croisé sur les marches et qu'ils se sont échangé un « Las sucias putas negras » sans même prendre la peine de chuchoter, tu as pointé le père du doigt en plein sur son monosourcil levé, et tu lui as lancé : « Va sucer ton kok, counia manman », car pourquoi prétendre que c'est la langue qui permet la compréhension mutuelle ?

Cela dit, tu te demandes s'ils n'ont pas un peu raison.

Ta copine Jelly a emménagé en septembre dernier mais elle ne supporte déjà plus de vivre ici, ce qui n'est pas sans lien avec l'attitude de ton frère, au fait qu'il insiste pour que tu n'enlèves pas le lierre qui s'enfonce dans le toit, au fait qu'il lui arrive de chanter à trois heures du matin avec des chiens errants qu'il a récupérés dans tel ou tel bar miteux, et au fait qu'il érige des piles de vaisselle sale sur le plan de travail, sur la cuisinière et dans l'évier.

Pas plus tard que la nuit dernière, tu as trouvé Jelly près du micro-ondes en train de fixer l'une de ces piles, la main tendue, les doigts à quelques centimètres de la tasse qui surmontait la pyramide. Elle a fini par laisser tomber et, en te voyant, elle a dit :

– J'imagine que j'ai pas d'autre choix que de boire dans un bol. Comme un chien.

Parmi les nombreuses raisons de répondre « Non merci », la plus simple est la suivante : 11 698 dollars, c'est la plus grosse somme d'argent que tu aies jamais possédée au cours de tes trente-deux années d'existence ; plus du double, presque le quadruple de tout ce que tu as pu accumuler. Sur ton compte courant, il y a 987 dollars. Dans ton portefeuille, il y a un billet de vingt. Tu n'as pas d'économies, rien de planqué sous ton lit, rien d'enterré dans le jardin, pas de biens de valeur à revendre, et pas de possibilité d'emprunt.

Tandis que le vent chaud racle ton père comme une feuille de palmier morte, tu lui dis que tu n'achèteras pas sa maison. Mais à mesure que les heures passent, puis les jours, l'idée se propage dans ton esprit comme du lichen.

Tu n'achèteras pas la maison de ton père, décides-tu, mais dans la semaine qui suit sa proposition, tu te surprends à envisager cette possibilité parmi d'autres. Tu demandes à ton frère. Tu ne lui dis pas : *Est-ce que je devrais acheter la maison de papa et te mettre sur le trottoir avec toute ta merde ?* Tu lui dis : « Je pense à l'avenir. » Tu poses ta serviette, grosse des copies de fin de semestre de tes élèves. Il est seize heures.

Debout devant la cuisinière, ton frère répand de l'ail émincé, du fromage râpé et du thym à la surface d'une omelette. Son peignoir déguenillé lui donne malgré tout un air précieux. Il a beaucoup maigri depuis l'année dernière, se nourrissant, semble-t-il, exclusivement de bières et d'œufs de station-service. Tu as proposé de le mettre en contact avec la section musique de ton lycée, mais il préfère donner des cours particuliers de guitare, pour ne pas avoir à quitter la maison. Ça t'impressionne de voir le plan de travail dépourvu de vaisselle, à part une planche à découper, un saladier, une fourchette et un couteau à dents. Des effluves citronnés émanent du meuble qui vous sépare telle une péninsule, et sur lequel repose une enveloppe ouverte. Tu espères que ça signifie que Delano va émerger de plusieurs mois de dépravation.

– Et ton avenir il ressemble à quoi, frè ? dit-il avant de se tourner vers toi avec un large sourire. Il brille, eeh, pas vrai ?

Delano agite la poêle bosselée d'avant en arrière afin de mieux étaler l'œuf sur l'huile d'olive grésillante. Ses dreads se balancent d'un côté et de l'autre. Dans le salon, quelqu'un joue une mélodie languissante à la guitare. Il n'aurait sûrement pas l'audace de faire cours en peignoir, donc tu en déduis qu'il s'agit de Sadie, la dernière calamité ramenée par Delano, l'officieuse troisième colocataire.

Sadie doit être la pire femme que Delano ait laissée entrer dans la maison, car, bien que de son côté elle semble mener une vie ordonnée, elle n'a fait qu'encourager l'indolence de ton frère. Tu attends donc sagement qu'il se rende compte qu'il peut faire mieux et se dégoter une femme qui ne soit pas dérangée par son état déplorable. Tu te penches par-dessus le plan de travail et tu tournes le cou pour vérifier que c'est bien elle. Elle te regarde avec une expression d'incrédulité, comme si c'était toi l'invité qu'on s'attendait à voir partir il y a plusieurs semaines.

Tu préférerais en parler quand Delano et toi vous retrouverez seuls, mais ces derniers temps il se colle à Sadie comme du déo croûté sous ses aisselles.

– Jelly et moi ça devient assez sérieux, tu lui dis. Je pense que ça va durer.

Delano se détourne de la poêle.

– Tu parles mariage ?

– Pas un mariage. Copropriétaires, potentiellement.

La mélodie s'arrête et Sadie se racle la gorge. Delano jette un coup d'œil vers elle.

– Je voulais t'en parler, dit-il. Sadie et moi aussi on a du nouveau.

Ton visage a beau se figer en un magnifique *Tu te fous de ma gueule*, Delano est déjà retourné à la cuisinière.

– J'ai reçu la lettre aujourd'hui, poursuit-il. Ils ont réglé les poursuites contre moi. L'assurance prend tout en charge. La vie me donne une seconde chance, frè, et je vais pas la gaspiller.

– Toutes mes félicitations. Mais quel rapport avec Sadie ?

– Tu nous entends pas répéter tard la nuit ? On va reformer le groupe.

– Le groupe ? tu lui dis en tentant vainement de masquer ton soulagement.

Delano hoche la tête.

– Il nous faudra plus de place pour les répètes par contre. On se disait…

Il marque une pause, le temps de faire sauter l'omelette. Peut-être qu'il la fait sauter exprès pour marquer ladite pause.

– On se disait qu'on pourrait utiliser ta chambre pour répéter.

Il tourne le brûleur pour éteindre le gaz et continue :

– Le salon, on le convertira en chambre pour les garçons.

– Les garçons ? demandes-tu en te penchant de nouveau pour regarder Sadie. Elle est enceinte ?

– Brandon et Hadyn, précise-t-il. T'as oublié tes neveux ?

Il incline la poêle et fait glisser l'omelette fumante sur une assiette, qu'il pose ensuite sur le plan de travail.

– Je vais faire un procès à Shelly-Anne pour obtenir la garde partagée. Tu comprends ?

Tu laisses sa question en suspens. Il devrait y avoir un mot pour désigner la tête qu'on fait quand on veut signifier *Faut que je te fasse un dessin ?* ainsi que la sous-jacente *Tu crois pouvoir me la mettre à l'envers aussi facilement ?*

– Ça fait deux ans que je te laisse vivre ici, finit par dire Delano. Et je pense que ça a assez duré.

– Que tu me laisses vivre ici ? tu réponds. Toi ?

Il hausse les épaules.

– Je te mentirais, moi ?

– Tu penses que c'est plus ta maison que la mienne ?

– Parce que c'est pas le cas ?

Tu réfléchis à la logique qui l'a conduit à cette conclusion et à la raison pour laquelle il est venu habiter ici à la base. Pour le dire simplement : ton père a choisi Delano. Il l'a choisi lorsque, l'année de tes treize ans, tes parents ont sectionné ta famille en deux. Et plus tard, après que ton père a construit la nouvelle maison, avec le garage à deux places, la piscine et les grandes baies vitrées, celle-ci est revenue à Delano par défaut. Toujours est-il que cette maison regorge de souvenirs d'enfance : tes dents de lait perdues, ta jeune peau qui s'éraflait sur les murs et les moulures, le sol qui t'a percuté la tête la fois où tu es tombé du haut de l'armoire à linge, ton petit coin lecture.

Ton sang a peut-être séché depuis, mais il s'est incrusté dans les fondations de la maison. Ton ADN est mêlé à ses os.

Aussi :

– À ton avis, qui a gardé un toit au-dessus de ta tête ces deux dernières années ?

– Qui a construit le toit ? répond Delano. Après Andrew ?

Tu élèves la voix pour être sûr que Sadie entende :

– Je voulais pas te dire ça, mais papa m'a demandé de te virer.

C'est plus une interprétation qu'une réalité.

– T'es sûr qu'il parlait pas de toi ? dit Delano avec un rictus de colère. Il t'a pas déjà viré ?

Tu baisses la voix et tu réponds :

– Pas d'ici.

Lorsque ton père t'a effectivement viré, et que tu as dû dormir un temps dans le Raider, tu t'es détérioré autant que possible sans pour autant passer de l'autre côté de la barrière. Alors ça te ferait quoi si Delano s'appropriait cette maison et causait la ruine financière de ton père ?

– Tu peux pas virer un homme de chez lui, dit Delano. De la maison qu'il a construite. Où il a grandi. Ça fait, quoi, trente ans que j'habite ici ? Quelques paiements en retard y changeront rien.

– Quelques dizaines, plutôt.

– On s'en fout.

Il ouvre un tiroir, sort un couteau et une fourchette, et les place de chaque côté de son assiette.

– Donc en gros t'es un squatteur, tu lui dis doucement. On a tous les deux grandi ici, alors c'est quoi le rapport ?

Delano secoue la tête.

– Y a que toi qui crois que t'as grandi ici. La maison où t'as grandi elle existe plus. Elle s'est fait emporter par l'ouragan Andrew.

Il saisit le couteau et la fourchette et les pointe vers l'omelette.

– Va falloir que tu partes.

Tu glisses tes mains sous son omelette chaude et baveuse, tu la soulèves et tu l'éclates contre le plan de travail. Ses entrailles se répandent sur le ventre de ton frère et sur ton entrejambe.

– Bientôt, poursuit Delano.

– On verra.

Alors tu t'en vas regagner ta chambre, tout en n'ayant aucune idée de ce que te réservent les prochains jours.

———

Tu décides d'acheter la maison de ton père. La question, désormais, c'est comment.

– T'as combien en épargne ? tu demandes à Jelly.

– En épargne ? Tu me prends pour qui, Warren Buffet ?

– Tu penses que tes parents te prêteraient combien ?

– Pour m'enchaîner à un navire en perdition ?

Tu te demandes si, dans cette métaphore, c'est toi le navire. Dans ta chambre, Jelly ressemble à une lettre en italique à cause du sol qui penche. Tu résistes à l'envie de la saisir par les épaules pour la remettre droite.

– On pourrait commencer à construire notre avenir ensemble. Pour une somme modique.

– Une romance au rabais, dit Jelly. C'est ça que tu me proposes.

Mais ensuite elle se tait et regarde le plafond, comme si elle faisait les calculs dans sa tête. Sa bouche s'entrouvre en même temps que son visage s'incline. Elle est tellement belle qu'amis et inconnus (sans distinction de genre) te félicitent avant de semer le doute en toi, dans l'espoir de se l'accaparer pour eux. Mais quand elle se tient immobile, elle ressemble carrément à un tableau de la Renaissance : à la Vénus de Botticelli si celle-ci avait passé ses week-ends à bronzer à Nikki Beach.

Tu l'as rencontrée au travail, quand les membres du club caribéen de Palmetto Prep ont décidé que les lycéens latino-américains et ceux originaires des Caraïbes ne pourraient plus agir sous la même bannière. En tant que conseillère pédagogique du club, Jelly t'a demandé si tu pouvais l'aider à coorganiser un événement avec elle afin d'aider les élèves à se trouver des intérêts en commun.

– Pour l'équilibre, a-t-elle dit. Pour pas qu'il y ait de biais apparent en faveur des élèves latinos.

L'événement a été un franc succès, au sens où les lycéens jamaïcains, trinidadiens et guyanais, au lieu de se trouver des intérêts en commun avec les autres, ont annoncé leur intention de fonder un club caribéen à part, avec toi comme professeur référent.

Tous les après-midi que vous avez passés dans des cafés, à déterminer en quoi ton expérience d'Américano-Jamaïcain s'apparentait à son expérience d'Américano-Cubaine, ont fait de vous un couple, ni plus ni moins.

– C'est notre différence culturelle qui nous a rapprochés, aime plaisanter Jelly.

Enfin, c'est ce qu'elle disait avant d'emménager ici. Maintenant, elle se penche vers toi et t'avoue :

– Mes parents me prêteront sûrement de l'argent pour une maison.

Puis elle ajoute :

– Si je promets de te quitter.

Quand ton père t'appelle, tu décroches et lui dis :

– Je vais acheter ta maison. Mais il me faut du temps.

– OK, répond-il, mais plus t'attends plus le prix augmente.

– De combien ?

– De manière significative, dit-il. J'aimerais avoir l'argent en janvier. Le deux, si possible.

– Dans quel monde tu vis ?

– Pour une maison c'est pas beaucoup. Tu sais combien ça coûte en moyenne ?

– C'est pas énorme, mais même si c'était un milliard de dollars, ça reviendrait au même pour moi.

– Bon, ben je vais trouver un autre acheteur alors. Mais je me disais que vous voudriez la garder dans la famille.

– C'est gentil de ta part. Maintenant je vois que tu es un homme généreux qui pense à sa famille.

– Commence pas à faire ton couillon, pitit.

Son ton, identique à celui qu'il avait employé ce soir d'été où il t'a dit de partir, te hérisse.

– Je vais trouver l'argent, tu lui dis, même si tu n'as aucune idée de comment tu vas t'y prendre. Mais faut que tu fasses un truc pour moi.

– Mmmh ?

Bien que sceptique, il tend l'oreille. Tu pourrais dire tout et n'importe quoi maintenant que tu as son attention – et si tu l'as, c'est parce qu'il attend quelque chose de toi en retour, sans doute pour la première fois de ta vie. Tu pourrais exiger qu'il te dise où il était toutes ces nuits où, à dix ans, tu tenais ta mère éperdue dans tes bras d'enfant, pendant que Delano et toi vous vous passiez le téléphone l'un après l'autre, appelant tous les contacts figurant dans le répertoire de votre mère, parce que vous n'aviez pas vu votre père depuis des jours. Tu pourrais lui demander si c'est par paresse qu'il a choisi Delano quand ta mère et lui se sont séparés, le simple fait qu'il soit l'aîné signifiant qu'il y aurait moins à s'occuper de lui. Ou bien s'il s'identifiait à ton frère, s'il se reconnaissait dans ses yeux dupliqués. Mais les réponses des fourbes sont sans valeur, alors tu lui déclares :

– Il faut que tu dises à Delano qu'il va devoir partir.

Ton père, à l'autre bout du fil, rumine quelque temps avant de répondre :

– Je peux pas faire ça.

Tu envoies un mail à Bob, le responsable pédagogique, afin de demander si le lycée pourrait te faire une avance sur salaire pour le troisième trimestre.

Au lieu de te répondre directement, Bob ouvre un nouveau fil de discussion. L'objet est le suivant : *HORS DE QUESTION + AVERTISSEMENT*. Ledit avertissement commence ainsi :

> *Nous avons été informés que vous flirtiez avec les limites du code vestimentaire de Palmetto Preparatory. Si nous apprécions le soin que vous portez généralement à votre tenue, nous avons aussi remarqué que vous laissiez vos cheveux pousser librement, et nous trouvons que cela donne un très mauvais exemple aux jeunes élèves de PP, en particulier les AA.*
>
> *Nous craignons que la pente ne soit glissante.*
>
> *Nous craignons une épidémie de siestes intempestives et d'affaissements de pantalons.*
>
> *Nous craignons un chaos imminent.*

Le message conclut par : *Remédiez-y avant la reprise des cours en janvier.*

– Les AA ? dit Jelly quand tu arrives dans la chambre en trombe pour lui montrer le mail de Bob.

– Les Afro-Américains, j'imagine.

– Il a le droit de dire « siestes » ?

– Laisse-moi consulter mon guide du Noir.

– Mais pourquoi tu la veux, cette maison ? demande Jelly. Je ne sais pas si tu as remarqué, mais elle s'enfonce dans le sol.

Elle décale ton ordinateur portable et continue d'étudier son calendrier des marées lunaires. Elle t'avait demandé de ranger la chambre afin qu'elle puisse corriger ses copies, mais ces derniers temps elle s'est mis en tête que la fin du monde était proche, et que des inondations sans pluie allaient submerger Miami puis engloutir la Terre.

– Les marées montent et ta maison descend, mon pote.

Tu ignores sa remarque cynique pour étudier la question en profondeur. Tu veux cette maison parce que c'est à ton tour de l'avoir. Même si Delano nie ton droit sur elle, ou plutôt parce qu'il nie ton droit sur elle. Tu veux que Jelly se sente en sécurité en haut de cette colline, comme la fois où tu lui as demandé de partir de chez ses parents pour y emménager. Mais tu ne le dis pas. Tu dis :

– Pourquoi je devrais me couper les cheveux pour faire cours ?

– C'est peut-être le bon moment.

Jelly se redresse sur le lit et tend la main vers une de tes boucles. Elle tire dessus, pas assez fort pour te faire mal mais assez pour que la boucle ne se replie pas. Elle pendouille près de ta clavicule. Tu saisis la main de Jelly et tu la colles sur le matelas avant qu'elle ne poursuive son massacre. Tu te sers de tes mèches de cheveux pour lui chatouiller le nez et le faire plisser, comme si elle allait t'éternuer au visage.

En replaçant tes mèches sur leur lit de boucles, tu lui dis :

– Ils sont à peine plus longs que ceux de Bob. Tout ça parce que lui il peut se les coiffer en arrière…

– Ouais, mais c'est pas pareil, non ?

– Quoi ça ?

Au moment où Jelly te renvoie un regard vide, tu emploies une tactique qui marche bien avec tes lycéens.

– Développe.

– Je veux dire…

Elle se lève, comme si en dénouant son corps elle pourrait parler plus librement, mais ce n'est pas le cas et elle se laisse tomber à nouveau sur le matelas.

– Tu me facilites pas la tâche quand je te ramène à la maison, tu sais ?

– À cause de mes cheveux ?

– Fais pas exprès, Trelawny.

Elle a le menton qui tremble. Le message qu'elle veut transmettre est trop lourd pour sa bouche.

– Tu sais comment c'est, dit-elle. C'est déjà pas facile d'avoir un copain noir, alors évite de leur jeter ça à la figure.

– Quel manque de délicatesse de ma part.

– C'est pas qu'ils t'aiment pas. Rien que l'autre jour ma mère disait qu'elle te trouvait beau. Comme le garçon mulâtre dont elle était amoureuse à Cuba quand elle était petite. Mulâtre, c'est le mot qu'elle a utilisé. C'est ça le progrès.

Tu te demandes ce qui est censé être un progrès : le fait que sa mère te trouve beau, ou le fait qu'elle te considère comme un mulâtre.

– C'est juste qu'à chaque fois que je leur rends visite, elle me rappelle que « Si tu as des enfants avec lui ils n'auront jamais les yeux bleus ».

– Est-ce qu'il y a des gens dans ta famille qui ont déjà eu les yeux bleus ?

Jelly hausse les épaules.

– C'est possible.

Tu ne lui rappelles pas que ta mère aurait pu se plaindre de la même chose, ou que les iris de ton père, de ton frère et de tes neveux sont assez clairs pour se noyer à jamais dans la blancheur environnante. Tu lui dis :

– Quelle abnégation. Tu pourrais donner ton nom à une église.

Elle baisse la tête pour fixer ses orteils.

– C'est ma famille, dit-elle avec une assurance qui te fiche la nausée. Ils sont peut-être pas parfaits, mais c'est mes parents. Sur qui d'autre est-ce que je peux compter ? Vers qui est-ce que je pourrai me tourner lorsque ton taré de frère nous aura viré d'ici ?

– Donc si je me rase la tête, tu penses qu'ils vont m'accepter ?

– Peut-être pas, dit Jelly, mais c'est possible. Tu pourrais essayer, non ? Si tu m'aimais, tu essaierais.

En temps de crise, tu fais ce qu'il faut faire. Tu vas sur Craigslist.

Dans l'onglet BOULOTS, parmi la pléthore de demandes de *mannequins femmes nues 18 ans et + pour $$$$$*, tu ne trouves pas les offres de cours particuliers d'anglais tant espérées. À la place, trois annonces attirent ton attention. La première dit :

CHAUFFEURS REQUIS 500 DOLLARS PAR NUIT (MIAMI/FORT LAUDERDALE)

On cherche des chauffeurs fiables pour emmener nos femmes magnifiques à des rendez-vous ceci est du divertissement pour adultes répondre pour plus d'infos.

ne me contactez PAS pour des services ou des offres non sollicitées

Tu t'imagines en train de conduire une limousine blanche dans le centre-ville de Miami. Tu imagines des escort-girls fleurir au-dessus du toit ouvrant, leurs poignets et leurs cous reluisants de perles tandis qu'elles envoient des baisers au monde entier. Tu balances « Material Girl », ou « Nann » de Blast Trick Daddy.

La rentrée a lieu dans trois semaines, et si tu conduis chaque nuit d'ici-là, tu aurais l'argent nécessaire pour acheter la maison – à condition que le boulot soit réel, et la paie aussi, et t'es assez rôdé maintenant pour savoir que la probabilité est faible. Mais ce sont surtout ces deux mots qui mettent fin à ta rêverie : trafic sexuel.

La deuxième annonce dit :

RECHERCHE BATTEUR POUR TREMPLIN MUSICAL (CUTLER BAY)

On cherche un batteur/percussionniste expérimenté pour rejoindre notre groupe de reggae indé avec chanteur et chanteuse pour participer au Tremplin de Bayfront Park le 23 décembre. Premier prix : contrat à 100 000 dollars avec Sony Records pour un enregistrement.

Répondre à Delano pour les infos sur les auditions
ne me contactez PAS pour des services ou des offres non sollicitées

– Incroyable, commentes-tu.
La troisième est la suivante :

POUR REGARDER MON COPAIN ET MOI (QUARTIER DU CENTRE-VILLE/MARY BRICKELL)...

...rémunération : négociable. On cherche quelqu'un pour nous regarder au lit. De préférence 1,88 m ou plus. De préférence + 90 kg. DE PRÉFÉRENCE NOIR. J'ai 28 ans et mon copain 29. On est tous les deux de jeunes et beaux cadres qui adorent expérimenter. Lui : 1,83 m, 77 kg. Elle : 1,80 m, 66 kg avec formes (PAS grosse), blonde, blanche. Possible qu'on vous demande de filmer. PAS de sexe, pas de contact, juste pour regarder ! Envoyez photos et mensurations, on s'occupe de l'accueil.
ne me contactez PAS pour des services ou des offres non sollicitées

—

Ils sont effectivement beaux, notes-tu lorsque tu fais leur connaissance. D'une beauté conventionnelle.

Lorsque tu franchis la porte du bar où vous vous êtes donné rendez-vous, Morgan est assise sur un tabouret, seule. Ce qui t'impressionne d'emblée, c'est sa taille, même assise. Lorsque vous passez des politesses à la conversation, tu remarques qu'elle possède le plus long torse que tu aies jamais vu. À moins que le deuxième shot de tequila qu'elle t'a fait boire n'ait altéré ta vision. Tu essaies de te redresser. Tu imagines un poteau qui t'empale du trou de balle à la tête. Mais bien que tu dépasses Morgan de quelques centimètres, tu ne parviens à te hisser qu'au niveau de ses yeux avant de sombrer de nouveau.

– Tim devrait arriver bientôt, dit-elle. Il rentre souvent tard du travail.

– C'est qui, Tim ? demandes-tu.

Elle te claque le bras de manière taquine.

– Je suis sûr qu'il va t'adorer, dit-elle. T'as l'air d'être le genre de personne que tout le monde aime.

– Non, pas vraiment.

Tu dresses un inventaire de réactions négatives que tu as provoquées sans le vouloir avant de conclure :

– C'est un peu aléatoire. Mes élèves m'aiment plutôt bien. Mais mon responsable veut ma peau.

Tu lui parles alors du mail de Bob. Morgan hoche la tête, attentive. Tu affiches cette sincérité que tu ne montres qu'en compagnie d'inconnus, de gens que tu ne reverras sans doute jamais : j'ai des dettes. Je pisse plus droit depuis ma première éjaculation. Mon père ne m'a jamais aimé autant que mon frère.

– Ma copine ne m'aime pas particulièrement non plus, ces jours-ci. Elle pense qu'elle peut faire mieux. Elle a raison. Et je pense qu'elle est raciste. Je ne sais pas trop comment faire avec.

Tu racontes que Jelly est entièrement d'accord pour dire que ton afro est devenue offensante.

– Ne te coupe pas les cheveux, dit Morgan. Sinon je te tue.

Elle ne te demande pas s'il pleuvait quand tu es arrivé ou si tu as couru pour venir, et tu lui en es reconnaissant. Elle enfonce ses doigts dans tes boucles humides. Tu as pris une douche il y a plusieurs heures, mais tu seras sans doute couché quand elles auront séché.

– Le truc avec les institutions comme le racisme et le sexisme, dit Morgan, c'est qu'il faut contourner leurs règles. C'est pour ça que mes parents m'ont donné un prénom neutre.

– C'est juste, tu réponds.

Mais dans ta tête, tu te demandes : *Et alors, qu'est-ce que ça peut me foutre ?*

– Pour que j'aie plus d'entretiens d'embauche.

– Je comprends, tu dis en hochant la tête.

Tu sirotes un whiskey, même si, avec la température qu'il fait – plus de trente degrés –, tu n'en as aucune envie. Lorsque tu as commandé un verre de tequila avec des glaçons, la spécialité de la maison, la barbe du serveur a tressailli.

Ta présence ici est absurde. Jelly pense que tu bosses pour une mission en intérim et que tu es en train de zigzaguer entre des demi-célébrités en portant des mojitos et des bruschettas, mais à tout moment une de ses amies pourrait entrer et t'apercevoir en train de flirter avec une blonde à rallonge.

Tu en profites tout de même pour vomir tes différentes angoisses, évoquant le tremplin de ton frère qui a lieu dans une semaine, mais qu'il n'a strictement aucune chance de gagner – il est plus probable qu'il change les serrures à un moment où tu n'es pas là pour l'en empêcher. Et à moins que ce couple ne prévoie de baiser en continu pendant les sept prochains jours, il y a peu de chances que leur offre te permette de t'emparer de la maison. Ça, tu ne le dis pas.

Tu ne partages pas non plus ton inquiétude quant au fait qu'à Miami, haut lieu de l'arnaque, tu pourrais aussi bien te faire voler tes organes que te faire du fric avec un plan pareil. Tu te dis que Morgan préfère les Noirs parce que quand ils disparaissent, personne ne prend la peine de les chercher. Tu couvres ton verre avec ta main pour être sûr qu'elle ne verse rien dedans.

– C'est ton copain qui t'a demandé de faire ça ? Ou c'était ton idée ?

Sa réponse est chaleureuse et détendue :

– On est une équipe.

Le sourire qui se dessine sur l'une des deux moitiés de son visage pourrait être complice, mais tu n'es pas assez bête pour penser que tu peux lire en elle. Elle n'a pratiquement pas touché à son malbec. Ses paupières tombantes pourraient te laisser croire que tu l'as séduite alors que ce n'est clairement pas le cas. Tu te demandes si ça lui a permis d'obtenir tout ce qu'elle désirait, ou si ça l'a rendue impossible à prendre au sérieux.

– Et vous avez déjà fait ça ?

– T'es fou ou quoi ? fait-elle en riant et en te tapant le genou du bout des doigts. On fête nos dix ans de relation, et on a juste envie de secouer un peu le cocotier. Tu sais comment c'est.

– Sans doute, tu réponds en secouant la tête. Après un an, on célèbre les noces de papier. Après dix ans, on se paie les services d'un Noir.

Morgan hausse les épaules.

– C'est pas si important pour nous. Tim trouvait que t'avais pas l'air tellement noir sur la photo que t'as envoyée. Il se disait que t'étais peut-être portoricain. Il vit ici depuis beaucoup plus longtemps que moi, donc il doit mieux saisir ce genre de choses.

– Je pensais que vous étiez ensemble depuis dix ans ?

– On était en relation à distance, répond-elle.

Une main se pose doucement sur ton épaule. Tu te retournes et découvres Tim, qui a l'air tout droit sorti d'un magazine de mode.

– Je voulais être acteur, explique-t-il une pinte plus tard. C'est comme ça qu'on s'est rencontrés. Mais les emprunts, les parents…

Vous êtes installés dans un box. Morgan est assise à ta gauche, bloquant le passage, tandis que Tim est assis en face de toi, penché en avant et en appui sur ses coudes.

– On était les acteurs principaux dans…

– *Le Bébé et l'eau du bain*, complète Morgan.

– En deuxième année de fac. C'était tout un truc.

Les mains de Tim s'expriment aussi quand il parle. Elles se referment sur elles-mêmes, puis se rouvrent. Il agite l'une d'entre elles devant son visage avant de poursuivre :

– C'est pas vraiment moi, ça. Ce look de… scout corpo.

– Tim avait une mèche décolorée dans sa frange quand je l'ai rencontré, dit Morgan en cognant son épaule contre la tienne. Oui, il avait une frange.

Vous riez tous les trois.

– Ça lui donnait un côté putois. Mais quand même beau gosse.

– J'aurais jamais dû venir à Miami, poursuit Tim en vous regardant tour à tour, Morgan et toi. Voilà la vérité.

Il desserre sa cravate, puis continue :

– Trop de beauté. Les gens. Les voitures. La météo. Enfin non, pas la météo. Une chaleur de plomb c'est pas génial, mais ça vaut mieux que zéro degré.

– Vous venez d'où, Fargo ?

– Duluth. Milwaukee, répond Tim avec un hochement de tête vers Morgan.

– Tim s'est fait ensorceler par Miami. Il déteste cette ville, mais jamais il n'ira vivre ailleurs.

– Si on était à L.A., on pourrait passer des auditions pendant nos temps libres.

– Allez là-bas, tu leur dis.

– On se fait trop d'argent ici, dit Morgan. La finance. On est piégés.

– Dur.

– J'aurais jamais dû faire un MBA, dit Tim en froissant sa cravate et en la balançant sur la table. On n'aurait jamais dû acheter notre appart, Momo.

Morgan s'accroche à ton épaule.

– Au moins c'est pas la banlieue. Au moins c'est pas Kendall ou Doral ou une autre banlieue affreuse.

– C'est vrai, dit Tim en levant sa deuxième bière vers toi. Au moins on n'a pas de clôture, blanche ou autre.

Morgan te tapote la poitrine.

– On est anticlôture dans notre couple. C'est une règle stricte.

– Ça me paraît raisonnable, réponds-tu.

– Dis-nous, tiens, avance Tim. T'es prêt pour ce truc ? Je sais que c'est un peu bizarre comme requête.

– Pas bizarre, le coupe Morgan. Dis pas « bizarre ».

– Original, alors. Trelawny, on t'aime bien. Qu'est-ce que t'en penses ? T'es prêt pour une expérience originale ?

Et con que tu es, tu dis oui.

La première fois, tu regardes seulement. Tu conduis ton Dodge Raider 87 le long d'Old Cutler Road, à travers Palmetto Bay, Pinecrest, puis Gables, Coconut Grove et Brickell, avant d'atteindre une tour qui surplombe la Miami River. Lorsque le voiturier aperçoit les phares de ta voiture, il s'empresse de venir t'accueillir. Mais au moment où tu t'approches de lui, il ralentit et te dévisage avec étonnement.

– Faudra que je vous montre comment couper le moteur, tu lui dis.

Il passe sa main dans ses cheveux graisseux et serre les dents. De l'extérieur, on dirait qu'il a été chargé de couper le fil rouge ou le fil noir.

– Vous restez longtemps ? demande-t-il.

Mais comme il sait, avant même que tu lui répondes, que ce ne sera pas le cas, il poursuit :

– Garez-la sur le trottoir là-bas.

Tu te présentes au poste de sécurité. Tu écris ton nom bien lisiblement, et tu rajoutes « de Cutler Bay » à côté, comme s'il y avait un autre Trelawny qui courait les rues de Miami en faisant de mauvais choix de vie. Une fois l'autorisation reçue, le vigile presse un bouton qui fait coulisser une porte en verre dépoli. Avant de monter dans l'ascenseur, tu demandes :

– Vous connaissez le couple au quarante-deux-zéro-trois ?

– Tim et Morgan ? Bien sûr. Des gens bien.

Au quarante-deuxième étage, le carrelage en marbre reflète ta silhouette à moitié transparente. Entre chaque entrée, des miroirs qui montent jusqu'au plafond produisent des doubles de toi-même d'une netteté surprenante. Avant d'entrer au numéro 4203, tu t'arrêtes pour te regarder : chemise rentrée dans un pantalon noir, cravate noire. Tu ressembles moins à un voyeur qu'à un serveur qui bosse dans un restaurant italien et qui vient de finir sa journée. Du moment qu'on ne te prend pas pour un cambrioleur, c'est que tu t'es bien débrouillé. Cependant, tu te demandes – comme quand tu as farfouillé dans ton armoire, tout à l'heure – quel est le dress code approprié pour regarder des gens qui baisent.

Tu te rappelles la fois où, alors que tu étais en première année de lycée, Delano a débarqué à la maison à l'improviste. Il serrait la main de sa copine dans la sienne, et le couple suintait l'amour printanier. Ta mère aurait été ravie de le voir, mais elle ronflait déjà sur le canapé du salon, noyée dans le bavardage continu de la télé, et Delano t'a dit de ne pas la réveiller. Il a ajouté qu'ils passaient par là, et qu'il n'avait pas vu son petit frère depuis si longtemps, alors vous avez décidé tous les trois de regarder un film dans ta chambre. Et pendant que tu fixais l'écran de la télé, assis par terre et le dos contre le lit, eux baisaient tranquillement derrière toi. Sa copine gémissait doucement dans tes oreilles à mesure qu'il la pénétrait, faisant cogner le matelas contre ton dos. C'était l'odeur qui te choquait le plus, l'odeur de cuisses écartées. Aujourd'hui, tu te demandes même s'ils n'avaient pas voulu que tu les voies, si ça n'avait pas été le but premier, mais tu avais eu trop peur de te retourner avant la fin du film.

Un été, à l'université, ton amie Caitlyn t'a payé un billet pour Amsterdam, mais vous n'avez pas osé aller voir un sex-show dans le quartier rouge.

– Soixante-dix euros juste pour regarder ? a-t-elle maugréé. Ça peut pas valoir le coup.

Tu étais d'accord, mais tu te demandais si « valoir le coup » était vraiment la question. En déambulant dans les rues pavées, vous avez discuté de l'idée de partager une des femmes exposées à l'entrée des bordels. Comment étais-tu habillé ce jour-là ? Portais-tu quelque chose de digne ? Vous avez spéculé sur le tarif et vous êtes demandé si les femmes parlaient suffisamment bien l'anglais pour pouvoir négocier. Est-ce que ça coûterait deux fois plus cher si vous participiez tous les deux ? Et si Caitlyn ne faisait que regarder ? Vous étiez d'accord pour dire que tout paraissait beaucoup trop compliqué, comme si vous vous attendiez à ce qu'elles portent des étiquettes autour du cou. En vérité, comment est-ce que tu aurais pu négocier quoi que ce soit dès lors que tu n'arrivais même pas à les regarder dans les yeux ?

Si la nuit était tombée, ou si vous aviez été dans un bar avant, les choses auraient pu être différentes. Par la suite, tu as décrété que lors de ce voyage, tu avais appris quelque chose sur toi-même, quelque chose que tu n'aimais pas. Ça n'avait que trop peu à voir avec la morale, et beaucoup plus avec la lâcheté.

Tu entres au numéro 4203 sans frapper, comme on te l'a demandé. L'appartement est sombre, mais les fenêtres couvrant le mur de droite montrent un paysage urbain scintillant, au premier plan duquel se trouvent des tours quasi identiques, alignées sur la berge opposée. Elles projettent dans la pièce une lueur ambiante.

De l'autre côté du salon, il y a une porte. Tu la pousses et tombes alors sur Morgan et Tim, illuminés par une vue légèrement différente des immeubles de Miami. Ils ont plus ou moins déjà commencé. Tu te dis qu'ils ont dû s'y mettre dès l'appel de l'agent de sécurité. Assise sur le rebord du lit, Morgan se tient penchée en arrière, en appui sur ses coudes. Sa robe de chambre, ouverte en haut, dévoile sa poitrine et son ventre, tandis que son bassin est masqué par la tête de Tim. Quant à celui-ci, il a un genou enfoncé dans l'épaisse moquette, l'autre jambe s'étirant dans un mouvement de ballerine. La faible lumière provenant de l'extérieur éclabousse son dos et ses fesses nus.

Ils paient pour que tu regardes, mais tu détournes les yeux. Et bien qu'ils veuillent savoir que tu es là, tu refermes la porte derrière toi aussi discrètement que possible. Tandis que l'obscurité s'estompe, tu t'approches d'une desserte à pas de loup, près des portes qui donnent sur le balcon. Une enveloppe est posée contre une bouteille de Patrón, elle-même plantée dans un seau rempli de glaçons. Dessus, il y a ton nom écrit au marqueur. Tu la ranges dans ta poche sans faire de bruit. C'est drôle que quelqu'un qui a été fauché toute sa vie puisse reconnaître le poids des billets. Il y a au moins deux cents dollars là-dedans, la somme que tu as négociée.

– Peu… Peu…

Les murmures de Morgan te ramènent à elle. Elle serre la tête de Tim dans ses mains, l'étouffant avec son entrejambe. Elle dit quelque chose, mais ce n'est pas clair. Le rythme laisse penser qu'elle répète les mêmes mots : *Un-deux un. Un-deux un-deux-trois. Un-deux un. Un-deux un-deux-trois.*

Les doigts de Tim s'activent avec vigueur juste en dessous de son menton.

Morgan jouit. Ou elle se rapproche de l'orgasme. Tendrement, son corps convulse; elle prend la main de Tim puis s'effondre, muette.

Tim tombe en arrière, haletant, comme s'il sortait des profondeurs de l'Atlantique.

Plusieurs minutes passent avant que l'un d'eux ne bouge. Tu débouches la tequila et tu en engloutis autant que tu peux. Si l'un ou l'autre se tournait pour remarquer ta présence, tu serais encore beaucoup trop lucide pour réagir.

Morgan remue puis marche à quatre pattes sur le matelas pour rejoindre la table de nuit. Tim se redresse sur ses genoux. Il regarde la vue, et tu vois son profil. Elle s'approche de lui par-derrière et lui glisse quelque chose autour du cou. Une cravate, sans doute. Elle serre le nœud jusqu'à lui comprimer la chair, puis elle enfonce son genou entre les omoplates de Tim et se met à tirer. Pendant ce temps, lui saisit sa demi-molle et s'astique avec frénésie.

Puis de nouveau ce rythme : *Un-deux un. Un-deux un-deux-trois.*

Mais maintenant tu comprends ce qu'elle dit. Les mots s'élèvent, d'abord chuchotés, puis s'achevant en un cri.

– Petite merde, dit-elle. Petit Blanc de merde.

Ta mère t'appelle. Elle appelle via Internet, ce qui lui donne l'air d'être à des milliers de kilomètres, mais ça tombe bien, quelque part, car elle se trouve effectivement à huit mille kilomètres, à Florence.

– En vacances ? tu lui demandes depuis ton lit, les yeux rivés sur le plafond en stuc.

– Pour un entretien d'embauche, dit-elle. Un poste s'est ouvert à l'ambassade. Je pourrai enfin pratiquer mon italien.

– Tu pars vivre en Italie ?

Ça fait trois ans et demi qu'elle a quitté les États-Unis pour la Jamaïque.

– Je pensais que tu voulais être avec des Jamaïcains. Je pensais que ton peuple te manquait.

– Parfois tu fais plus partie de ton peuple. Tu vois ce que je veux dire ?

– Oui, très bien.

Parfois, tu ne fais même jamais partie de ton peuple. Tu préférerais ne pas avoir à assombrir l'humeur de ta mère en parlant de ton père, mais le désespoir pointe sa face difforme à l'horizon.

– Papa veut que je lui achète la maison.

– Quoi ça « acheter » ? demande-t-elle. Il est censé donner la maison à toi et ton frère.

Puis elle ajoute :

– Après sa mort.

– C'est écrit quelque part ? demandes-tu.

– On s'est mis d'accord.

Tu connais ce ton, qui signifie « ne me parle plus de cette histoire ». Il a mis fin à bien des conversations et laissé planer bien des mystères entre des générations de Jamaïcains.

– Il dit qu'il la vendra à quelqu'un d'autre si je l'achète pas. Est-ce que tu pourrais me prêter un peu d'argent ?

Des milliers de kilomètres n'étoufferont pas le tchip qui retentit alors.

– C'est lui qui est derrière tout ça ? Je serais bien couillonne de racheter une maison que j'ai déjà achetée puis donnée.

Elle attend ta réponse, mais un couillon sera toujours un couillon, pour autant que tu le saches.

– Et ton frère alors ? Lui achète avec toi ?

– C'est Delano le problème. Il n'a pas remboursé sa moitié du prêt.

– Trelawny, on l'a achetée y a trente ans cette maison, avec un prêt de quinze ans. Fais le calcul.

Tu aimerais bien, mais du haut de tes trente-deux ans tu as appris que la vie n'est pas aussi logique que les maths.

– Et toute façon, poursuit-elle, t'as pas besoin de cette maison sauf s'il te la donne gratuitement, et même là faudra la revendre vite.

Puis elle dit une chose à laquelle tu repenseras les jours suivants :

– Dis-moi, qui a jamais été heureux dans cette maison ?

Lorsque tu croises ton frère dans le couloir, il prononce ces trois mots que tu ne l'as jamais entendu dire à personne :

– Je suis désolé.

Il ne s'est pas excusé la fois où, alors que tu avais quinze ans, vous vous êtes bagarrés dans le jardin de ta mère et il t'a déboîté l'épaule. La fois où il a emprunté la voiture de ton père sans demander et l'a défoncée. La fois où la mère de ses enfants en a eu marre qu'il s'obstine dans ses ambitions musicales infructueuses (du moins à ce qu'on dit) et l'a quitté.

– T'es désolé ?

– Oui, désolé pour ce que je dois faire.

Tu as envie de croire que son agression n'est qu'une manifestation de la folie qui est en train de le submerger, mais elle provient en réalité d'une source qui croupit depuis bien longtemps et qui se révèle plus difficile à purger : le sentiment que tout lui est dû.

– Et tu dois faire quoi, selon toi ?

– C'est pas « selon moi », dit-il. On est sur une lancée. On fonce vers le destin, petit, et le mien il est tout là-haut.

Il pointe son doigt vers toi et l'arrête à quelques centimètres de ta poitrine.

Les poils de ta nuque se dressent.

– Tu le sens pas ? demande-t-il. C'est plus grand que nous.

– C'est ton ego, ça, tu lui réponds. C'est Sadie qui te bourre le crâne. Ça remonte à quand la dernière fois que t'as fait un concert ? Qu'est-ce qu'il va se passer quand tu perdras le concours ?

Tu attends sa réaction, mais son visage est aussi impassible que le soleil.

– T'arrives même pas à payer ta part du loyer. Comment est-ce que tu comptes payer la mienne en plus ?

– C'est le destin, dit-il. Pas juste le mien, mais celui de mes fils. Si je gagne, je peux les récupérer. Que Dieu vienne en aide à l'homme qui me barre le chemin.

Tu sens les murs et le plafond qui se referment sur toi lorsque tu demandes :

– Et mon destin alors ?

Vos deux corps emplissent le couloir mal éclairé, et le tien a quinze kilos de plus.

Mais les hommes maigres ont leur force propre, et les rastas aussi, sans parler des frères aînés, ce qui donne à Delano un triple avantage. Et il y a d'autres sources de puissance, moins évidentes. Le désespoir, par exemple, dans lequel vous pouvez puiser tous deux. Mais que dire de la force de celui qui a été constamment dévalorisé ? Et de celle de l'opprimé, celle que l'on développe à force de se faire baiser par la vie ?

– Et si celui qui te barre le chemin, c'est moi ? tu lui demandes.

– Alors tu perdras, Trelawny. Et que Dieu te vienne en aide quand ça arrivera.

———

Un jeudi après-midi, trois jours après leur petit spectacle pervers, Morgan t'envoie un texto : *Tu peux venir maintenant ?* Tu ne pensais pas qu'ils te recontacteraient, vu que tu t'es enfui de leur chambre juste après que Tim a éjaculé sur la moquette. Tu n'es pas tout à fait sûr qu'ils t'aient vu cette nuit-là, mais Morgan poursuit : *Tu peux mettre des vêtements plus baggy cette fois ? T'as pas un sweat à capuche ?*

Tu réponds : *Vous me prévenez un peu à la dernière minute, les gars. La semaine s'annonce chargée*, puis tu appuies sur ENVOYER avant de replonger sous ta couette. En théorie, tu es en vacances jusqu'en janvier. Mais tu as décidé que cette journée-ci serait dédiée à ta santé mentale. Tu ne scruteras pas Craigslist pour chercher des plans foireux, et tu ne mentiras pas à Jelly, qui est partie faire des courses de Noël avec sa mère. Tu ne te disputeras pas avec ton taré de frère. Et tu ne répondras pas aux appels de ton père. Tu pourras lui dire demain, ou après-demain, peu importe, que tu ne lui achèteras pas la maison. Jamais.

Le texto envoyé à Morgan semble mettre fin à cette histoire, donc tu expires, soulagé. Il te manque 11398 dollars, et tu ne vas pas trouver l'argent tout de suite. Pas avant que ton père ne trouve un autre acheteur. Pas avant que Jelly ne te quitte. Accepter la défaite a quelque chose de rassurant. Si ta cible était à ta portée, rien ne dit que tu ne t'anéantirais pas en essayant de l'atteindre.

Mais Morgan répond *On te paiera 300 balles cette fois*, bien que la fois d'avant tu aies découvert, en regagnant ta voiture, qu'ils avaient mis 300 dollars dans l'enveloppe, soit cent de plus que la somme négociée. Tu es certain que ce n'était pas une erreur. Pouvoir faire des additions simples est un prérequis pour lesdits « gens de la finance », quel que soit leur poste. Il ne s'agit sûrement pas d'un pourboire mais du prix de leur culpabilité, vu que tu as accepté la somme si facilement, et qu'ils ont évidemment exploité ton indigence.

500 et j'arrête ce que je suis en train de faire, tu réponds. Le texto de Morgan arrive dans la seconde : *Ça marche. MAIS N'OUBLIE PAS LE SWEAT.*

Tu enfiles ton jean le plus baggy, celui que tu utilises pour faire du jardinage, et tu prends un sweat floqué du nom de ton université, le seul sweat à capuche que tu n'aies pas revendu ou bazardé lorsqu'en 2009 tu es revenu vivre ici, dans la ville du péché. Tu n'es pas nostalgique de tes années de fac, mais tu espères, et ce dès à présent, qu'un jour tu pourras romantiser tes années passées dans le Midwest.

Tu t'imagines en train de raconter à tes enfants et à leurs propres enfants que tu as fui Miami, ne serait-ce que pour une courte durée ; que tu as vécu dans un État si froid que tes cheveux gelaient sur le chemin vers le campus, un endroit où le ciel chiait des semi-solides blancs pareils à des fientes de pigeons géants. Tu supposes que si tu survis assez longtemps pour devenir grand-père, voire arrière-grand-père, tu survivras à l'hiver ; tu survivras aux glaciers, aux ours polaires et à la neige. Et il te vient alors à l'idée que si tu vis assez longtemps pour voir ta progéniture se reproduire, tu surviras aussi à Miami, et donc il te faudra expliquer à tous ces descendants – qui dans ton esprit partagent tes traits et ceux de Jelly – à quoi ressemblait cette ville qui, à ce moment-là, comme la majeure partie de Port Royal, et l'Atlantide avant elle, aura été engloutie par les flots.

Il te vient alors à l'idée que les gens comme toi – les gens qui se consument en essayant de survivre – survivent rarement à quoi que ce soit.

Cette fois, lorsque tu t'arrêtes devant l'immeuble de Morgan, tu dis au voiturier :

– Je la gare sur le trottoir, du coup ?

Tu désignes une place derrière une Lamborghini vert menthe.

– Pourquoi je vous laisserais faire ça ? demande-t-il avant de partir garer le Raider.

À ton retour, il te faudra l'accompagner jusqu'au garage, lui ou celui qui sera de garde, pour démarrer le SUV toi-même. Tu connais l'histoire : le voiturier te jugera, que tu lui donnes un gros pourboire ou pas.

La sécurité te laisse monter au quarante-deuxième étage. Avant de frapper, tu enfiles ton sweat pour gagner du temps. Tu espères que ça sera rapidement terminé et que tu seras rentré avant Jelly. Morgan t'ouvre, vêtue d'un bikini et d'un paréo.

– On monte à la piscine ! annonce-t-elle.

– Je n'ai pas de maillot.

– C'est pas grave.

Mais elle ne te propose pas de prendre un des maillots de Tim, et on ne peut pas en emprunter au bar de la piscine.

Depuis le parapet, tu regardes la baie parsemée de yachts, et, l'espace d'un instant, tu es frappé par l'arôme de Miami, les promesses que la ville t'a fait miroiter toute ta vie : il suffit d'un coup de chance pour devenir riche.

Tim est en train de faire des longueurs lorsque vous approchez de la piscine. Il vous salue brièvement avant de continuer. La plupart des « baigneurs » préfèrent bronzer et poser avec des cocktails plutôt que nager.

– Mais vous ne travaillez jamais ? tu te demandes tout haut.

Impossible qu'ils soient tous en vacances pour les fêtes de fin d'année. Comme les profs.

Tu commences à enlever ton sweat, mais Morgan te prend le bras et demande :

– Qu'est-ce que tu fais ?

– Il doit faire trente-cinq, là.

– Pour ce qu'on te paie, je pense que tu peux jouer le jeu.

Morgan remet ton sweat comme il était, puis observe le blason universitaire. Pour la première fois, tu as l'impression qu'elle t'évalue, comme si c'était ta patronne.

– J'aurais préféré un truc moins… académique, dit-elle tout en rabattant malicieusement la capuche sur ta tête. Tiens, mets ça, ajoute-t-elle en te tendant une paire de lunettes de l'ère Eazy-E.

Elle t'emmène derrière les cabanas pour rejoindre deux transats en osier dans un coin de la terrasse. Elle sort un blunt et un briquet de nulle part, allume, tire, et te souffle une bouffée dans la figure.

– Eh, je t'ai dit que j'étais prof dans un lycée, non ? Ça te dit quelque chose, les dépistages urinaires ?

– Détends-toi, répond Morgan.

Elle tire de nouveau et te souffle dessus. Tu te demandes si elle a vraiment inhalé.

– C'est quoi le plan, là ?

– Écoute, dit-elle en levant le cigare par-dessus ta tête et en agitant l'air de son autre main pour envoyer la fumée dans ta capuche. Tim en a bien bavé au taf cette semaine, alors faut qu'on lui remonte le moral.

Elle laisse tomber le blunt à travers une grille au sol, et la fumée remonte du trou peu profond.

– Le plan, c'est que tu t'assoies ici sans bouger jusqu'à ce que je revienne.

Sur ce, Morgan retire son paréo et plonge dans la piscine.

À une époque, le mois de décembre offrait un peu de répit après la canicule, mais maintenant l'hiver déjà faiblard de Miami arrive plus tard dans l'année, si bien que tu bous dans ton sweat. À mesure que d'autres baigneurs s'agglutinent à côté de toi, tu les regardes renifler l'air et te scruter avec méfiance, curiosité ou indignation.

Tu n'es pas obligé de participer au petit jeu auquel se livre Morgan. Tu sors ton téléphone et consultes tes mails. La boîte de réception contient un nouveau message de Bob. L'objet et le corps du message sont identiques. La question se résume à *????*, et rien de plus.

Tu supprimes, ouvres le navigateur Web, et tapes : *Pourquoi ma maison s'enlise?* Les résultats montrent que ce peut être lié à toute une série de facteurs, dont le plus probable est le suivant : les arbres environnants absorbent l'humidité de la terre à proximité des fondations. Tu penses à la jungle qui fait office de jardin. Bien sûr, c'est Delano qui est responsable. Une section en bas d'une des pages plus utiles s'intitule «Assistance professionnelle». Elle indique que «Stabiliser des fondations avec des piliers en béton ou en acier coûte de mille à trois mille dollars par pilier».

– Putain.

Tu lèves les yeux et aperçois une femme aux cheveux blancs clairsemés, dont la peau ressemble à une soppressata finement coupée. Comme elle te fixe du regard, tu lui demandes :

– Et vous, comment allez-vous?

Elle se tient les hanches avec fermeté – une pose de superwoman. Sortie de nulle part, elle a pénétré dans ton espace personnel, et, vu son attitude, elle se sent autorisée à y rester.

– Qui est-ce que vous accompagnez ? demande-t-elle.

Tu la fixes à ton tour à travers tes verres teintés, te répétant *Ne dis rien, ne dis rien, ne dis rien*, mais tu lui dis :

– Pourriez-vous expliciter ce que vous sous-entendez ?

Aucune réponse, donc tu reformules :

– Développez.

– C'est une piscine privée.

L'émotion la fait trembler comme des montagnes russes, comme si ses ancêtres esclavagisés étaient morts en érigeant la plate-forme sur laquelle était construite cette terrasse.

– Si je comprends bien, cette piscine vous appartient ?

Les fils blancs de ses sourcils se lèvent.

– Si je vous suis, les gens ici présents sont vos invités ?

– Cette piscine est réservée aux résidents et à leurs invités, répond-elle en accentuant la fin de la phrase.

– Magnifique. C'est génial que deux inconnus puissent se mettre d'accord sur un sujet aussi clivant.

– Vous n'habitez pas ici. Si c'était le cas, je le saurais étant donné que je siège au conseil d'administration de l'association.

– Félicitations. Vous avez tout bon. Je n'habite pas ici.

– Alors je vous repose la question : qui est-ce que vous accompagnez ? Qui vous a laissé entrer ?

Tu indiques la piscine, mais lorsque tu tournes la tête, Morgan et Tim sont introuvables. Ils ne sont pas au bar. Ils ne sont pas assis au niveau des cabanas.

– Ils étaient ici il y a une seconde. Tim et Morgan.

Tu ramasses le paréo de Morgan par terre et tu le montres, comme pour dire : *Vous voyez ?*

– Eh bien, je ne connais ni de Tim, ni de Morgan. Et s'ils ne sont pas ici en ce moment même, alors vous n'avez rien à faire là.

Ce petit jeu, tu le connais. Il ne se joue pas d'égal à égal, car le fait qu'il ait commencé signifie que tu as déjà perdu. Si Morgan réapparaissait elle pourrait tout arranger, mais cela ne ferait que conforter cette inconnue dans l'idée qu'elle peut te demander de justifier ton existence quand elle le souhaite.

– C'est votre métier ? demandes-tu. Vous n'avez vraiment rien de mieux à faire ?

– Je vais compter jusqu'à cinq.

– Et ensuite ? Vous allez m'enquiquiner à mort ?

Elle chancelle, s'agrippant à un collier de perles invisible, et à ce moment-là, sans réfléchir, ou en réfléchissant avec la partie de ton cerveau rôtie par le soleil, tu dis :

– Va sucer des bites.

Elle recule en titubant, et tout son décorum s'effondre comme du polystyrène dans un micro-ondes. Tandis qu'elle s'écroule, tu constates que tu as fait une erreur irrattrapable.

– Jerome ! hurle-t-elle.

Son cri te glace le sang. Une vague de visages se tournent vers toi.

Reste naturel, te dis-tu. *Baisse la tête, lève ton portable et commence à scroller.* « Grandes marées à temps pour la nochebuena, annonce un article du *Miami New Times*. Sortez vos kayaks et montez vos voitures… »

– Jerome ! hurle-t-elle à nouveau.

Tu ne sais pas si elle appelle un certain Jerome ou si elle pense que tous les Noirs s'appellent Jerome et qu'elle s'adresse à toi. Peut-être qu'une légende urbaine ayant cours parmi une certaine population raconte que beugler « Jerome » cinq fois de suite fait disparaître un homme noir, soit l'inverse de l'histoire de Candyman. Bientôt, la réponse éclate au grand jour. La mer de spectateurs se scinde pour laisser passer une entité aussi rapide et imposante qu'un gorille.

Tu te fais cueillir du transat par une force tellement puissante que tu peines à identifier le membre par lequel on t'a ramassé – tu t'es peut-être fait aspirer par son attraction gravitationnelle. Ton téléphone tombe par terre. L'écran se fendille en plusieurs centaines de fragments. L'entité en question est un costard gigantesque avec une tête de moai posée en équilibre sur ses épaules.

– C'est quoi le problème ? demande-t-il.

Ton accusatrice te devance :

– Il m'a accostée, dit-elle. Il a menacé de montrer son sexe.

– J'ai dit « des » bites. Pas la mienne.

– Hm-hm, dit Jerome.

Il te traîne à travers la foule de témoins jusqu'aux ascenseurs.

– On parle pas comme ça aux dames. Tu dirais ça à ta maman ? Hm-hm.

Tu trébuches, puis glisses derrière lui, tiré vers l'avant par son énorme poing qui te broie le triceps. Ton accusatrice vous suit en balançant des « Ne vous avisez pas de recommencer ! », et puis des « Quel manque d'éducation ! » ou encore des « Inadmissible ! ».

Dans le hall, Tim et Morgan se tiennent près des ascenseurs, comme s'ils attendaient quelque chose.

– Qu'est-ce qui se passe ? demande-t-elle. Enlève tes griffes de mon invité, espèce d'ogre.

– Il importunait une résidente, dit Jerome tout en te relâchant. Ms Mann.

– J'en doute fort, dit Tim.

Ms Mann arrive dans le hall et demande :

– Connaissez-vous ce jeune homme ?

– C'est l'un de nos invités les plus importants, répond Tim. Invité par notre banque, pour tout vous dire.

– Putain, mais vous le reconnaissez pas ? demande Morgan.

Jerome recule pour t'examiner pendant que Ms Mann se couvre la bouche, horrifiée.

– Vous ne regardez jamais CNN ? demande Morgan. Vous ne lisez jamais le *Times* ou le *Post* ou quoi que ce soit ?

Ms Mann émet un gazouillis et dit :

– Je n'aurais pas pu. Avec les lunettes et le… je l'ai pris pour…

– Tout ce que redoutent les célébrités, c'est de se faire harceler partout où elles vont, dit Morgan avant de se tourner vers toi. Ça va ? Il t'a fait mal ?

Bien que l'agent de sécurité t'ait relâché, tu as l'impression qu'une infirmière te prend la tension. Comme un enfant, tu réponds :

– Il a cassé mon portable, et on a dû me le piquer à l'heure qu'il est.

– Ah, zut, dit Jerome en sortant du hall pour se ruer vers la piscine.

– Je ne sais pas quoi dire, dit Ms Mann, à personne en particulier.

– Tout ça juste parce qu'il est noir, lâche Morgan. Avouez-le.

Elle avance sur la vieille femme, la rapetissant.

– C'est du délit de faciès pur et simple.

L'autre se tripote la clavicule en se justifiant :

– Je ne crois pas.

Elle se tourne alors vers toi :

– Vous êtes d'accord que…

Mais comme tu n'es pas d'accord, elle ajoute :

– Que vous avez l'air suspect.

– Il a l'air suspect ? Il est noir. Vous voulez qu'il ressemble à quoi ? demande Morgan.

– Il marche toujours, dit Jerome, à bout de souffle, en revenant avec ton téléphone. J'ai vérifié, c'est juste l'écran qui est cassé.

Il te rend le portable.

– Désolé, frère.

– Ce n'est pas suffisant, dit Tim. Vous avez agressé mon invité et endommagé un objet qui lui appartient. Il vous faudra beaucoup plus qu'un « désolé ». Je vais en parler avec le gérant de l'immeuble.

– Arrête, tu lui dis.

– Tu ne peux pas être traité…, commence Tim.

– C'est pas de sa faute.

Tu appuies sur le bouton de l'ascenseur. Ms Mann se tortille près de toi, mais tu ne la regardes même pas. Tu entres dans la cabine, et une fois que Tim et Morgan t'ont rejoint à l'intérieur, tu appuies sur le bouton 42.

– On est tellement désolés, dit Morgan. J'arrive pas à croire cette sorcière.

– Faisons comme si rien ne s'était passé, tu réponds calmement.

Une fois dans l'appartement, Tim va directement dans la chambre, tandis que Morgan reste avec toi et dit :

– Je me sens mal. Vraiment.

Tu examines son visage, cette surface impossible à décrypter.

– C'était pas précisément ce que tu avais manigancé ?

– Comment je pouvais savoir ? Écoute, j'ai une idée. Je sais ce qui pourrait te requinquer.

Elle t'indique de la suivre dans la chambre, mais tu lui saisis l'avant-bras.

– Réponds d'abord à ma question : tu les connaissais, Jerome et Ms Mann ?

Morgan réfléchit une seconde avant de répondre :

– Je te promets que je ne les avais jamais vus auparavant.

– Alors comment ils savaient que vous habitiez ici ?

Morgan pose sa main sur ta joue et dit :

– Oh, chéri.

Dans la chambre, Tim est déjà nu et à genoux. Tu enlèves ton sweat, le mets en boule et le balances par terre avant de te diriger vers la desserte.

– Eh, remets-le, dit Morgan.

– Va te faire foutre, tu réponds.

Tu cherches des yeux l'enveloppe contenant ta rémunération, et comme tu ne vois rien, tu te sers un demi-verre de tequila avant de soulever le couvercle du seau à glace.

– Pas de glaçons pour votre invité spécial ?

Le visage de Morgan arbore le même sourire en coin que tout à l'heure. Tim regarde à travers les portes vitrées, la tête légèrement baissée. La honte que tu aurais pu éprouver en regardant cet homme nu a été remplacée par un bouillonnement intérieur. Tim a un corps magnifique, et tu te demandes si celui-ci a été sculpté par la nage, ou si les bandes de muscles se forment spontanément chez les psychopathes américains.

Morgan sort une cravate de la table de nuit, mais au lieu de l'enfiler autour du cou de Tim, elle te la tend.

– Tiens. Je veux que ce soit toi qui le fasses cette fois-ci.

Le soleil couchant se reflète dans ses iris, leur donnant un éclat féroce.

– Je vais devoir décliner.

Alors Morgan rouvre le tiroir et sort une liasse de biftons. Elle laisse tomber cinq billets de cent dollars sur le lit, mais la liasse a toujours l'air aussi épaisse. Ben Franklin te regarde, comme pour dire *C'est gênant.*

– Qu'est-ce que tu veux exactement ? demande Morgan. Pourquoi t'es là en fait ?

Tu bois la moitié de ton verre et tu réfléchis. Tu veux sortir de l'emprise de ces marionnettistes pervers. Tu ne veux pas être leur jouet. Mais ta liste de vœux va bien au-delà du moment présent. Tu veux onze mille trois cent soixante-huit dollars, et trois mille de plus pour réparer les fondations.

Tu veux une maison.

Tu veux regagner les faveurs de ta copine.

Tu veux prouver que ton père a misé sur le mauvais fils.

Mais au lieu de dire tout ça, tu réponds :

– Un prêt. Un prêt de quinze mille dollars. C'est ça que je veux.

La tête de Tim tourne de quelques centimètres.

Morgan sourit et te tend la cravate.

Tu prends la cravate, tu l'enroules autour du cou de Tim, tu lui enfonces ton genou dans le dos, et tu commences à serrer le nœud.

———

Sur le chemin du retour, tu peines à croire que tu as réussi. Tu as grandement besoin d'une douche, mais tu es reparti avec cinq cents dollars en poche et un rendez-vous avec Tim demain dans son bureau pour récupérer le chèque et les documents relatifs aux conditions de remboursement.

Tu as envie de danser. Tu allumes la radio et mets 99JAMZ, qui passe «Juicy» de Biggie. C'est un signe. Tu montes le son et tu rappes tandis que tes épaules se trémoussent et que tes mains fendent l'air. À l'intersection de McFarlane Road et Grand Avenue, le conducteur de l'Aston Martin à ta gauche relève ses vitres et avance, suivi de trois jeunes dans une Honda Civic qui, après avoir trouvé la fréquence que tu écoutes, se joignent à toi en improvisant des «Aiiie—aiiie—aiiie» entre les beats. Tu t'en fous que ce soit l'heure de pointe et que tu doives mettre une heure et demie pour rentrer, et lorsque tu réalises que ta danse sur siège t'a fait louper plusieurs appels de Jelly, tu ne te soucies pas du fait qu'elle se sera demandé où tu étais tout l'après-midi.

– Bébé ! tu beugles dans le téléphone fendillé au moment où elle décroche.
– Il l'a fait.
Tu coupes la radio.
– Fait quoi ? Qui ça ?
– Ton frère. Il a balancé toutes nos affaires sur le gazon.
L'entendre pleurer te bouleverse.
– Il a changé les serrures, Trelawny. Qu'est-ce qu'on va faire ?
– Je m'en occupe. J'arrive. T'en fais pas, Jelly.
– OK.
Pour la première fois depuis longtemps, on dirait qu'elle te fait confiance.
– Je serai chez mes parents.
– Tout va s'arranger.
Pour la première fois depuis longtemps, tu te fais confiance, toi aussi.

—

Tu passes devant la maison. Les contours de Cutler Bay s'estompent sous la lumière du couchant, mais tu parviens à distinguer tes affaires – à travers les feuilles et les frondes affaissées – étalées sur le gazon, comme l'a décrit Jelly. Ton lit (cadre, sommier et matelas) est en plein milieu du jardin, étendu sous les branches ployées de l'aki et les grappes de noix de coco, comme dans un magasin de meubles style tropical. Tu te demandes comment Delano a réussi à le sortir, et s'il a dû le remonter ensuite.

Tu fais demi-tour pour aller chez ton père, à quinze minutes de route.

Avant de frapper, tu tentes de regarder par-dessus son portail, à l'arrière de la maison, pour voir si l'aki s'est rétabli, si des fruits y ont poussé depuis que tu as essayé de le décapiter. Mais les angles sont biscornus.

Après plusieurs coups de sonnette, il entrouvre la porte et passe la tête dans la fente étroite. Tout autour de lui, la maison est comme une immense carapace de tortue. Tu n'as pas le droit d'entrer, pas depuis l'incident, depuis ta crise. Tu lui dis que ton frère est devenu fou.

– Faut que tu fasses quelque chose.

Ton père hoche la tête judicieusement, se gratte le menton en délibérant, mais lorsque tu as fini de parler, il dit :

– Je peux pas prendre parti, tu sais.

– Depuis quand ?

– Va falloir que vous trouviez une solution.

– Et le prêt alors ? Le loyer ? Si je paie, c'est pas pour habiter dans le jardin.

– J'ai parlé à ton frère, et lui dit qu'il aura l'argent pour acheter la maison le mois prochain. Alors je lui laisse une chance.

– Et moi ? Tu me laisses quoi comme chance ?

– Tu peux t'apitoyer sur ton sort, eh ? Delano a des responsabilités que t'as pas. Pense à tes neveux.

– Bien sûr, c'est moi le méchant dans l'histoire. Comme d'habitude.

Tu as envie de fuir, mais tu résistes et tiens bon devant le cou de ton père, tendu comme celui d'une tortue.

– Il t'a dit comment il compte trouver l'argent ? Il croit qu'il va gagner une espèce de concours. Qu'il va toucher le jackpot.

– C'est possible.

– Non, et tu le sais très bien.
– Parfois, il faut faire confiance aux gens.
C'est bien vrai. Si seulement tu pouvais en faire partie, de ces gens-là.

Le soleil a disparu sous l'horizon lorsque tu essaies de tourner ta clé. Ça ne marche pas. Tu frappes à la porte, et lorsque les os de ta main commencent à te faire mal, tu passes aux coups de pied. De la musique retentit à travers les murs. Une enceinte projette la voix de ton frère qui rappe en patwa sur un rythme staccato et par-dessus une mélodie de Sadie.

Tu fais des rondes dans le jardin pendant que des geckos se faufilent le long du mur de stuc en croassant. Le remugle de Trashmore te brûle les poumons, et pendant que tu bous de rage, la puanteur te lamine la peau, t'asphyxiant progressivement. Tu donnes un nouveau coup de pied dans la porte, plus fort, puis tu passes aux fenêtres.

La musique finit par s'arrêter, et un rasta solidement bâti ouvre la porte. Il se penche dehors, engloutissant la poignée de ses doigts.

– Frè, dit-il, tu tapes à ma porte comme un poulet, mais t'as pas l'air d'être un poulet.

– Ta porte ? tu lui demandes. Qu'est-ce que tu fais chez moi ?

– Ah, dit-il en hochant la tête avec compassion. C'est toi qu'on a aidé à déménager. Le frère du chanteur.

Tu t'apprêtes à entrer, mais il te fait signe de t'arrêter.

– Pas possible, frè. T'entends pas la magie qu'on fabrique ?

– Laisse-moi parler à mon frère. Delano !

– T'es sourd ou quoi ? J'te dis le chanteur l'est occupé. Lui peut pas s'arrêter pour tous ceux qui veulent une avant-première.

Sur ce, tu fonces vers l'ouverture en cherchant un appui, une fente pour y passer tes doigts et forcer l'entrée, mais le rasta est solide comme un tronc. Il te repousse avec la puissance de Marcus Garvey, Emmanuel et Haïlé Sélassié lui-même.

– Tu peux pas me laisser dehors. C'est chez moi.

– Frè, dit-il, si c'était chez toi, tu serais dedans tsé.

Tes doigts se précipitent vers la poignée rigide pendant qu'il ferme la porte.

Tu donnes un coup de poing contre celle-ci avant de hurler de douleur.

De ta main indemne, tu envoies un texto à Jelly : *Je suis encore sur le coup. Est-ce que j'ai une chance de pouvoir dormir chez toi ce soir ?*

Réponse de Jelly : *Aucune.*

Tu aurais pu t'en douter. Rien que le mois dernier, au dîner de Thanksgiving avec sa famille – Jelly avait insisté pour que tu y ailles, même si tu n'étais pas expressément invité –, sa mère, qui était prise en sandwich entre Tía Betty et Tía Linda à l'autre bout de la table, te pointait du doigt en guise d'exemple à chaque fois qu'elle employait le mot « noir ».

« Mais oui, Linda, c'était noir de monde », a-t-elle affirmé en te montrant du doigt. « Betty, si c'était brûlé, la peau serait noire », a-t-elle dit en te montrant du doigt.

Lorsqu'elle s'est mise à raconter une histoire à propos du chien qu'elle avait enfant, un labrador noir, tu t'es tourné vers Jelly en disant :

– Tu vas rester là à rien dire ?

Elle a fait une grimace que tu as interprétée comme un « S'il te plaît, ne t'énerve pas », alors tu as poursuivi :

– Tu vas laisser couler ?

– Maman, arrête, a dit Jelly. S'il te plaît.

– Arrête quoi ? a demandé sa mère.

– Ça suffit, a dit le père de Jelly à sa mère.

– ¿Por qué ? Il sait pas qu'il est noir ?

Tu t'es levé et tu as regagné ton Raider, assez lentement pour que Jelly puisse te rattraper. Elle ne l'a pas fait. Le jour suivant, Jelly a dit « Faut juste que tu leur laisses du temps », comme si le racisme n'était qu'un phénomène passager.

Il y a des sujets que tu aurais dû aborder, mais quand tu es toujours crevé, toujours à un plan près de la misère, et toujours effrayé à l'idée que c'est ce que la vie peut t'offrir de mieux, il est trop facile de laisser le temps filer, de te dire « Bientôt ».

La répétition continue, et pendant que tu descends les marches de ta maison d'enfance, ton voisin, le père, sort et s'approche. Tu accélères, sautes une marche couverte de mildiou, puis une autre. Si tu arrives à atteindre le trottoir, tu pourras t'enfermer dans ton SUV et regarder par le pare-brise. Peut-être que les plaintes de monsieur le voisin pourront convaincre le groupe que ce n'est pas un lieu pour répéter, mais il te coupe la route, et focalise son attention sur toi uniquement.

– C'est fort, dit-il.

– C'est fort, conviens-tu.

Tu fais un pas de côté et indiques la porte d'entrée, l'encourageant à se plaindre directement auprès des intéressés, mais il reste face à toi.

– Peut-être que vous devriez appeler la police, tu lui dis.

– La Policía ? fait-il en secouant la tête. Non.

Il forme un pistolet avec ses mains et le pointe sur ton front.

– Ils vous tirent dessus.

– Oui, ils nous tirent dessus, conviens-tu de nouveau. C'est bien vrai.

Tu vois comment ça pourrait se retourner contre toi. Tu imagines le gros titre : « SDF abattu par balle dans un lit en plein air. »

– Non, pas la police, dit ton voisin. Comment ils disent les rappeurs : « Les délateurs se font latter » ?

Il rit et s'allume une cigarette. En le voyant devant toi sans sa femme et son fils, tu te rends compte qu'il est plus jeune que tu ne le pensais. Pas tellement plus vieux que toi, voire pas du tout.

– Les délateurs se font latter, effectivement. Bien vu. Mais n'empêche, ils ne devraient pas déranger ta famille pendant qu'elle dort. Va leur dire.

Tu indiques la porte.

– Dort ? dit-il en riant de nouveau. Il est sept heures, frère. Je suis juste venu pour mieux entendre. Ils ont l'air assez incroyables.

Il les écoute le temps de finir sa cigarette, et lorsqu'il rentre chez lui, ce qui te dérange le plus, c'est qu'il a raison. Ils n'ont pas l'air si mauvais, finalement. Loin de là.

Cette nuit, sous l'aki, le manguier et la couette, Jelly se glisse dans tes bras, son front frais appuyé contre ta joue brûlante. Ses cheveux s'enroulent autour de tes épaules comme une écharpe, ses doigts recroquevillés sur ta clavicule aussi tendres que ceux d'un bébé. Dans ton demi-sommeil, tu comprends que son retour est un signe de loyauté, la preuve que ton calvaire actuel est en train de se résorber. Vous allez surmonter tout ça ensemble.

Tu te réveilles au milieu de la nuit, les bras vides. Il ne reste que l'odeur de Jelly, qui a quitté la chaleur du lit.

Après sa disparition fantomatique, les animaux de ton enfance viennent te rendre visite. Tous les êtres que tu as tués lorsque tu étais petit. Des mille-pattes se nichent dans les plis de tes bras et de ton cou. Quand tu les éclaires avec ton téléphone, ils s'éclipsent, mais lorsque, deux heures avant l'aube, ta batterie tombe à plat, ils reviennent en masse, grouillant de partout.

Un craquement fait bruisser les broussailles, et tu repenses aux crabes qui, un jour, ont parcouru les rues de Cutler Bay, comme s'ils étaient revenus pour te crever les yeux et te traîner jusqu'à la mer.

Quelque chose te cogne le plexus avant de rebondir par-dessus ta tête pour atterrir sur le gazon. Des fruits tombent des arbres. Tu les entends de temps à autre se détacher d'une branche et frapper le sol. Mais la chose qui a bondi de ton torse paraissait vraiment avoir des pattes…

Tu refuses de récupérer tes draps et de te blottir à l'arrière de ton Raider comme si tu étais de nouveau sans domicile. C'est ta maison, et demain, une fois que tu auras reçu le chèque de Tim, tu iras la revendiquer. Tu montreras à ton père que tu as l'argent, et il prendra le parti qu'il a toujours choisi : le sien.

Tu clignes des yeux : le soleil s'est levé. Ta peau est globalement dépourvue d'insectes, à part une fourmi ou un moucheron. Les moustiques ne t'ont piqué qu'au niveau du cou, ce qui est de bon augure. Dans les arbres, plus haut, des dizaines de pigeons sont là, à te lorgner de manière complice. Eux aussi, peut-être, savent qu'un changement est à venir, que la maison que vous partagez aura bientôt un nouveau propriétaire, que bientôt ils seront sur ton domaine ; ils restent perchés et te saluent. Cependant, lorsque tu sors du lit, ils ne prennent pas leur envol mais se dispersent sur leurs pattes, et tu te rends compte que ce ne sont pas des pigeons mais une multitude de rongeurs.

Lorsque tu retournes à Brickell pour aller à la banque de Tim et récupérer le chèque, on ne te laisse pas monter le voir. Une version de Tim plus jeune et moins grande t'emmène dans un bureau austère, où il te pose une série de questions intrusives : « Quel est le nom de jeune fille de votre mère ? Habitez-vous toujours à cette adresse ? Pourquoi êtes-vous très, très en retard sur le remboursement de votre prêt étudiant ? » L'expression de son visage sous-entend d'autres questions qu'il ne pose pas tout haut : *Pourquoi avez-vous des feuilles froissées dans les cheveux ? Une planche à repasser, ça vous dit quelque chose ? À quand remonte votre dernière douche ?*

Il secoue la tête en faisant « tss ».

– Je suis désolé mais nous ne pouvons pas vous consentir de crédit.

– Un crédit ? Tim est censé me prêter l'argent. C'est pour ça que je suis là.

– Vous pensiez vraiment qu'il allait vous prêter quinze mille dollars ? Genre, de sa poche ?

Tu hoches la tête.

– On avait un accord.

– Alors pourquoi est-ce que vous êtes venu dans une institution financière ?

– Il travaille ici, non ? Si vous allez le chercher, on pourra lui demander.

Tu inspectes le bureau vide. Tu soupçonnes Tim de t'observer derrière un écran en se touchant et en jouissant de ton humiliation. Tu sors ton portable, qui s'est chargé sur le chemin, et tu envoies un texto groupé à Tim et Morgan : *Je suis avec ton larbin là. Tim, j'espère que tu prends ton pied. Mais est-ce qu'on peut avancer STP ?*

Morgan me répond sur un fil de discussion différent : *On s'est disputés. Tim dit que c'est mort pour le prêt. Rdv chez moi dans 2 heures ?*

Dans la colère qui t'aveugle soudain, tu lui envoies une réponse, puis tu sors du bureau en titubant. Ce n'est qu'en arrivant sur le trottoir que tu vois ce que tu lui as envoyé : *srxxxxxxxxxxxxxxxxxxxxxxxxxxxx ?*

—

L'appartement de Morgan se trouve à quelques minutes à pied de la banque, donc, au lieu de te pointer en avance et de te faire traiter comme un clochard, tu te promènes le long de Brickell Avenue qui, comme prévu, est inondée et dégage une odeur nauséabonde : les grandes marées ont charrié non seulement la mer, mais aussi les égouts de Miami. Une fois arrivé à Bayfront, tes baskets sont complètement trempées, et sans doute foutues.

Les grilles entourant le parc sont tapissées de banderoles qui annoncent les prochains concerts, dont le tremplin musical de ce soir. Tu marches jusqu'à l'amphithéâtre vide et, fatigué, tu te laisses tomber sur l'un des bancs concaves. Tout en fixant la scène, tu es frappé d'une certitude : ton frère va gagner le concours et racheter la maison dans ton dos. Tu n'as aucun moyen de savoir si c'est vrai. Mais tu sais que c'est vrai.

Tu sors ton portable et rédiges une réponse au message original de Bob :

Une épidémie de sieste ? Vous comparez vos élèves noirs à des singes qui ont Ebola ? Vous voulez que ce genre d'email devienne public ? Tu appuies sur ENVOYER.

La réponse de Bob arrive quelques minutes plus tard : *C'EST DU CHANTAGE ??*

Tu rédiges un nouveau mail avec pour objet : *C'est montrer l'exemple.* ENVOYER.

La réponse de Bob : *Soyons raisonnables. Inutile d'agir de manière irréfléchie et sous le coup de l'émotion, Trelawny. Le sang-froid prévaut, après tout. J'en appelle à votre loyauté à Palmetto Preparatory et à sa communauté plus large. Pour ce qui est de l'avance sur salaire que vous avez demandée, je ne peux pas prendre de décision sans organiser un rendez-vous avec l'administration, ce qui peut prendre plusieurs semaines. Mais je suis prêt à envisager la chose pour la nouvelle année, à condition que vous puissiez m'assurer de votre discrétion.*

Laissez tomber, tu réponds.

Trelawny ?? envoie Bob. *Ne soyez pas idiot.*

Mais tu es idiot. Et si tu n'obtiens pas l'argent pour la maison, alors tu vas causer la ruine de tous ceux qui t'auront empêché de l'avoir. Tu mets son mail dans tes spams, puis tu passes une demi-heure à chercher des rédacteurs en chef. Tu transfères le premier mail de Bob en ajoutant comme objet *La guerre de Palmetto Preparatory contre les cheveux naturels*. C'est envoyé au *New York Times*, au *Miami Herald*, au *Miami New Times*, à *Caribbean Today*, *The Root*, à Color of Change, et à WorldStarHipHop.

Tu fermes ta boîte mail et tu appelles ta mère sur Skype. Plusieurs tentatives sont nécessaires avant qu'elle ne décroche, et lorsqu'elle se connecte, elle te dit :

– T'as mauvaise mine, mon fils.

– Buongiorno à toi aussi.

– Buona sera. Il fait nuit ici. Tout va bien de ton côté ?

– Ouais.

Ce mensonge, tu le répètes depuis tellement longtemps que tu ne te rappelles plus comment ça a commencé. Tu poursuis :

– À vrai dire, je pensais pas que la vie serait comme ça.

– T'as l'air déprimé, mon chéri. C'est à cause de la maison ?

Avant que tu puisses répondre, elle poursuit :

– Tu sais, j'ai appelé ton père pour lui demander pourquoi il a emprunté sur votre héritage, et tu sais ce qu'il m'a dit ? Que c'est pas un prêt que vous payez. C'est des amendes. Y a un droit de rétention sur la maison, tu sais.

– Ça paraît logique.

– Donc, maintenant y a des amendes, plus des frais de retard, plus des intérêts. Plus ce que ça va coûter pour réparer la baraque. Pas étonnant si lui veut vous la revendre.

– Il a avoué tout ça ?

– J'ai mes méthodes, mon fils. Donc tu vois, t'en veux pas de ce panier de crabes.

Sauf que si. Imbécile que tu es, tu le veux toujours.

———

Une heure plus tard, sur le canapé blanc de Morgan, celle-ci t'informe :

– Tim veut une fille noire.

– Bonne chance avec l'adoption.

– Non, répond-elle comme si tu avais mal compris. Une femme. Il veut que tu la trouves.

– Donc je suis proxénète maintenant ?

– Il se disait que tu devais en connaître.

– Pour faire quoi avec ?

Morgan baisse les yeux vers la table basse.

– Plus que regarder ?

Les paupières de Morgan remontent, et pour une fois elle a l'air pleinement éveillée. Tu lui dis :

– T'es peut-être pas au courant, en tant que bourgeoise qui vit dans une tour, mais t'habites à cinq minutes de Biscayne Boulevard. À un kilomètre au nord, tu trouveras toutes les travailleuses du sexe capables de répondre à vos petits désirs pervers – toutes les couleurs et tous les genres possibles. Voilà, tu conclus en tendant la main. Services rendus. Où est mon chèque ?

– Tim ne veut pas de ça, répond Morgan en croisant de nouveau ton regard. Il veut… il lui faut… de l'humiliation. Il lui faut…

Elle pose sa main sur son front et ferme les yeux avant de poursuivre :

– Je sais pas ce qu'il lui faut maintenant.

– Et moi alors, qu'est-ce qu'il me faut, Morgan ? On avait un accord.

Elle secoue la tête.

– Il dit que tu dois faire ça pour lui, sinon pas de prêt.

– Alors remplis le chèque toi-même.

– Je t'ai dit. On est une équipe.

– D'accord. Mais vous avez omis de mentionner que vous étiez des psychopathes.

Morgan ne réagit pas. Après une minute de silence, elle dit :

– Tim ne veut pas d'une professionnelle. Ce serait contraire à l'esprit. T'aurais pas une cousine par exemple ? Ou une amie d'enfance ?

– On n'est pas tous à vendre. Votre argent ne vous donne pas droit à tout.

– J'en doute, dit Morgan en rouvrant les yeux. Je parie que t'as jamais vu ce que c'est que l'argent, le vrai.

Elle rentre dans sa chambre puis revient, non pas avec des billets mais avec deux verres remplis de glaçons ainsi qu'une bouteille de tequila.

– Trinquons, dit-elle. J'ai acheté ça spécialement pour toi.

– Faut que j'y aille.

– Parce que tu as quelque part où aller ?

– J'ai une maison à sauver. Elle s'enlise, putain.

– Tout Miami est en train de s'enliser, répond Morgan. Et puis, si elle disparaît dans l'heure, tu ne pourras rien y faire. Viens, assieds-toi avec moi.

Elle remplit ton verre, puis le sien, les mains tremblantes.

– Qu'est-ce que tu veux exactement, Morgan ?

Elle ne répond pas, alors tu demandes :

– Tu veux vraiment passer ta vie à traquer la prochaine éjac' de Tim ?

Morgan glousse avant de te tapoter la cuisse.

– Je veux que tu restes. Tim ne sera pas là avant la semaine prochaine. Il a pris l'avion ce matin pour le boulot. On pourrait commander à manger et passer la nuit ici.

– Il a pris l'avion ce matin pour le boulot. Hallucinant.

Tu te lèves pour fouiller le balcon, les placards, la chambre avec salle de bains attenante, même la douche.

– Il est vraiment pas là ? tu demandes en revenant dans le salon. Ça fait pas partie de votre petit jeu ?

– Il est parti, dit-elle en levant les mains pour entortiller ses doigts autour des tiens. Donc tu pourrais tout aussi bien rester avec moi.

Cette fois, tu es certain que ses yeux mi-clos sont en train de te séduire.

– À moins que tu manques à ta copine raciste.

Tu ne peux pas le certifier, mais tu dis à Morgan :

– Je ne peux pas rester ici. Si vous n'honorez pas notre accord, il faut que je me débrouille autrement.

– Peut-être qu'on peut s'arranger en douce. Juste tous les deux.

Et comme tu n'as nulle part où aller, ou comme personne ne t'a désiré depuis si longtemps, ou peut-être à cause de cette manie que tu as de foutre ta vie toujours un peu plus en l'air, tu lui réponds :

– Jusqu'au début du concert, pas plus.

Morgan et toi finissez la bouteille, mais à ce moment précis une autre apparaît, comme par magie. La nuit tombe. Tu attends de voir ce qu'elle va te proposer, sans savoir ce que toi tu es prêt à lui donner. Au début, elle requiert ta compagnie, c'est tout, alors tu attends.

Tu parles, Morgan aussi, et cette fois elle te dévoile des secrets : une légère addiction aux comprimés, et un trouble alimentaire beaucoup plus grave. Les problèmes avec papa et maman, ou encore son copain à l'université qui ressemblait à Tim, mais en plus brutal.

Elle retrousse sa jupe pour te montrer l'endroit où elle s'est tailladée au lycée, en haut de la cuisse pour que personne ne voie, et elle dit que ce n'est pas facile pour elle de vivre à Miami, vu qu'il faut toujours déambuler dans les rues à moitié nu.

Sa tristesse t'attriste, et la paire que vous faites aussi, car vos blessures ne sont pas particulièrement originales, bien qu'elles soient authentiques. Tu lui dis ce que ça fait de ne pas être le préféré, d'être le contraire du préféré, et elle te dit : « Mets-toi dans la peau d'un enfant unique. » Tu lui dis ce que ça fait d'avoir faim, et elle se penche vers toi et dit : « Putain, c'est horrible. Personne ne devrait avoir faim », et tu lui dis qu'elle a raison, qu'elle est arrivée à la bonne conclusion.

Tu lui expliques pourquoi ton père t'a viré de chez lui. Pas juste l'incident, mais le contexte. Parce qu'il avait dit, à sa fête de départ en retraite, que tu étais le fils défectueux, le moins réussi, alors tu as pris une hache dans son atelier et tu as sectionné tes liens patrilinéaires en petits morceaux.

– J'ai molesté son arbre préféré.

Morgan laisse échapper un petit rire saccadé. Tu poursuis :

– Je dois être taré.

Elle te rassure :

– On l'est tous.

Elle va dans la cuisine pour vous resservir, et pendant que tu l'entends s'affairer sur le plan de travail et mettre un peu de sel sur le bord des verres, tu regardes ton téléphone et tu constates qu'il te reste encore du temps. La tequila se répand dans tes veines : tu as l'impression d'être simultanément assis sur le canapé de Morgan et diffusé partout dans l'univers, selon une trajectoire infinie qui te détourne de tes problèmes.

Dans cet état de multiplicité, tu vois assez clairement ce qui va se passer, mais une fois que la vision s'effacera, tu l'oublieras – trop vite et de manière trop définitive pour empêcher que ça se réalise.

Morgan reviendra et tu videras ton verre. Tu lui diras qu'il faut que tu partes, et elle te proposera quelque chose pour que tu restes, parce qu'elle se sent seule comme le sont parfois les gens en couple. Sa proposition ne sera pas suffisante.

Tu pataugeras à travers les entrailles de Miami et ses ordures régurgitées jusqu'au lieu du concert. Tu paieras l'entrée, et lorsque le groupe de Delano montera sur scène, tu iras tout devant et sauteras par-dessus la barrière, et en franchissant la sécurité tu enverras bouler l'un des vigiles. Tu ne sauras pas quoi faire ni quoi dire lorsque tu feras face à Delano et le verras chevaucher son pied de micro, avec Sadie et le batteur derrière lui. À ton approche, il se mettra en position de combat, et c'est là que tu auras cette révélation : qu'il est prêt à se battre pour ses enfants. Tu lèveras le poing pour lui proposer un check en disant : «Bonne chance, frè», parce qu'à ce moment-là tu ne voudras pas reprendre ce qu'on t'a pris, et parce que tu comprendras enfin qu'il n'a jamais été question de vaincre ton frère, que ce n'est pas comme ça que tu obtiendras ce que tu veux.

La sécurité t'attrapera et t'emmènera hors de la scène à travers la foule, n'hésitant pas à te donner des coups de poing dans les côtes et au visage, avant de te livrer à la police. Tu entendras les premiers riffs de Delano et sa voix dire «Big up à mon frère», avant que la portière de la voiture de police ne se referme sur toi.

En prison, trois choses t'interpelleront. La première, c'est qu'il s'agit sans aucun doute de l'endroit le plus froid de la planète. La deuxième, c'est l'ironie cruelle des affiches scotchées dans le couloir : elles indiquent un numéro d'urgence pour signaler un viol, sauf que les gardiens ont éliminé toute possibilité d'accéder à un téléphone après t'avoir accordé ton appel initial. Comme ils confisquent tous les outils pour écrire, il te faudrait apercevoir le numéro, puis le mémoriser – en cas de besoin – si jamais tu as de nouveau un téléphone en main. Ça, c'est toujours la deuxième chose. La troisième, c'est qu'en prison il y a les murs publics les plus propres de tout Miami. Ce sera seulement quelques heures après avoir été reçu et mis dans une cellule pleine de lits superposés que tu monteras voir l'unique graffiti inscrit finement à l'encre bleue sur le plafond trop bas : « La prison c'est mauvais pour tout le monde. »

Mais avant d'avoir passé toutes les étapes, avant la cellule avec les lits superposés et le couloir avec le numéro pour signaler un viol, tu feras la queue pour passer ton appel téléphonique. Les gardiens parcourront la file d'attente en scandant « Allez, vite », et en arrachant le combiné des mains de ceux qui n'auront pas suivi la consigne.

Mais à mesure que ton tour approchera, tu prendras une décision : tu n'appelleras pas Jelly. Car, qu'elle vienne ou pas, tu sauras à ce moment-là que ça ne marchera jamais entre vous deux, que son amour ou son devoir envers toi ne pourront jamais l'emporter sur ses liens avec sa famille.

À la place, tu taperas le numéro de ton père et tu lui laisseras des instructions pour payer ta caution. Sur son répondeur.

Et puis tu attendras. Des heures passeront.

Des détenus entreront et sortiront.

Tu les catégoriseras. Celui-ci était là quand tu es arrivé. Celui-là, ils l'ont amené plus tard. Ces trois-là ont été condamnés pour conduite sous influence. Celui-là a frappé un être cher. Deux d'entre eux parleront tout seuls, et hurleront contre les murs trop propres et chieront dans les toilettes sans lunette au milieu de la cellule, malgré l'absence de papier pour s'essuyer. D'autres feront des pompes pour s'occuper et se réchauffer. La plupart feront comme toi : ils se colleront les bras autour du torse et garderont les yeux baissés.

Toutes les heures, les gardiens s'amuseront à compter les détenus. Ils vous chasseront de votre cellule et vous aligneront le long du mur du couloir, *à quinze centimètres les uns des autres, tête droite, les yeux fixés sur celui d'en face, ne bouge pas, ne bouge pas enfoiré.* Puis ils feront l'appel, et tu seras à la fois horrifié et soulagé lorsqu'ils prononceront ton nom. Un jour, avant de te renvoyer dans ta cellule, ils te tendront un plateau avec un sandwich saucisson-fromage.

Qu'est-ce que je fais ici ? te demanderas-tu, encore et encore. *Je n'ai pas ma place ici.*

La prison a un bruit particulier – ça aussi, tu le remarqueras – un bruit sourd et blanc où tu entendras ton nom répété sans arrêt, comme s'il venait de l'autre bout d'un tunnel, et tu ne cesseras de déglutir pour te déboucher les oreilles, et tu regarderas la lourde porte qui te retient confiné, de peur de louper ton nom, de peur d'être oublié ici pour toujours.

Lorsque la plupart de tes compagnons de cellule seront partis, tu comprendras que tu as été voué au gel perpétuel. Tu te creuseras la tête en pensant aux avocats commis d'office et à ton droit d'être jugé dans un délai raisonnable, tout ce que tu as appris en cours d'éducation civique et à la télévision. Puis un gardien t'appellera par ton nom, fort, sans erreur possible, et tu seras conduit vers la sortie. On te rendra tes affaires – portable, portefeuille, clés, ceinture, lacets – dans un sac sous vide.

Quand ils te relâcheront dans l'aube collante de Miami, après ce qui t'aura semblé une éternité, ton père t'attendra sur le parking.

Il sortira de son camion (« Qu'est-ce qui s'est passé ? »), le visage préoccupé et plein de mélancolie.

Tu hésiteras avant de parler, ne sachant comment énoncer la fâcheuse vérité.

Mais pour le moment, tu es sur le canapé de Morgan, et tu écoutes le sel se broyer entre le verre et le granit. Bientôt disparaîtra cette prémonition, ce portail vers ton avenir, devenu mon passé. Dis-lui – par-delà la distance et le temps qui vous séparent, comme je te parle, là maintenant – tout ce que je n'arrive pas à lui dire. Commence par le ressentiment, le manque d'attention et l'inconséquence qui en a résulté. Raconte chaque blessure, chaque cicatrice que vous avez tracée l'un sur l'autre. Et quand tu auras fini, que tu seras sûr que ton père t'aura entendu, faites ce qui pourra vous empêcher de vous autodétruire : pardonnez-vous.

Remerciements

Quand on consacre un quart de sa vie à un livre, le nombre de personnes à avoir apporté leur contribution, de manière directe ou non, est considérable. Les mots demeurent insuffisants pour vous exprimer ma gratitude, et les pages manqueront toujours.

À mon agent, Renée Zuckerbrot, qui m'a soutenu de manière toujours avisée, qui m'a prémuni contre mes caprices et mon impatience, et qui a probablement lu ce livre autant de fois que moi, je te remercie pour tout. Je remercie également Rob McQuilkin, Maria Massie, Rachel Clements, Petra Eggers et Catherine Lapautre pour avoir fait vivre ce projet à l'étranger.

À mon éditeur, Jackson Howard, je te remercie pour ta confiance, ton enthousiasme, ta vision, et aussi pour m'avoir aidé à rendre ce livre meilleur. Un grand merci au reste de l'équipe travaillant chez ou avec Farrar, Strauss and Giroux et à sa division MSG, et je remercie particulièrement Sean McDonald, Caitlin Van Dusen, Gretchen Achilles, Brian Gittis, et Na Kim. Michael Taeckens, je te remercie pour ton soutien et tes encouragements.

Merci à mon éditrice britannique, Kishani Widyaratna, pour ses commentaires minutieux et sa constance. Merci aussi à l'équipe de 4th Estate, et spécialement Sade Omeje et David

Roth-Ey. Merci à Thomas Tebbe et Hannes Ulbrich de Piper Verlag, Francis Geffard, des éditions Albin Michel, et Joe Lee et Jared Bland de McClelland & Stewart, merci à tous pour la foi que vous avez eue en ce livre.

Un grand merci aux institutions et aux programmes qui ont rendu ce livre possible : le National Endowment for the Arts, Aspen Words, la Bread Loaf Writer's Conference, Kimbilio Fiction, la Writer's Room of Boston, l'Anderson Center, le Sommerville Arts Council, le DOVE Fellowship Program, le Community of Scholars Program, Wellspring House, le MFA de l'université de Minnesota, le doctorat en écriture créative et le *Literature program* de l'université de Californie du Sud, et enfin le Stegner Fellowship de l'université de Stanford.

Un grand merci à mes nombreux professeurs et professeures : à Debbie Gyenizse pour m'avoir rappelé que j'avais un don et que j'avais intérêt à le mettre en pratique ; à Diane Marshall, John Dufresne, Lynne Barret, Debra Dean et Campbell McGrath pour m'avoir aidé à trouver mes marques ; à Charlie Baxter pour – entre autres choses – avoir fait de moi un lecteur plus aguerri du monde qui m'entoure ; à Julie Schumacher pour venir au secours de ses étudiants ; à Dana Johnson pour avoir été une source d'inspiration ; à Aimee Bender pour ses retours toujours si brillants et attentionnés ; à Danzy Senna pour m'avoir mis au défi d'écrire des histoires qui nous font progresser ; à Percival Everett, qui m'a poussé à écrire avec détermination ; et à Adam Johnson pour m'avoir incité à explorer dans toute leur profondeur les motivations de mes personnages.

Merci encore à Emily Nemens (tu as changé ma vie !), et à l'équipe de la *Paris Review*, notamment Hasan Altaf, Nadja Spiegelman et Jane McCulloch. Et merci à tous les éditeurs de revues littéraires qui m'ont témoigné leur soutien pendant cette dernière décennie, et en premier lieu à Kwame Dawes, Jennifer

Maritza McCauley, Bill Pierce, Oscar Villalon, Brandon Taylor, Adeena Reitberger, Sarah Green et Jennifer A. Howard.

Un grand merci aussi à tous les auteurs et autrices qui m'ont aidé au cours de cette aventure : Mat Johnson, Danielle Evans, David Haynes, Tiphanie Yanique, Gary Dop, Ralph E. Rodriguez, Nana Kwame Adjei-Brenyah, Maurice Carlos Ruffin, Gabriella Garcia, Kerry Ann Moore, Kathleen Glasgow, Ani Gjika, Alysia Abbott, Shubha Sunder, Xochitl Gonzalez, Desmond Hall, Val Wang, Jenn De Leon, Jeff P. Jones, Stacy Mattingly, Christopher Romaguera et Dolores Johnson.

Aux bonnes âmes de Kingston qui m'ont prêté un toit, m'ont nourri le ventre et l'esprit, ce livre n'aurait pas été écrit sans votre générosité : Jennifer, Tubby (RIP), Andrew et Christi Grahame ; Liane Chung ; Ruddy (RIP) et Joy McHugh ; Neville (RIP) et Pauline Bryan ; Tiffany Chérie Simmonds ; Tati Marie Evans ; et Tati Chubby. Et un grand, grand merci à Tonton Greg et Tati Pat pour m'avoir accueilli et mis en contact avec tant de bonnes personnes.

À cette Boston si littéraire, et surtout à l'équipe de GrubStreet, tant passée que présente, vous m'avez offert une éducation incomparable. Je remercie affectueusement Eson Kim, Sonya Larson, Chip Cheek, Chris Castellani, Eve Bridburg, Ian Chio, Alison Murphy, Lauren Rheaume et Colwill Brown.

Aux écrivains de Los Angeles qui composent ma famille de cœur : Leesa Fenderson, Tom Renjilian, Laura Roque, Erin Lynch, Marcus Clayton, Melissa Chadburn, Tisha Marie Reichle-Aguilera, Taneum Bambrick et Ben Bush – on est en train de le faire, ce foutu truc (d'écrivain) !

À mes potes de Miami – Ashley Barrington-Calunga, Kelvin et Eunice Rivers, Evelyn Suarez et Priscilla Jade – qui me voulaient simplement là, auprès d'eux, avec ou sans talent.

À mes frères d'armes éternels, Dariel Suarez et Fausto Barrianuevo : nos mots nous ont bel et bien sauvés. Un grand merci à Dariel, le premier à avoir vu que tous ces personnages pouvaient constituer un livre, et à Alina Collazo, qui a toujours eu un canapé et un coussin pour moi, dans les bons moments comme dans les mauvais.

À Carol Bellak-Escoffery (partie trop tôt), qui a lu toutes mes histoires : mon seul regret est de ne pas avoir été plus rapide.

À tous les Escoffery et les Graham, et à toute la diaspora jamaïcaine, ce livre est à nous.

Un remerciement spécial à Tati Lizzy, pour m'avoir permis d'emprunter tant de livres quand j'étais enfant.

Et par-dessus tout, merci à ma mère, qui m'a appris à rêver. Et à mon père, qui prônait le pragmatisme.

À mon frère, Jason, qui m'a montré comment vivre dans ce monde.

Et à Aja, mon cœur.

Table

« Terres d'Amérique »

Collection dirigée par Francis Geffard
(Extrait du catalogue)

NANA KWAME ADJEI-BRENYAH
Friday Black, nouvelles

CHRIS ADRIAN
Un ange meilleur, nouvelles

SHERMAN ALEXIE
Indian Blues, roman
Indian Killer, roman
Phoenix, Arizona, nouvelles
La Vie aux trousses, nouvelles
Dix Petits Indiens, nouvelles
Red Blues, poèmes
Flight, roman
Danses de guerre, nouvelles

TOM BARBASH
Les Lumières de Central Park, nouvelles
Beautiful Boy, roman

TOM BISSELL
Dieu vit à Saint-Pétersbourg, nouvelles

AMANDA BOYDEN
En attendant Babylone, roman

JOSEPH BOYDEN
Le Chemin des âmes, roman
Là-haut vers le nord, nouvelles
Les Saisons de la solitude, roman
Dans le grand cercle du monde, roman

TAYLOR BROWN
Les Dieux de Howl Mountain, roman
Le Fleuve des rois, roman

KEVIN CANTY
Une vraie lune de miel, nouvelles
Toutes les choses de la vie, roman
De l'autre côté des montagnes, roman

DAN CHAON
Parmi les disparus, nouvelles
Le Livre de Jonas, roman
Cette vie ou une autre, roman
Surtout rester éveillé, nouvelles
Une douce lueur de malveillance, roman
Somnambule, roman

MICHAEL CHRISTIE
Le Jardin du mendiant, nouvelles
Lorsque le dernier arbre, roman

TOM COOPER
Les Maraudeurs, roman

CHARLES D'AMBROSIO
Le Musée des poissons morts, nouvelles
Orphelins, récits

CRAIG DAVIDSON
Un goût de rouille et d'os, nouvelles
Cataract City, roman
Les Bonnes Âmes de Sarah Court, roman
Cascade, nouvelles

ANTHONY DOERR
Le Nom des coquillages, nouvelles
À propos de Grace, roman
Le Mur de mémoire, nouvelles
La Cité des nuages et des oiseaux, roman

LOUISE ERDRICH
L'Épouse Antilope, roman
Dernier rapport sur les miracles à Little No Horse, roman

La Chorale des maîtres bouchers, roman
Ce qui a dévoré nos cœurs, roman
Love Medicine, roman
La Malédiction des colombes, roman
Le Jeu des ombres, roman
La Décapotable rouge, nouvelles
Dans le silence du vent, roman
Femme nue jouant Chopin, nouvelles
Le Pique-nique des orphelins, roman
LaRose, roman
L'Enfant de la prochaine aurore, roman,
Celui qui veille, roman
La Sentence, roman

BEN FOUNTAIN
Brèves rencontres avec Che Guevara, nouvelles
Fin de mi-temps pour le soldat Billy Lynn, roman

TOM FRANKLIN
Le Retour de Silas Jones, roman
Braconniers, nouvelles

BRANDON HOBSON
Dans l'écho lointain de nos voix, roman

ADAM JOHNSON
La chance vous sourit, nouvelles

JOCELYN NICOLE JOHNSON
Mon nom dans le noir, roman

CHRISTIAN KIEFER
Les Animaux, roman
Fantômes, roman

THOMAS KING
Medicine River, roman
L'Herbe verte, l'eau vive, roman

BARBARA KINGSOLVER
On m'appelle Demon Copperhead, roman

SANA KRASIKOV
L'An prochain à Tbilissi, nouvelles
Les Patriotes, roman

RICHARD LANGE
Dead Boys, nouvelles
Ce monde cruel, roman
Angel Baby, roman
La Dernière Chance de Rowan Petty, roman

MATT LENNOX
Rédemption, roman

BRIAN LEUNG
Les Hommes perdus, roman
Seuls le ciel et la terre, roman

MAXIM LOSKUTOFF
Viens voir dans l'Ouest, nouvelles

ROBIN MACARTHUR
Le Cœur sauvage, nouvelles
Les Femmes de Heart Spring Mountain, roman

STEPHEN MARKLEY
Ohio, roman,
Le Déluge, roman

LESLIE MARMON SILKO
Cérémonie, roman

DINAW MENGESTU
Les Belles Choses que porte le ciel, roman
Ce qu'on peut lire dans l'air, roman
Tous nos noms, roman

STEFAN MERRILL BLOCK
Le Noir entre les étoiles, roman

PHILIPP MEYER
Le Fils, roman
American Rust, roman

N. SCOTT MOMADAY
La Maison de l'aube, roman

LEILA MOTTLEY
Arpenter la nuit, roman

MATTHEW NEILL NULL
Le Miel du lion, roman
Allegheny River, nouvelles

ERIC NGUYEN
La Solitude des tempêtes, roman

TOMMY ORANGE
Ici n'est plus ici, roman

KEVIN PATTERSON
Dans la lumière du Nord, roman

BENJAMIN PERCY
Sous la bannière étoilée, nouvelles
Le Canyon, roman

DONALD RAY POLLOCK
Le Diable, tout le temps, roman
Une mort qui en vaut la peine, roman

DAVID JAMES POISSANT
Le Paradis des animaux, nouvelles
Un bel esprit de famille, roman

ERIC PUCHNER
La Musique des autres, nouvelles
Famille modèle, roman
Dernière journée sur terre, nouvelles

SHANNON PUFAHL
Et nous nous enfuirons sur des chevaux ardents, roman

JON RAYMOND
Wendy & Lucy, nouvelles
La Vie idéale, roman

ELWOOD REID
Ce que savent les saumons, nouvelles
Midnight Sun, roman
La Seconde Vie de D.B. Cooper, roman

KAREN RUSSELL
Swamplandia, roman
Foyer Sainte-Lucie pour jeunes filles élevées par les loups, nouvelles
Des vampires dans la citronneraie, nouvelles
Le Lévrier de Madame Bovary et autres histoires, nouvelles

ANJALI SACHDEVA
Tous les noms qu'ils donnaient à Dieu, nouvelles

JON SEALY
Un seul parmi les vivants, roman

HUGH SHEEHY
Les Invisibles, Nouvelles

WELLS TOWER
Tout piller, tout brûler, nouvelles

DAVID TREUER
Little, roman
Comme un frère, roman
Le Manuscrit du Dr Apelle, roman
Indian Roads, récit
Et la vie nous emportera, roman

BRADY UDALL
Lâchons les chiens, nouvelles
Le Destin miraculeux d'Edgar Mint, roman
Le Polygame solitaire, roman

GUY VANDERHAEGHE
La Dernière Traversée, roman
Comme des loups, roman
Comme des feux dans la plaine, roman

CLAIRE VAYE WATKINS
Les Sables de l'Amargosa, roman

ANTHONY VEASNA SO
Nous aurions pu être des princes, nouvelles

KATHERENA VERMETTE
Les Femmes du North End, roman

SHAWN VESTAL
Goodbye, Loretta, roman

VENDELA VIDA
Se souvenir des jours heureux, roman
Les Habits du plongeur abandonnés sur le rivage, roman
Dompter les vagues, roman

JOHN VIGNA
Loin de la violence des hommes, nouvelles

WILLY VLAUTIN
Motel Life, roman
Plein nord, roman
Ballade pour Leroy, roman
La Route sauvage, roman
Devenir quelqu'un, roman

JAMES WELCH
L'Hiver dans le sang, roman
La Mort de Jim Loney, roman
Comme des ombres sur la terre, roman
L'Avocat indien, roman
À la grâce de Marseille, roman
Il y a des légendes silencieuses, poèmes

COLSON WHITEHEAD
Underground railroad, roman
Nickel boys, roman
Harlem shuffle, roman
L'Intuitionniste, roman
La Règle du crime, roman

CALLAN WINK
Courir au clair de lune avec un chien volé, nouvelles
August, roman

SCOTT WOLVEN
La Vie en flammes, nouvelles

JOHN WOODS
Lady Chevy, roman

Composition : IGS-CP
Impression : Imprimerie Floch, septembre 2024
Éditions Albin Michel
22, rue Huyghens, 75014 Paris
www.albin-michel.fr

ISBN : 978-2-226-46896-3
N° d'édition : 24720/01 – N° d'impression : 105453
Dépôt légal : octobre 2024
Imprimé en France